Mord sei Dank

Ein Celle-Krimi

© Karl-Heinz Föste

Ich danke der Polizei Celle für ihre Arbeit und die Gelegenheit, bei den Kollegen der Polizeiinspektion in der Jägerstraße hinter die Kulissen zu schauen. Dort habe ich Interna erfahren, die dem Buch eine Reihe von zusätzlichen Impulsen verliehen haben.

Karl-Heinz Föste wurde 1958 in Celle-Boye geboren, hat nach dem Abitur am Hölty Gymnasium Jura studiert und als Anwalt und später als Jurist bei einer Versicherung gearbeitet.

Seinen Erstling ‚Gegen die Götter‘, einen historischen Abenteuerroman, hat er als Selfpublisher veröffentlicht.

Ebenfalls als Selfpublisher hat er den Umweltkrimi ‚Der Hadesplan‘ herausgebracht.

2014 erschien bei Kösel/Penguin Randomhouse ‚Wenn das Herz nicht mehr Schritt hält‘, ein Buch über seine Herzkrankheit, das er gemeinsam mit einem Kardiologen und Psychologen geschrieben hat.

Nebenher sind Gedichte, Kurzgeschichten und Glossen erschienen, die der Autor gern bei Poetry-Slams vorträgt und über gängige Social-Media postet.

Nach dem Umzug zurück nach Celle ist der erste Band einer geplanten Reihe von Celle-Krimis entstanden, ‚Mord sei Dank‘.

Impressum

© 2022, Karl-Heinz Föste

Herstellung und Verlag: BoD – Books on Demand, Norderstedt

ISBN: 978-3-7568-3716-8

‚Mord sei Dank' wurde mit Papyrus Autor geschrieben.

Das Cover wurde mit eigener Graphik erstellt.

Mord sei Dank

Ein Celle-Krimi

Der Auftrag

Siegmar Beinleins Ende kam unvermittelt. Es gab nichts Bedrohliches, durch das es sich angekündigt hätte.

Als Chef der Better-Slogan hatte er wie jeden Tag das Büro als Letzter verlassen, dem Wachmann zugenickt, der immer abends hinter ihm abschloss und sodann seine Runde durch die Büros und um das Gebäude herum antrat, Fenster und Türen überprüfte, um dann ebenfalls in den Feierabend zu gehen.

Beinlein schloss seine Windjacke und tänzelte die wenigen Stufen zum Fahrradstand hinunter. Wer ihn so schwungvoll sah, mit Undercut, gegeltem braunen Haar und der Kapuze seines hellen Hoodies über der Jacke, mochte ihn für einen Hippster halten. Dafür war er mit Ende vierzig nach Einschätzung seiner Mitarbeiter zwar zu alt. Beinlein indes störten solche Vorbehalte nicht.

Was ihm nicht gefiel, war allein die Lage seiner Firma in dem kleinen Gewerbegebiet zwischen den Gleisanlagen, dem Bordell in dem altrosa gestrichenen Haus in Sichtweite des Eingangs und dem Parkhaus des Bahnhofs.

Doch das würde sich demnächst ändern.

Die Itagstraße war eine wenig repräsentative Adresse, zu der man ungern Kunden einlud, zwar keine Umgebung, die Angst einflößte, oder Beinlein jemals dazu getrieben hätte, beunruhigt über die Schulter zu blicken. Dennoch gefiel ihm dieses kleine Gewerbegebiet nicht. Bestenfalls mochte man als Kunde einer Werbefirma der Gegend ein hippes Gangsterimage zuschreiben. Doch selbst diesem Stereotyp konnte er nichts abgewinnen. Seinen neuen Geschäftspartnern in Hannover ging es nicht anders.

Der Chef der Better-Slogan beugte sich über sein

Rennrad, um das Schloss zu öffnen.

Den Schatten seines Mörders bemerkte er nicht.

Das Messer kam so unvermittelt, dass Beinlein zu keiner Abwehrbewegung mehr fähig war. Die linke Hand des Angreifers riss ihn nach hinten und presste ihn an dessen Brust. Es war eine schnelle Bewegung, ansatzlos und routiniert wirkend. Im selben Schwung trieb die Rechte des Mörders die Klinge unter dem Rippenbogen in den Bauch seines Opfers und mit einer Drehung nach oben ins Herz.

Der Tod kam so schnell, dass der brutale Schmerz ihn nur kurz aufstöhnen ließ. Den enormen Blutschwall, der dem Mörder über die Hand und das Messer lief, bekam er nicht mehr mit.

Beinlein hing leblos in den Armen seines Mörders, der sich mit dem Opfer im Arm langsam zu Boden sinken ließ.

Als der Wachmann um das Gebäude herumkam, bot sich ihm das stille Bild einer grausigen Pieta.

Es war dasselbe surreale Bild, mit dem der Beobachter am Rande des Parkplatzes den Film enden ließ, den er mit dem Smartphone aufgenommen hatte.

Eilig und dennoch zufrieden steckte der Mann das Gerät in die Hosentasche. Er verschwand zielstrebig, aber unauffällig in Richtung der Itagstraße, als er sah, dass der Wachmann den Mörder überwältigte. Für ein Einschreiten war es zu spät, denn es kamen weitere Passanten die Straße hinauf.

Ein Auftrag war erfüllt.

Der zweite, der eigentliche Auftrag, würde nun deutlich schwieriger zu erledigen sein.

Die Anklage

Seit der Festnahme hatte ich angenommen, dass mein Schicksal allein in den Händen des Schwurgerichts lag. Ob es mich freisprechen würde, war im Laufe der Ermittlungen immer ungewisser geworden.

Durch die Untersuchungshaft hatte ich einen Vorgeschmack davon bekommen, wie die Tage, Wochen und Jahre meines restlichen Lebens im Gefängnis aussehen mochten, all die lange Zeit, bis ich alt sein würde.

Das war dennoch nur die eine Seite der Medaille, die Erwartung an das Urteil des Gerichts, die Angst vor dem Verlust der Freiheit.

In Wahrheit entschied sich mein Schicksal aber im Herzen meiner Frau. Allein dort.

Daran würde kein Urteil der Welt etwas ändern.

Der Gerichtssaal des Landgerichts Lüneburg war imposant und düster zugleich, trotz des spätsommerlichen Lichts, das an diesem Morgen durch die Fenster fiel. Es war der Ort, an dem über mein weiteres Leben entschieden wurde.

Die hohen Türen des Schwurgerichtssaales, das dunkle Holz der vertäfelten Wände, der wuchtige Richtertisch mit den Akten und den roten Einbänden der Gesetzbücher darauf, die schwarzen Roben des Staatsanwaltes, der Richter, Schöffen und des Verteidigers. All das hatte etwas Sakrales und führte dazu, dass ich mir klein vorkam.

Ich war der Justiz ausgeliefert, und ich war schuldig.

Ich saß auf der Anklagebank und sollte für ein Verbrechen büßen, das ich nicht begangen hatte. Schuldig war ich nach meinem Empfinden dennoch, wenn auch nicht in dem Sinne, wie der Staatsanwalt die Dinge sah.

Drei Richter und zwei Schöffen saßen über mich zu Gericht. Als diese nacheinander aus dem Beratungszimmer kamen, erhoben sich die vielen Menschen im Saal von ihren Stühlen, der Staatsanwalt, mein Verteidiger und ich sowie die Zuschauer auf den Bänken des bis zum letzten Platz belegten Bereichs für die Öffentlichkeit. Das leise Raunen und Gemurmel legte sich schnell, als die Anwesenden sich in dem Moment wieder hinsetzten, als das Gericht hinter der breiten Front des Richtertisches Platz genommen hatte. Was blieb, war gespannte Unruhe.

Die Vorsitzende Richterin nahm mit einem angedeuteten Lächeln zunächst mit dem Staatsanwalt und dann mit meinem Verteidiger Blickkontakt auf. Dann führte sie mit wohlgesetzten Worten zum Sachverhalt, zum Ermittlungsergebnis und zum bisherigen Stand der Beweisaufnahme in den Prozess ein. Alles folgte einer Regie, die von der Strafprozessordnung vorgegeben war. Und es klang alles umso Vieles komplizierter, als es war. Und es war definitiv nicht so, wie die Staatsanwaltschaft es mir vorwarf. Und trotzdem lautete die Anklage auf Anstiftung zum Mord.

Der ermittelnde Staatsanwalt erhob sich, als die Richterin geendet und ihm das Wort erteilt hatte.

Im Saal herrschte weiterhin gespannte Erwartung.

Der Staatsanwalt reckte den Kopf und hob die Handakte mit der Anklageschrift vom Tisch auf und hielt sie mit um Würde bemühtem Habitus wie eine Monstranz in Händen.

Er wandte er sich dem Richtertisch zu. „Hohes Gericht, verehrte Frau Vorsitzende, Herr Verteidiger, meine Damen und Herren, die Staatsanwaltschaft Celle beschuldigt den Angeklagten Gerd Möbius der Anstiftung zum Mord an Siegmar Beinlein." Er fixierte mich mit bedeutungsvoller Miene, als er meinen Namen nannte, und wandte sich dann wieder dem Zuhörerraum zu. „Dem Vorwurf liegt folgender Sachverhalt zugrunde ..."

Hitze stieg mir in die Wangen. Ein dumpfer Druck legte sich auf meine Ohren. Die Worte des Staatsanwaltes rauschten an mir vorbei. Einzelne Formulierungen stachen aus dem murmelnden Fluss der Worte heraus und vermischten sich mit Erinnerungen. Es fiel mir vor lauter Aufregung und innerer Anspannung schwer, den gestelzten Sätzen des Staatsanwaltes zu folgen. Meine Augen verengten sich.

Ich suchte vergeblich den Blick des Anklägers am Tisch mir gegenüber.

Woher willst du denn wissen, was in Wahrheit passiert ist?

Aus den Gesprächen mit meinem Verteidiger und dessen Einsichtnahmen in die Ermittlungsakten war zu erahnen, dass es dem Staatsanwalt nur um schnelle Ergebnisse gegangen war, damit die Sache aus den Medien herauskam.

Dass ich mit dem Mord etwas zutun hatte, dass ich in gewisser Weise gar eine Ursache für den Mord gesetzt hatte, war nicht zu leugnen. Den Tod Beinleins, meines Chefs, hatte ich dennoch nicht gewollt. Ich hatte in kurioser Weise den Anstoß dazu gegeben, *dass* er getötet wurde, aber ich hatte den Mörder gewiss nicht angestiftet. Und doch fühlte ich Schuld in mir.

Noch in diesem Augenblick, Monate nach dem Mord, war mir nicht klar, ob ich hätte erahnen können, was ich in dem Mörder ausgelöst hatte.

Mein einziger Anker in dem Malstrom all der grotesken Ereignisse der letzten Wochen seit meiner Festnahme war mein Verteidiger. Aber selbst er schien allmählich seine stets souverän zur Schau getragene Ruhe zu verlieren. Dr. Mund versteifte sich merklich, als der Staatsanwalt weitschweifig auf die Gründe für den ungeheuerlichen Strafvorwurf einging. Mein Motiv für die angebliche Anstiftung schien für den Ankläger glasklar ersichtlich zu ein. Eifersucht.

Von meinen Kollegen hatten die Ermittler davon erfahren, dass ich auf Eva Kampmann, eine bildhübsche Kollegin, ein Auge geworfen hatte und dass es Beinlein, meinem Chef, nicht anders ergangen war. Ich hatte mich im Büro zwar stets zurückgenommen. Doch es war offenkundig naiv zu denken, dass die Menschen, mit denen ich viele Stunden des Tages miteinander verbrachte, nichts davon mitbekamen.

Eva war immer freundlich zu mir gewesen. Ich hatte ihr trotzdem nie Avancen gemacht. Mehr als scheue Blicke und die eine oder andere flirtige Bemerkung hatte es nie gegeben.

Deutlich anders verhielt es sich mit meinem Chef. Er hatte sich, ganz der berufsjugendliche Platzhirsch, unübersehbar und unverhohlen an sie herangemacht, obwohl er, genau wie ich, verheiratet war.

Aus Sicht der Kollegen waren wir demnach Nebenbuhler gewesen.

Allein, ich hatte nichts davon mitbekommen.

Beinlein war tot, brutal erstochen, und ich saß als Angeklagter in diesem Gericht und erwartete mein Urteil.

Ich sah zu Diana hinüber, die vorn in der ersten Reihe des Zuschauerraumes saß. Ihre Miene war zu einer Maske versteinert. Der Anblick meiner Frau und der Schmerz, den ich in ihrem Gesicht erkannte, krampften sich um mein Herz. Sie wirkte so zart. Ihre Züge sahen so verhärmt aus. Ich liebte sie, so wie ich sie immer geliebt hatte - trotz Eva. Wenn sie doch verstehen würde, dass es nie einen wirklichen Grund gegeben hatte, meine Liebe infrage zu stellen.

All das, was sich ihr während der Ermittlungen und in diesen quälenden Stunden im Prozess offenbarte, musste verletzend und erniedrigend für sie sein.

Es war kein Wunder, wenn sie verbittert war.

Sie hob kurz den Blick in meine Richtung und senkte ihn sogleich wieder, ehe unsere Augen sich trafen.

Gott, wie elend sie aussieht!

In der Reihe hinter Diana saßen die Zeugen, unter ihnen drei der Ermittler. Ich sah den Chef der Mordkommission, daneben einen jüngeren Kollegen und die dunkelhaarige Polizeipsychologin mit den durchdringenden grau-blauen Augen, die mich in den Verhören so gnadenlos seziert hatten. Sie war eine, wie ich fand, anziehende Frau um die fünfzig. ,Massen' fiel mir der Name wieder ein, Petra Massen. Auch sie sah mitgenommen aus. Im Laufe der Ermittlungen hatte sie Schlimmes durchgestanden. Schlimmeres gar als ich.

Es hatte im Zuge der Ermittlungen weitere Opfer gegeben.

Die drei Polizisten waren als Zeugen vernommen worden. Jetzt folgten sie konzentriert dem Gang der Verhandlung.

Im Stillen leistete ich den Kommissaren Abbitte. Ein weiterer Mühlstein aus Schuld auf meinen Schultern.

Ein wenig räumlich getrennt von den Zeugen fand sich eine Handvoll Gerichtsreporter. Ich sah, wie sie jede Ausführung konzentriert verfolgten und eifrig in ihre Notizblöcke, Handys und Tablets schrieben. Der Fall war nicht nur in Celle durch die Presse gegangen. Sogar das Regionalfernsehen hatte davon berichtet.

Sie alle lauerten auf das Urteil. Genauso wie die eigens aus Wolthausen angereisten Nachbarn und all die Gerichtsgänger, die sich regelmäßig in den öffentlichen Verhandlungen einfanden und dort ihre Sensationslust befriedigten.

An die zahllosen, mit Sicherheit widerwärtigen, Posts in den gängigen Social Media mochte ich gar nicht denken.

Mein Verteidiger hatte in den vergangenen Wochen seit der Tat laufend Einsicht in die Ermittlungsakte genommen und war früh auf das wackelige Mordmotiv der Eifersucht gestoßen. Dr. Mund und ich hatten überlegt, das Ermittlungsergebnis infrage zu stellen. Immerhin war damit *das* klassische Motiv für den Vorwurf der Anstiftung zum Mord gefunden worden. Wer jedoch hätte mir nach all den Zeugenaussagen aus der Firma geglaubt?

Dr. Mund hatte die Chancen für einen Freispruch von Beginn an als glänzend eingestuft. Zu Anfang war er sogar davon ausgegangen, dass gar nicht erst Anklage erhoben werde. Der Vorwurf der Staatsanwaltschaft habe keinerlei Grundlage, er sei nach allem, was sich zugetragen habe, eher absurd. Selbst die Ermittler hatten der polizeilichen Akte zufolge Zweifel an der Anstiftung gehegt. Dann sprach mein Verteidiger von einem übereifrigen Staatsanwalt und einem geringen bis überschaubaren Risiko einer Verurteilung, bis schließlich doch Anklage erhoben wurde.

Am Ende stand ich vor Gericht und die Staatsanwaltschaft zelebrierte genüsslich einen der Klassiker der Mordmotive. Eifersucht.

Ich war mir gegen alle Beruhigungsversuche des Verteidigers gar nicht mehr sicher, dass ich mit einem Freispruch zu rechnen hatte.

Eifersucht war einer jener ‚niedrigen Beweggründe‘, die einen Totschlag zum Mord qualifizierten, wie mir mein Anwalt erklärt hatte.

Es kam daher entscheidend auf meine Glaubwürdigkeit an.

Das Plädoyer des Staatsanwaltes ließ mich wie einen wütenden Othello dastehen. Mein Ansehen in der Firma, das Bild, das meine Freunde und Nachbarn, vor allem aber Diana, von mir bis dato hatten, war dahin, für immer zerstört. Daran würde selbst ein Freispruch nichts mehr ändern, falls denn das Gericht mich überhaupt freisprechen sollte.

Erneut sah ich zu Diana hinüber, die weiterhin meinen Blick mied.

Mir war elend zumute. Hinter der versteinerten Fassade sah sie so zart und verletzlich aus. Ihre Blicke waren schierer Schmerz.

Wie in einem kafkaesken Traum drangen die letzten Worte des Staatsanwaltes in mein Bewusstsein: „.... ist bei der Strafzumessung zugunsten des Angeklagten zu berücksichtigen, dass dieser strafrechtlich bisher nicht in Erscheinung getreten ist und die Situation ihn seinerzeit in gewisser Weise überrumpelt haben mochte." Er hielt bedeutungsvoll inne. „Dagegen steht das niedere Motiv für die schreckliche Tat. Der Angeklagte vermochte der Verlockung nicht zu widerstehen, jemanden beseitigen zu lassen, der ihm im Wege stand. Dabei hat er durch die Anstiftung des inzwischen rechtskräftig verurteilten Mörders ein Menschenleben ausgelöscht", dozierte er gestelzt.

Der Staatsanwalt reckte seine schmale Gestalt. Ich schätzte ihn auf weit über fünfzig Jahre ein. Ein mickriger Wichtigtuer. Und doch hatte er die Macht, mich vor Gericht zu stellen. Er hatte dieserart Antragsbegründungen ohne Zweifel schon unzählige Male verlesen. Ich dagegen erlebte eine solch existenzielle Situation das allererste Mal. Für mich ging es um alles, meine Ehe und mein ganzes weiteres Leben.

„Nach § 26 Strafgesetzbuch ist der Anstifter wie der Täter selbst zu bestrafen. Die Tat wurde mittels eines Auftragsmörders verübt, um einen Nebenbuhler zu beseitigen, und damit aus niedersten, Menschen verachtenden Motiven. Die Staatsanwaltschaft beantragt daher, den Angeklagten zu einer lebenslangen Freiheitsstrafe zu verurteilen." Er nickte dem Gericht zu und gab dann mit gönnerhafter Geste meinem Verteidiger ein Zeichen, um ihm das Wort zu überlassen. Dann nahm er wieder Platz.

Lebenslang!

Ein verrückter Alptraum? Nein, das hier war Realität. Ich war in einem Drama gefangen. Alles in mir drängte danach, aufzubegehren, aufzuschreien.

Als mein Verteidiger mitbekam, dass ich es nicht schaffte, meine Gefühle zu zügeln, legte er mir begütigend die Hand auf die Schulter.

Er nickte mir aufmunternd zu und stand auf, um sein Plädoyer zu halten.

Ebenso wie der Staatsanwalt war er ein Routinier.

Anders als dieser aber war er von eindrucksvoller Statur und selbstbewusstem Auftreten. Er wusste genau, wie er auf Menschen wirkte. Ob mir dies vor dem Schwurgericht helfen würde, schien mir inzwischen fraglich zu sein. Es kam allein darauf an, wie glaubwürdig er die Situation und meine Beweggründe bei der Begegnung mit dem Mörder schilderte.

Dr. Munds dunkle und unaufgeregte Stimme hätte mir an sich Zuversicht vermitteln sollen. Aber so oder so, mein Leben lag in Scherben. Meine Arbeitsstelle war verloren. Ob ich jemals wieder einen Job in meiner Branche als Marketingspezialist finden würde, war fraglich.

Am schlimmsten aber blieb, dass ich nicht wusste, ob meine Ehe mit Diana zu retten war, ob sie mir glaubte, mich trotz allem nach wie vor liebte, oder mich nurmehr hasste und verachtete.

Mühsam fanden meine Gedanken zurück zur Verhandlung.

So viele Worte! Wozu das alles? Dieses weihevolle Ritual. Nur für die gierige Öffentlichkeit? Die Fakten lagen doch auf dem Tisch. Sollten die Richter endlich entscheiden!

Ich versuchte, mich auf das Plädoyer zu konzentrieren, schon um aus den Worten meines Verteidigers ein wenig Hoffnung zu schöpfen. Aber ich war nach wie vor zu aufgeregt, um seinen Ausführungen zu folgen. Meine Nerven vibrierten und schickten fiebrige Ströme durch den Körper, die jeden Gedanken durcheinanderwirbelten.

Ich sah erneut zu Diana hinüber, die meinen Blick nun nicht mehr mied und mich mit nervös zuckenden Lippen anzulächeln versuchte. Ihre messingblonden Haare fielen um ihr schmales Gesicht herum bis auf die Schultern. Alles in mir rief danach, sie tröstend in die Arme zu nehmen. Doch nicht einmal das war mehr möglich.

Das Plädoyer meines Verteidigers folgte einem

gewissen Auf und Ab der Betonungen. In diesem nahezu melodischen Rhythmus erzählte der Anwalt meine Geschichte und die von Emil Markovic, dem Mörder, und die des Ermordeten. Die wenigen Worte, die ich bewusst aufschnappte, vermengten sich mit meinen Erinnerungen.

Mit den Worten des Anwaltes wurden die Bilder im Kopf lebendig, und alles geschah noch einmal.

Der Vorfall vom frühen Sommer entspann sich abermals vor dem geistigen Auge und dieser Film in meinem Kopf erzählte ein Geschehen, das mein ganzes Leben aus der Bahn geworfen hatte.

Meines und das der Kommissarin, deren ernsten Blick ich versonnen auffing, als ich noch einmal zu den Zeugen hinsah.

Auch ihre Geschichte lastete schwer auf meinen Schultern. Es war eine Geschichte persönlicher Verluste.

Schuld

Monate zuvor, lange bevor ich der Gerichtsverhandlung, dem scheinbaren Abschluss des Falls Möbius, als Zeugin beiwohnte, hatte ich in meiner alten Oberschule, dem Hölty Gymnasium, ein wenig Öffentlichkeitsarbeit zu leisten. Das LKA stellte mich für solche Abstecher aus dem Polizeialltag gern frei. Und ich nahm die Gelegenheit ebenso gern wahr, junge Leute für die Aufgaben der Polizei und das Thema ‚Recht und Gerechtigkeit‘ zu begeistern.

Die Elftklässler, denen ich die Arbeit der Kriminalpolizei nahebringen sollte, wurden mit einer Filmszene konfrontiert, die sie so oder ähnlich schon etliche Male in Spielfilmen zu sehen bekommen hatten: Ein junger Mann und eine junge Frau fielen stürmisch übereinander her, küssten und liebkosten sich leidenschaftlich und begannen, einander die Kleidung vom Leib zu zerren.

Früher hätte man so etwas im Hölty eher nicht gezeigt.

Ich verdrängte den Gedanken an meine eigene Schulzeit in diesen heiligen Hallen und konzentrierte mich wieder auf den Film.

Als der Mann sein Gesicht an ihrem Hals vergrub, stieß die Frau ihn plötzlich abrupt von sich.

Ich schaltete den kurzen Film an dieser prickelnden Stelle aus und erntete prompt unwilliges Murren und Proteste. Amüsiert gab ich der Lehrerin ein Zeichen, die Vorhänge wieder zu öffnen. Bärbel Rosenau war die Klassenlehrerin der 11a des Gymnasiums und meine langjährige Freundin aus den weit zurückliegenden Jahren der eigenen Schulzeit. Für ihre Kurse in ‚Philosophie und Recht‘ rief sie mich hin und wieder als Polizeipsychologin für Vorträge und Diskussionsrunden dazu.

Die Jalousien fuhren hoch und surrten dabei leise.

Licht flutete den Raum und gab den Blick auf die Tischreihen mit den sich unterschiedlich cool fläzenden Teenagern frei.

„Was geht euch bei diesem Geschehen durch den Kopf? Was denkt Ihr über die Frau und den Mann?" Ich ließ den Blick gespannt über die jungen Leute gleiten.

„Zicke", hörte ich eine dunkle Stimme. Der Ton klang verächtlich. Ich sah einen Schüler weit hinten im Klassenraum, der sich genüsslich zurücklehnte und Beifall heischend um sich blickte. Einige seiner Kumpels sahen ihn feixend an.

Ich legte Bärbel die Hand auf den Arm, als sie sich anschickte zu intervenieren.

„Okay," sagte ich mit Blick auf ihn und seine Sitznachbarn. „Merken Sie sich Ihre Überlegungen, die Sie zu dieser Wertung gebracht haben! Ich komme gleich darauf zurück. Wir sammeln erst einmal weitere Einschätzungen."

Einschätzungen. ‚Zicke' war gewiss keine durchdachte Einschätzung. Für einen Sechzehnjährigen *war* es eine Wertung, selbst wenn diese mehr mit Geltungssucht und einem uneingespielten Hormonmix zusammenhing. Als Mutter eines erwachsenen Sohnes und einer ebenfalls inzwischen großen Tochter war ich in dieser Richtung einiges gewohnt und reagierte entsprechend gelassen, obwohl ich bei solch einer Meute nicht mit der Routine einer Lehrerin aufwarten konnte.

„Womöglich hat sie mit einem Mal Angst bekommen."

Ich nickte der Schülerin Linkerhand zu, die sich Gedanken über mögliche andere Beweggründe der jungen Frau aus dem Film machte.

„Oder irgendetwas an dem Verhalten des Mannes hat sie ernüchtert", warf ein anderer Schüler ein. Er gehörte erkennbar nicht zum Dunstkreis des Jungen, der „Zicke" gerufen hatte und erntete prompt Unmutsäußerungen aus der letzten Reihe.

Es gab einige weitere Meldungen zu mehr oder weniger plausiblen Motiven für die plötzliche Reaktion der

Frau aus dem kurzen Film.

„Kommen wir doch mal zu der Frage, wie die beiden mit der Situation umgehen könnten!" Ich nahm wieder den Schüler dran, der sich zuerst gemeldet hatte. „Ist die Frau nach Ihrer Meinung immer zwangsläufig eine Zicke? Und was genau ist überhaupt eine Zicke?"

„Na ja, scharf machen und dann ‚nen Rückzieher. Das ist doch echt ‚ne miese Tour", kam es etwas verunsicherter. Der Blick des Schülers wirkte schon weniger selbstgefällig. Er setzte sich auf und stütze sich mit den Ellenbogen auf die Tischkante. Seine langen braunen Haare fielen nach vorn.

„Man darf demnach jemanden nicht vor den Kopf stoßen, wenn die Gefühle hochkochen?"

Er nickte zögerlich. „Geht doch nicht, so …". Er suchte nach Worten. „... mittendrin."

„Doch, das geht." Ich ließ den Satz erst einmal im Raum stehen und nickte dem Schüler ernst zu. „Und es ist vor allem zu respektieren! Überaus wichtig!" Ich ließ den Blick über die Gesichter der Klasse streifen.

„Was, wenn die Frau einen persönlichen Grund hatte, keine Intimität mehr zu wollen? Wir hatten ja schon eine Reihe von möglichen Gründen gehört. Muss man dann trotzdem weiter mitmachen?"

Eine Schülerin sah sich zögerlich um, scheinbar unsicher, ob sie sich zu Wort melden sollte. Dann gab sie sich einen Ruck. „Na ja, ist ja meist schwer für den Mann, klarzukriegen, was Sache ist, mit den ganzen Hormonen und so." Sie erntete prompt Lacher, Grinsen und spöttische Rufe, die sie erstaunlich selbstbewusst mit einem Lächeln ihrerseits abtat.

Die Lehrerin hob beschwichtigend die Hände. Ich sah sie an. „Lass gut sein, Bärbel! Das ist offensichtlich ein Thema in der Klasse." Jetzt hatte ich die Lacher auf meiner Seite. Bärbel lächelte mir zu und nickte.

„Für beide demnach eine schwierige Situation", griff ich den Faden auf und sah die Schülerin an. „Was also könnten die beiden tun?"

„Reden." Das kam erstaunlicherweise von dem Erst-
melder. „Na ja, was soll er denn damit anfangen, erst
...", er suchte wieder nach Worten. „ ... scharf gemacht
und dann abgewiesen werden?"

Ich nickte dem Jungen versonnen zu. Manchmal fiel
es mir schwer, die Teenager zu siezen, zumal wenn sie
so deutlich jünger waren, als meine eigenen Kinder.
Aber sie verdienten sich immer wieder Respekt auf dem
Weg zum Erwachsenwerden.

„Es geht darum, den anderen mit seinen Gefühlen
nicht allein zu lassen", bestätigte ich seine Worte. „Das
gilt in beide Richtungen. Reden ist für beide wichtig.
Denn wir müssen in jedem Moment, vor allem wenn
Unerwartetes geschieht, in Betracht ziehen, dass jeder
seine Geschichte auf die eigene Weise *erlebt*. Wenn wir
zu verstehen versuchen, was mit dem Anderen und mit
einem selbst geschieht, müssen wir fragen und
zuhören! Anders wird es kein Verstehen und Akzeptieren geben. Denn jeder hat seine eigenen Antriebe für
das, was er anstrebt. Im Polizeisprech nennt man das
‚Motive', wenn es darum geht, *warum* Dinge aus dem
Ruder gelaufen sind, *warum* jemand etwas getan oder
unterlassen hat."

Ich sah die Schüler eindringlich an.

„Motive." Ich ließ das Wort wirken. „Jeder hat seine
eigene Sicht auf die Geschehnisse. Ein Mensch kann
nur aus sich selbst herausschauen. Das erscheint so
selbstverständlich. Aber das gilt es erst einmal zu
akzeptieren. Und dann muss man seine subjektive
Sichtweise halt erklären. Und man sollte dabei versuchen zu verstehen, welche Beweggründe der andere
hat. Nicht nur die Polizei ist gehalten, die Motive der
Beteiligten an einem Tatgeschehen zu erforschen, um
einer Tat gerecht zu werden. Auch im täglichen Miteinander ist es wichtig, die Motive der Menschen um
einen herum nachzuvollziehen."

Ich ließ den Gedanken kurz wirken und sah in die
Runde. „Will mein Gegenüber mich tatsächlich vor den

Kopf stoßen und verletzen?" Ich hielt kurz inne. „Das könnte sich der Mann in dem Film fragen. Und das verlangt manchmal schon sehr viel von jemandem, bringt aber meistens Klärung."

Ich sah in konzentrierte Gesichter, sowohl der Jungen als auch der Mädchen.

„Mag sein, dass die Frau eine Zicke ist, die leichtfertig mit intensiven Gefühlen spielt. Kann alles sein. Es mag aber etliche andere denkbare Gründe für die unerwartete Reaktion geben."

Ich sah wieder den Jungen aus der letzten Reihe an. „Um wie vieles angenehmer ist es für den Mann, wenn er erfährt, dass die Zurückweisung gar nichts mit ihm selbst zutun hat und er sich nicht persönlich abgewiesen und verletzt fühlen muss." Ich nickte ihm zu und hielt erneut inne. „In Rechtsfragen ist es neben der Frage nach den Motiven daher wichtig, zu klären, ob jemand vorsätzlich gehandelt hat. *Wollte* die Frau den Mann vor den Kopf stoßen, ihn mit all seinen intensiven Gefühlen auflaufen lassen, oder ging es ihr nur darum, eine ihr unangenehm werdende Situation zu beenden, aus Angst, vielleicht auch wegen einer plötzlich aufgekommenen schmerzhaften Erinnerung? Das eine hieße ‚Zicke', das andere eben nicht."

„Und was hat das mit Ihrer Arbeit als Profilerin zutun, Frau Massen?" Es war wieder der Checkertyp aus der letzten Reihe, der offenbar erneut Aufmerksamkeit brauchte.

„Das nennt sich ‚strategische oder operative Fallanalytikerin', nicht Profilerin, und es hat einiges mit meiner Arbeit und den Ermittlungen bei jederart Delikt zutun." Ich sah den Jungen lächelnd an.

Die Jugendlichen hörten gespannt zu.

„Die erste Variante hieße dann nämlich ‚Vorsatz'. Vorsätzlichkeit führt oft erst dazu, dass ein Handeln strafbar ist. In anderen Fällen ist es ein Grund, Strafen zu verschärfen. Eine oft zentrale Frage, die Polizisten und Staatsanwälte neben dem äußeren Hergang von Ereig-

nissen für die Frage ‚Schicksal oder Straftat' unabding-
bar zu klären haben." Ich ließ den Satz kurz sacken.
„Hat jemand etwas *bewusst* getan, oder hat er etwas
getan, das er so gar nicht gewollt hat?"

Ernste und teilweise betretene Gesichter waren auf
mich gerichtet. „Außerdem, und das kennt Ihr wieder
aus Krimis, ist die Frage, was Menschen antreibt, für
die Ermittler immer wichtig. Wer hatte ein Motiv für die
Straftat, zu der wir den Täter ermitteln müssen? Ist das
Motiv bekannt, führt schon das oft zum Täter. Die Frage
ist demnach immer: Wer hatte ein Interesse an dem,
was passiert ist."

Ich sah auf die Uhr. Die Stunde war fast vorüber.
Aber eine Botschaft wollte ich noch loswerden: „Das ist
übrigens eine Frage, die Ihr Euch gern öfter einmal im
Alltag stellen solltet! *Cui bono.* Wer hat ein Interesse
daran, was um Euch herum oder mit Euch geschieht
oder an dem, was erzählt wird? Wenn Ihr euch das
fragt, schützt es euch meistens davor, haltlos zu speku-
lieren und Rattenfängern aufzusitzen. Ihr erkennt auf
diese Weise oft recht schnell, ob und warum Euch
jemand zu manipulieren versucht."

Nachdenkliche Blicke der Schüler trafen mich. Meine
Freundin sah lächelnd und wissend zu mir her.

„Aber manchmal passieren Dinge einfach, ungewollt.
Es gibt doch auch Fahrlässigkeit", warf der junge Bur-
sche aus der letzten Reihe ein. „Manchmal kann man
doch nichts dafür, was geschieht."

Ich sah ihn schmunzelnd an, wissend, dass einiges
von dem, was ich vermitteln wollte, offenbar angekommen ist. „Genau, und das besprechen wir in der nächsten Stunde. Bis dahin nehmen Sie bitte mit, dass es
wichtig ist, sich Geschichten einmal aus einer anderen
Warte erzählen zu lassen." Ich nickte abschließend.
„Schaut auf die Motive! Das lässt sich auf fast jede
Lebenslage anwenden."

Bärbel nickte mir auffordernd zu und wandte sich
dann wieder an ihre Schüler. „Ein hochinteressanter

Gedanke, diese Frage nach den Motiven. Selbst wenn es in Eurem Alltag *hoffentlich* nicht um Straftaten geht."

Buhrufe kamen auf und Bärbel lächelte mich mit wissendem Blick an.

Als sie ihre Hände hob, kehrte wieder Ruhe ein. „Wir alle erleben täglich, dass jemand etwas von uns will, Forderungen, denen wir manchmal gar nicht nachkommen wollen. In solchen Fällen geht es uns oft nur noch um Harmonie, nicht darum, wie wir uns dabei fühlen. Wir wollen Loyalität zeigen, Konflikte vermeiden, fürchten zu enttäuschen und haben Angst, nicht gemocht zu werden. Wenn wir uns in solchen Momenten einmal fragen, welches Motiv es für den *anderen* gibt, etwas zu fordern, was uns nicht behagt, dann hilft uns das fast immer bei der Frage, ob dieser Andere es gut mit mir meint?"

Ich bemerkte, wie ernst die Stimmung erneut geworden war.

„Aber nicht, dass Sie im Alltag anfangen, Polizei zu spielen!" Ich hob scherzhaft den Zeigefinger. Die aufkommenden Lacher lösten ein wenig die Anspannung.

Ich nickte meiner Freundin abermals zu und erhob mich. „Ich muss los, Bärbel."

Die Stunde war ohnehin vorüber und übergangslos breitete sich die Unruhe aus, die in jeder Klasse nach dem Ende des Unterrichts entstand.

Bärbel und ich ließen den Klassenraum und den Lärm der in die Pause strömenden Schüler hinter uns. Wir schlenderten durch die Schulflure in Richtung Lehrerzimmer. Kurz vor der Aula kamen wir an den Fotos alter Abschlussjahrgänge vorbei, auf denen nach all den Jahren nach wie vor unser Jahrgang zu finden war. Wir suchten die jüngeren Bilder unserer selbst, beklagten mit gespieltem Selbstmitleid, wie alt wir doch geworden sind. Und wir lachten, weil uns klar war, dass wir kokettierten.

Als wir in der Aula kurz vor dem Ausgang den Flur zum Lehrerzimmer erreichten, verabschiedete sich

Bärbel von mir, nicht ohne mir überschwänglich zu danken. Ich musste ihr nicht groß etwas vormachen, als ich ihr mit wegwerfender Geste beteuerte, dass mir diese Stunden neben der Polizeiarbeit Freude bereiteten.

Ein wenig wehmütig verließ ich meine alte Schule, schloss mein Rad auf und fuhr die wenigen Kilometer über die Heese und die Jägerstraße bis zum Polizeipräsidium kurz vor der Schwedenbrücke. Ich hatte ein paar Dinge aus meinem Büro abzuholen, die ich bei der letzten Aushilfe im Präsidium hatte liegenlassen.

Die Fahrt mit dem Rad dauerte nur ein paar Minuten. Ich genoss den Wind im Haar, die Sonne auf den Händen, das Spiel der Beinmuskeln und die rhythmischen Geräusche der Pedale und Räder. Die Jeans und der Sommermantel über der Bluse waren fast zu warm für den frühen idyllischen Sommertag. Ich spürte, wie intensiv ich diese Augenblicke der Normalität abseits der Mordakten mit ihren unmenschlichen Abgründen brauchte. Allein bei meinen Spaziergängen durch den Wald und die Allerwiesen in Richtung Boye konnte ich so tiefgehend abschalten wie beim Radfahren.

Am Ende erreichte ich den tristen, hoch aufragenden und mit Waschbetonplatten verkleideten Bau des Präsidiums. Ich schloss mein Rad an den Fahrradständer neben der Treppe zum Eingangsportal. Es war einer der wenigen Plätze in der Stadt, wie ich lächelnd überlegte, wo man kaum Angst zu haben brauchte, dass einem das Fahrrad gestohlen wird.

Flotten Schrittes lief ich die wenigen Stufen zum Eingang hinauf. Neben der Tür zum Empfang wurde mit großen Plakaten für eine Karriere bei der Polizei geworben. Strahlende Gesichter junger Menschen in Uniform buhlten um Aufmerksamkeit.

Als wenn der Polizeidienst strahlende Gesichter hinterließe.

Ich dachte kurz an die Schüler aus Bärbels Klasse,

die in nicht einmal zwei Jahren ihr Abitur vor sich hatten, und nickte der jungen Kollegin hinter dem Fenster zu, die unter anderem Besucher empfing, Anzeigen entgegennahm und prüfte, wer Zugang zum Präsidium erhielt.

Wenige Meter hinter dem Wartebereich für Besucher eilte ich die Treppen zum Büro hinauf.

Als ich im dritten Stock den Flur vor meinem Büro erreichte, wartete dort ein Kollege auf mich. Mein Herz machte einen kleinen freudigen Hüpfer, als ich ihn erkannte. Es war Will Wöhler, der Mann, der die letzte MoKo geleitet hatte, der ich vom LKA zugeteilt war.

Mit einem angedeuteten Lächeln grüßte ich ihn.

Will war ein souverän-lockerer Kollege mit trockenem Humor. Und ich mochte ihn.

Mir fiel sofort auf, dass sein Blick ungewohnt ernst war. Mit seinen dunkelbraunen Haaren, den noch dunkleren Augen und dem Schatten schwarzer Bartstoppeln um den Mund herum konnte dieser ernste Blick durchaus als bedrohlich empfunden werden. Eine andere Seite, die ich an ihm kennengelernt hatte, wenn er Vernehmungen durchführte.

Im Umgang mit Kollegen war er zum Glück deutlich anders, als seine markante Erscheinung vermuten ließ. Er war ein durch und durch sympathischer Kerl, ein Kollege aus dem Betrugsdezernat, mit dem ich inzwischen schon einige Male im Rahmen von Mordfällen zusammengearbeitet hatte.

Ich war überrascht, ihn vor meinem Büro anzutreffen.

Wöhler versuchte ebenfalls ein Lächeln und kam ohne Umschweife zur Sache: „Petra, wir haben da einen Irren, der den Chef der Better-Slogan umgebracht hat. Wir verhören ihn gleich. Kannst du bitte mal mit hinter den Spiegel kommen?"

Ich sah ihn verdutzt an, nach wie vor ein wenig gefangen in den Gedanken an die Schulstunde.

Nur Augenblicke zuvor war ich dem manchmal deprimierenden Alltagstrott aus therapeutischen

Gesprächen mit traumatisierten Kollegen und psychologischen Bewertungen von Tathergängen und Mordmotiven entronnen, schon holte mich der tägliche Irrsinn der Jagd nach einem Mörder ein. Dabei wollte ich nur ein paar persönliche Sachen und Unterlagen aus dem Büro holen.

Wieder ein Mordfall in Celle? Meine kleine Heimatstadt war in solchen Dingen beschaulicher als Hannover, wo mein eigentlicher Job auf mich wartete.

Doch selbst in Celle geschahen Morde.

Ich hielt unschlüssig inne, den Mantel über dem Arm und den Schlüssel zum Büro nicht einmal im Schloss.

„Jetzt, gleich oder sofort?", fragte ich zurück und sah vielsagend an mir hinab, hob den Mantel kurz an und nickte dann zum Türschloss.

„Okay, das war …", er suchte mit Blick auf den Schlüssel nach einem originellen Spruch, „ … aufschlussreich." Er deutete auf meine Hand und lächelte beiläufig. „Gut, dann komm erst einmal an!"

„Na ja, ich muss wieder zurück nach Hannover." Ich hatte nach der Unterrichtsstunde gar keine Zeit mehr. Kurz dachte ich an die Fahrtzeiten der Regionalbahn und mir wurde angesichts der Arbeit, die im LKA auf mich wartete, zunehmend mulmig zumute.

Wöhler zog die Brauen hoch. Große Augen sahen mich gewollt ahnungslos an. Er zuckte mit den Schultern und ließ seine Handflächen vielsagend nach oben zeigen.

Das sieht nach einem ‚mir doch egal‘ aus.

So viel Chuzpe. Das passte zu ihm.

Ich schüttelte langsam und kaum merklich den Kopf. Am Ende nickte ich schmallippig. „Ich komme gleich nach. Wer könnte schon der Welt hinter den Spiegeln widerstehen." Wusste der Himmel, wie ich das zeitlich einrichten sollte.

Gespielt zögerlich machte er Anstalten, sich abzuwenden. Dann drehte er sich wieder zu mir um. „Ach ja, Alice im Wunderland." Er hob verstehend den Finger.

„Die Welt hinter den Spiegeln. Wie immer originell, die Kollegin." Er ließ die Hand sinken, neigte ein wenig den Kopf und wandte sich erneut zum Gehen. „Dann bis gleich!"

Ich öffnete endlich die Tür. „Was sind wir doch wieder witzig", murmelte ich, obwohl ich es war, der ihm den Ball zugespielt hatte.

Wöhler konnte ein Filou sein. Er hatte einen soliden Ruf, war aber gleichzeitig dafür bekannt, dass man nie wusste, ob er flirtete, oder sich nur betont geistreich gab. Was das anging, konnte ich auf eigene Erfahrung zurückblicken.

Ich trat in mein vorübergehendes Refugium mit dem beruhigenden Blick auf das Grün entlang der Fuhse, lehnte mich mit dem Rücken gegen die Tür und stöhnte entsagungsvoll.

Es war schon annähernd Mittagszeit und ich plante, bald nach dem Essen mit der Bahn nach Hannover zu fahren, wo meine LKA-Akten auf mich warteten. Ein Nachmittag angefüllt mit liegengebliebener Routine. Danach dann wieder in die Bahn zurück nach Celle. Manchmal war das alles schon etwas viel.

Ich legte den Rucksack, der mir als Handtasche diente, auf den Schreibtisch und hängte den Mantel an einen der Haken neben der Tür. Vor dem Spiegel gleich daneben lockerte ich mit beiden Händen mein Haar. Es war trotz meines Alters noch immer größerenteils schwarz. Hier und da zeigten sich ein paar schmale graue Strähnen, die sich wie Silberfäden durch die dunkle Pracht zogen.

„Die Welt hinter den Spiegeln", murmelte ich und schüttelte den Kopf, nicht ohne süffisant zu lächeln.

Ich war inzwischen einundfünfzig Jahre alt. „Fünfzig ist das neue Vierzig" zitierte ich in Gedanken meinen Mann Peter und lächelte eine Spur breiter. Peter wurde nicht müde, mir begeistert zu versichern, dass ich problemlos für Ende dreißig durchging.

Und Wöhler, dieser selbstgefällige Charmebolzen,

erweckte bei mir nicht zum ersten Mal den Eindruck, dass er von mir angetan war. Ich liebte meinen Mann, aber ein paar kesse Bemerkungen hier und da konnten nicht schaden. Wöhler sah mehr als nur passabel aus, hochgewachsen, einen halben Kopf größer als ich, schlank und stets in hochwertige aber immer etwas altmodisch wirkende Anzüge gekleidet. Ein Mann – zumal in meinem Alter, selbst wenn er ein-zwei Jahre südlich der Fünfzig war, - dem man als Frau schon mal einen zweiten Blick gönnte. Seine gelegentlichen selbstverliebten Wortspiele wirkten meist kess, blieben dennoch stets unaufdringlich.

„An sich", dachte ich, „sollte es ja reichen, wenn Peter meine kleinen Eitelkeiten bedient."

Ich schüttelte wieder den Kopf und drehte mich um, weg vom Spiegel, weg von den Selbstgefälligkeiten. War ich nicht langsam zu alt, mich mit solchen Schwachheiten zu beschäftigen?

Durch das Fenster fiel schon warmes Mittagslicht und ich genoss für einen Moment den Blick über die Fuhse hinweg zum Landgestüt, das durch die Bäume am Ufer kaum verdeckt wurde. Das Flüsschen mäanderte gleich hinter dem Polizeihochhaus vorbei durch die Stadt und war mit seinem Uferweg eine beliebte grüne Wegeverbindung bis hin zum Stadtrand.

Ich riss mich von meinen Gedanken los, setzte mich an den Schreibtisch und fuhr den PC hoch. Es blieb wenig Zeit, mich vorzubereiten.

Die ‚Welt hinter den Spiegeln' wartete neben dem Verhörraum in einem anderen Gebäudetrakt auf mich. Dort ging es erfahrungsgemäß alles andere als lyrisch oder gar wie im Märchen zu. Wöhler würde dem Gedanken hinzufügen, dass man dort dennoch allzu oft Märchen aufgetischt bekam.

Wirst du denn nie erwachsen?

Ich warf einen entsagungsvollen Blick auf die Akte auf meinem Schreibtisch. Es war die Akte Emil Markovic.

Ich hätte mich in diesem Moment anders entscheiden und nach Hannover fahren können. Es hätte keinen Vorwand gebraucht und es wäre besser für mich gewesen.

Doch zu diesem Zeitpunkt konnte ich nicht ahnen, welchen Preis mich der Fall Markovic kosten würde, dass er schon recht bald zu denjenigen zählte, die ich nicht mehr vergessen sollte.

Und so seufzte ich nur und blätterte die Akte auf.

Damit waren die Würfel gefallen.

Der Killer

Dr. Mund, mein Verteidiger, ließ kein Detail aus, nicht zu den Ermittlungsergebnissen und nicht zu den Geschehnissen, wie ich sie erlebt hatte.

Die Details des Plädoyers ließen die damaligen Bilder erneut aufleben, mit einer Intensität, als wenn ich abermals dort am Wehr auf den Tschechen treffen würde.

Die schicksalhafte Begegung mit Emil Markovic hat sich unauslöschlich in mein Gedächtnis gebrannt. Alles blieb so präsent, dass ich noch immer jedes Detail unseres Aufeinandertreffens zu beschreiben in der Lage bin. Zu abstrus war die Begegnung.

Dabei fing alles so alltäglich an.

Wie fast jedes Mal, wenn das Wetter dazu einlud, war ich damals gleich am ersten freien Tag unseres Urlaubs an der Örtze spazieren gegangen, dort wo ich schon als Kind so gern mit meinen Freunden gespielt hatte.

Es war Frühsommer. Die Sonne schien seit ein paar Tagen beständig, nachdem es den April und Mai hindurch oft und heftig geregnet hatte. Es war warm.

Ich genoss die freie Zeit und freute mich schon auf den Ausblick von dem alten, langsam vor sich hin verrottenden Stauwehr den Feldweg entlang. Von dort öffnet sich der Blick vorbei an den Weiden und Erlen auf den Örtzekanal. Man sieht an der Stelle weithin über die Felder zum eigentlichen Flusslauf, der sich in weiten Schleifen vor dem Waldrand zwischen den Pferde- und Viehweiden verliert, um sich wenige Kilometer weiter, nachdem sich der Kanal wieder mit der Örtze vereinigt, in die Aller zu ergießen.

Hier, wo sich die Natur nah unserem Haus so idyllisch öffnet, fand ich oft schon Ruhe nach dem täglichen Brüten über möglichst originellen Werbetexten und dem Stress im Büro, den Termine und ausufernde Kundenwünsche mit sich brachten.

Diana und ich verbrachten die Urlaubstage diesmal zu Hause in Wolthausen. Wir hatten geplant, uns um den Garten und andere liegengebliebene Arbeiten am Haus zu kümmern. Als Ausgleich dazu waren ein paar Ausflüge eingeplant. Wir wollten endlich einmal Zeit für Theater- und Kinobesuche in Celle und Hannover finden.

Meine Frau teilte mit mir die Leidenschaft für Spaziergänge in der Natur und sie begleitete mich an sich jedes Mal gern. Aber an diesem Tag mochte sie nicht mitkommen. Ich hatte keine Ahnung, warum sie ausgerechnet am ersten Tag des Urlaubs keine Lust dazu verspürte.

Schulterzuckend machte ich mich auf den Weg.

Ich schlenderte allein und ein klein wenig enttäuscht aus dem Ort hinaus zum Wehr. Der Wind wehte mir sommerlich sacht und warm ins Gesicht. Hummeln und Bienen summten auf dem Klee und etliche Vögel zwitscherten aufgeregt ihre trillernden Strophen in den Zweigen der Büsche und Bäume. Und es duftete nach dem Wasser der Örtze, nach Heu und Wiesenblumen. Die Schönheit der Natur umfing mich wie jedes Mal, wenn ich hier spazieren ging, und lenkte mich von meinen Gedanken an Diana ab.

Bereits etliche Dutzend Meter vor dem Kanal, der sich Linkerhand des Weges, nur wenige Steinwürfe entfernt von dem Bachlauf abzweigte und voraus durch das offene Wehr strömte, hörte ich das Wasser mit Macht über die Steine rauschen. Der kräftige Regen der letzten Wochen hatte die Örtze an manchen Stellen über die Ufer treten lassen. Das Wehr war daher etwas weiter geöffnet worden, um das Wasser in den Kanal hinein abfließen zu lassen. Die zuvor aufgestauten Wassermassen der Örtze drängten ungestüm durch die in Stein und Beton gefasste Engstelle und gleich dahinter in schnellem Fluss unter der Brücke hindurch in den überwiegend durch Erlen und Weiden gesäumten Kanal. Mit jedem Schritt, den ich mich dem Wehr näherte, hörte ich intensiver, wie es rauschte und die Strudel sich erst etliche Meter hinter dem Tosen gluckernd verloren. Ich ließ mich schon auf die innere Ruhe ein, die dieser laute und doch idyllische Ort mit dem Blick über die üppig-bunte Natur jenseits der Brücke jedes Mal über mich brachte.

An diesem Tag indes zerbrachen schrille Hilfeschreie den Frieden, bereits etliche Meter, bevor ich das Wehr erreichte.

Schnell lief ich zum Kanal, sah mich um und versuchte herauszuhören, woher die panischen Rufe rührten. Sie kamen eindeutig aus Richtung der Strudel hinter dem Wehr. War dort jemand von dem ungesicherten Steg, der über das kleine Stauwehr führte, in den Kanal gefallen, oder von der Böschung hinter der Brücke gerutscht?

Meine Gedanken überschlugen sich. Das Wasser war hinter dem Wehr zurzeit tiefer als sonst. Es verwirbelte mit Macht. Die Strudel waren mehr als nur tückisch. Selbst für geübte Schwimmer war dies keine ungefährliche Stelle. Ich spurtete los und rannte über die Brücke zu der Böschung am Ende der wild bewegten Wassermassen.

Sofort sah ich den Fremden, der hektisch mit den Armen ruderte und um Hilfe schrie. Der Mann war der mitreißenden Strömung hilflos ausgeliefert und schien kaum mehr die Kraft zu haben, sich über Wasser zu halten. Seine Schreie waren inzwischen kraftloser geworden. Ich zögerte keine Sekunde und sprang im Laufen kopfüber von der Böschung ins Wasser. Tief tauchte ich ein und Eiseskälte lähmte mich für Sekunden. Die stets schnell fließende Örtze war immer kalt, aber so früh im Sommer war sie eisig. Umso mehr hatte ich erst einmal mit den gefährlichen Strudeln zu kämpfen. Aber ich kannte mich hier seit Kindertagen aus und ich war schon immer ein begeisterter Schwimmer gewesen, eine Wasserratte, wie Diana mich oft neidisch nannte. Ich erreichte den Ertrinkenden, griff dem Mann mit einer Hand unter die Schulter, bekam den Oberarm zu fassen und zog das nasse, strampelnde und unkontrolliert mit den Armen um sich schlagende Bündel Mensch weg von den Wirbeln. Es war ein anstrengender Kampf gegen die Gewalt der Strömung und die Eiseskälte des Wassers, die die Muskeln schnell hart und unbeweglich werden ließ. Die Last des Mannes und unser beider nasse Kleidung, die uns zusätzlich schwer werden ließ, brachte mich schnell an meine Grenzen.

Normalerweise fand man in der Örtze und an den meisten Stellen im Kanal Grund unter den Füßen. Jetzt aber herrschte Hochwasser. Zudem riss die Strömung an uns und ließ die Füße schwer Halt finden. Mehrere Male schlug das braune Wasser über meinem Kopf zusammen und ich mühte mich, am Ende nicht selbst kopflos zu reagieren. Zum Glück aber hatte der Fremde kaum mehr die Energie, sich gegen meinen Griff zu wehren und hielt am Ende still, so dass es mir endlich gelang, ihn ans Ufer zu zerren. Meine freie Hand fand Halt im matschigen Grund und an den Grassoden der Böschung.

Der fremde Mann beruhigte sich erstaunlich schnell, als er Grund unter seinen Händen und Knien fühlte, und ich schaffte es, ihn auf das Ufer zu hieven.

Ich hörte, wie er japsend und prustend um Atem rang. Wir ließen uns rücklings auf die Böschung fallen und rangen gierig nach Luft. Es dauerte einige Zeit, bis wir uns soweit erholt hatten, dass wir Worte zwischen den Atemstößen hervorbrachten.

„Danke," keuchte der Fremde. Er reichte mir über seinen Brustkorb hinweg die Hand. Ich nahm sie reflexhaft. „Markovic, Emil Markovic. Mein Name", bekräftigte er, als ich ihn fragend ansah. „Danke, ich schulde Ihnen etwas."

Der Name klang tschechisch, wie ich fand, aber der Mann hatte kaum Akzent. Ich musterte ihn kurz und sammelte mich dabei ein wenig. Soweit die Nässe und

der Dreck es erkennen ließen, war er nicht billig gekleidet. Ich schätzte ihn auf circa vierzig Jahre. Er war
damit ähnlich alt wie ich.

„Schon okay," erwiderte ich ebenfalls noch immer
schwer atmend. „Das hätte jeder andere genauso
getan."

„Nein," beharrte er atemlos. „Das heißt, ja, kann sein,
aber nicht so." Er holte tief Luft. „Ich hatte schon keine
Hoffnung mehr, konnte einfach nicht mehr." Er winkte
mühsam ab, als ich etwas sagen wollte, und sah mich
an. „Andere hätten gezögert und erst einmal den Rettungswagen oder die Feuerwehr gerufen. Bis dahin
wäre ich ersoffen, Sie aber sind gleich ins Wasser
gesprungen. Das hätte wirklich nicht jeder getan." Markovic rang erneut nach Atem. „Und es war ja auch für
Sie nicht ungefährlich." Er schien den eigenen Worten
nachzusinnen, während er, auf die Ellenbogen gestützt,
seinen Kopf in den Nacken hängen ließ. Die Augen hielt
er geschlossen. Der Mann rang noch immer erschöpft
nach Luft.

Die nasse Böschung war glitschig und kalt. Mooriger
Geruch stieg mir unangenehm in die Nase und trieb
mich an, mich aufzurappeln. Schnell spürte ich, dass
die Schwäche noch immer nicht aus den Gliedern
gewichen war. Also stützte ich mich wieder erschöpft
auf die Ellenbogen.

Ich ließ den Fremden erst einmal zu Atem kommen
und nutzte den Augenblick des Innehaltens, um mich
vorzustellen: „Gerd Möbius."

Sein Kopf ruckte herum. Er sah mich eindringlich an.
Die Augen eng. Dann senkte er kurz den Blick wie zu
einem knappen Gruß.

„Ich wohne in der Straße dort." Dabei wies ich auf die
Häuser hinter dem Wehr. „Sie hatten Glück, dass ich
ausgerechnet jetzt hier spazieren ging."

Er wandte den Blick wieder hinauf zum Himmel und
nickte. „Ja, ich bin Ihnen wahrhaftig dankbar." Dann
schloss er die Augen. „Das Schicksal geht schon

manchmal erstaunliche Wege." Einen Augenblick lang schien er konzentriert nachzudenken. Er rappelte sich auf und sah mich eindringlich an. „Ich kann", er sprach jedes Wort langsam und betont, „Ihnen zwar nichts geben, aber ..."

Ich winkte ab. „Sie brauchen mir *gar nichts* zu geben. Das war meine Pflicht. Und ich habe es gern getan." Die Worte klangen wie eine geschmeidige Pflichtübung. Dennoch waren sie ehrlich gemeint.

Markovic schüttelte den Kopf. Weiß der Himmel, was ihn in dieser Situation, knapp dem Ertrinken entronnen, geritten haben mochte. „Aber," fuhr er zögernd fort und musterte mich ebenfalls, wie um meine Reaktion einzuschätzen. „Ich könnte ...", jedes seiner Worte kam gedehnt und doch betont über die Lippen, so als wenn er inzwischen - wohlüberlegt - einen festen Entschluss gefasst hätte, „... jemanden, den Sie auf dem Kieker haben, für Sie ... beiseiteschaffen."

Stille fiel in mein Denken, abrupt wie ein Hieb, der meinen Verstand kurz aussetzen ließ. Alles um mich herum war plötzlich stumm, entrückt, ausgeblendet, unwirklich, wie abgeschaltet. Nur ein paar Spatzen tschilpten lärmend in den Erlen am Ufersaum, so als wenn selbst die Natur protestieren wollte.

Meine Augen wurden schmal. Hatte der Mann diesen Satz wahrhaftig gesagt? Hatte ich das wirklich gehört? Töten? Er bot mir an, jemanden umzubringen?

Was sonst sollte ‚beiseiteschaffen' heißen?

Ich rückte reflexhaft ein Stück von ihm ab. Das war nicht eben leicht, auf dem Rücken liegend und schwer auf die Ellenbogen gestützt, und es wirkte ganz sicher unbeholfen.

Die Situation war dermaßen grotesk. Der Fremde neben mir war eben erst dem eigenen Tode entronnen und nur einen Moment darauf sagte er solche verrückten Dinge, äußerte Gedanken, die mit dem Leben anderer spielten.

Ungläubig und zunehmend abgestoßen und befremdet fixierte ich Markovic. Ich war drauf und dran, mich wortlos aufzuraffen und wegzugehen. Stattdessen maß ich ihn erneut mit stummem Blick. Er ließ es wortlos über sich ergehen, gewiss ahnend, dass seine Worte mich überrumpelt und entsetzt hatten.

Aber es schien ihn nicht zu kümmern.

Etwas an Markovic bannte mich. Es war die Art, wie er mich interessiert taxierte. Sein Blick trug dazu bei, dass ich die Situation schlicht nicht einzuschätzen vermochte.

Dann löste sich die unwirkliche Spannung und ich kam zu der Überzeugung, dass das Ganze doch nur ein derber Scherz sein konnte.

Nur, wie kam man in so einer Situation auf solch groteske Gedanken?

Launig und etwas zögernd legte ich den Schalter um, von Beklemmung auf Scherzen. Es kam mir selbst etwas künstlich vor, denn Markovic hatte überhaupt nicht scherzhaft geklungen. Ich grinste ich ihn an. Und dann fielen die fatalen Worte, die ich später mehr als alles andere bereuen sollte: „Oh ja, da würden mir schon einige Leute einfallen." Ich lachte zögerlich und in leicht schrägem Ton, noch immer ein wenig im Unklaren darüber, wie ich den Geretteten einzuschätzen hatte.

Ich setzte mich auf, zog die Beine an den Körper und legte meine Arme darauf. Die Kleidung klebte unangenehm an der Haut und ließ mich erneut die Kälte der nassen Sachen spüren. Ich sah den erschöpften Mann prüfend an. Nein, das war kein Geisteskranker, nur jemand, der seine Hilflosigkeit und abgrundtiefe Erschöpfung mit einem groben Scherz zu überspielen suchte. Warum sollte ich nicht darauf eingehen?

„Ein Leben gegen ein Leben? Wie schräg muss man drauf sein, um so etwas zu denken?"

Markovic zuckte mit den Schultern und schob die Unterlippe vor. Es sah auf alberne Weise schmollend aus.„Ein Leben gegen ein Leben", bekräftigte er.

Ich schüttelte den Kopf. Trotzdem ließ ich mich auf das abwegige Spiel ein. „Mein Chef zum Beispiel. Auf der Liste derjenigen, die später mal auf seinem Grab tanzen, stehe ich ganz weit oben."

Normalerweise redete ich nicht so grob, aber in dem Moment ritt mich der Teufel. Schief sah ich Markovic von der Seite an und grinste.

Der Tscheche musterte mich forschend. Ich fröstelte und mir wurde, nicht allein wegen der nassen Kleidung und der noch immer bleiernen Kraftlosigkeit in meinen Muskeln, wieder unwohl zumute.

Markovic schien über die derben Worte gar nicht entsetzt zu sein. Er wirkte allerdings auch nicht amüsiert. Er hörte vielmehr gespannt zu und lächelte dann versonnen. Eine abwegige Reaktion, die mich erneut irritierte.

Meine innere Stimme warnte mich wieder und wollte mich davon abhalten, mich weiter mit dem Fremden abzugeben. Aber diese Stimme war zaghaft und unentschlossen. Und ich schob das Unbehagen auf die Situation, nass und erschöpft auf rutschigem Gras sitzend, nahe dem Wasser, dem wir eben erst mit Mühe entronnen waren.

„Okay, Sie haben einen Mord frei." Das klang erstmals launig, so als wenn er mir feierlich-froh sagen wollte, ich hätte einen Preis gewonnen. Er lächelte noch immer und ich war mir auf bange Weise wieder nicht sicher, ob es das richtige Lächeln zu einem derben Scherz war.

Die Sache wurde mir endgültig zuwider und ich entschloss mich, die Situation beenden. Mühselig stand ich auf und half dem Fremden mit dem scheinbar verrückten Humor auf die Beine. „Genug von dem Quatsch! Kommen Sie! Wir brauchen trockene Klamotten und etwas zum Aufwärmen."

Dann, auf dem Weg oberhalb der Uferböschung angekommen, gab ich mich wieder aufgekratzt und zählte ein paar Namen von den wenigen Leuten auf, die ich zu hassen meinte, so als wenn ich die Situation damit abmildern oder verwässern könne, indem ich sie weiter überreizte. Ich empfand bei dem Gedanken tief in mir eine diabolische Genugtuung, dass die Welt ohne diese Leute gewiss nicht ärmer wäre.

Wir liefen zurück in Richtung des Dorfes und erreichten bald die Auffahrt zu meinem Haus.

Ich hatte Markovic nur wenige Schritte zuvor bedrängt, bei uns zu Hause zu duschen und trockene Sachen von mir anzunehmen. Wir waren von ähnlicher Statur und ich hätte gewiss etwas Passendes für ihn gefunden. Der Fremde aber lehnte strikt ab. Er hob abwehrend die Hände und schien die Haustür, die Fenster sowie die Auffahrt mit seinen Blicken abzusuchen, nervös, wie mir schien, so, als wenn es ihm unangenehm wäre, von jemandem gesehen zu werden.

„Lassen Sie nur! Ich habe Ihnen genug Unannehmlichkeiten bereitet." Es klang nach Bedrängnis, fast schon genervt. Ihn nach Hause zu fahren, lehnte er ebenfalls ab. „Ich will nicht unhöflich sein und ich bin Ihnen zutiefst dankbar. Aber es ist genug! Ich komme klar."

Der Blick, den er meinem BMW zuwarf, sah dabei schon ein wenig bedauernd aus.

Wir verabschiedeten uns und ich sah ihm nach, bis er am Ende unserer Straße rechts um die Ecke verschwand. Er lief dort, wie ich vermutete, weiter in Richtung der nahen Bushaltestelle an der Bundesstraße. Immerhin schien er sich hier auszukennen.

„Er wird sich erkälten", dachte ich mir.

Nachdenklich sah ich einen Moment die Straße entlang und schüttelte den Kopf. Ich hatte diesen eigenartigen Fremden gerettet und uneinsichtig wie er verhielt, würde er sich den Tod holen.

Markovic entschwand am Ende der Straße den Blicken, aber er verschwand nicht aus meinem Leben.

Und er holte sich nicht den Tod.

Er brachte ihn.

Dianas Auto, ein dunkelblauer Golf, den wir uns hier auf dem Dorf leisteten, damit wir beide mobil waren, stand neben der Auffahrt. Sie war demnach nicht weggefahren.

Aufgekratzt wegen des aufregenden Erlebnisses am Wehr huschte durch die Haustür und rief nach ihr. Diana war jedoch nicht da, nicht im Wohnzimmer, nicht in der Küche und nicht im Garten. Ich stieg die Treppe hinauf, wo ich sie ebenfalls nicht fand. Schulterzuckend entledigte ich mich meiner nassen Kleidung, duschte und hängte das tropfende Zeug über der Wanne auf.

Als ich mir trockene Kleidung zum Anziehen holen wollte, stand Diana wie hingezaubert in der Tür. Sie sah mich todernst und gleichzeitig überrascht an. Ihr Blick fiel auf die frisch zum Trocknen aufgehängten Sachen und folgte den nassen Flecken im Flur, die ich bisher nicht aufgewischt hatte.

„Wo warst du?", fragte ich überrascht.

„Wo warst *du*?" Diana wies hitzig mit beiden Händen auf die Nässe zu ihren Füßen. Sie war sichtlich nervös und erkennbar zu aufgeregt, mir zu antworten. Stattdessen überschüttete sie mich ihrerseits mit Fragen.

„Was ist passiert? Bist du in die Örtze gefallen?"

„Nein, ich bin nicht ins Wasser *gefallen*. Ich habe jemandem vor dem Ertrinken gerettet." Ich bemerkte, dass sich ein wenig Stolz in meine Stimme schlich. Dennoch war mir so unmittelbar nach diesem verrückten Vorfall nicht nach langem Erzählen zumute und ich versuchte, sie erst einmal zu vertrösten und Ruhe zu finden. Außerdem musste ich mir endlich etwas Trockenes anziehen.

Ich bemerkte ihre fragend zusammen gezogenen Augenbrauen. Ich sah, wie sich tausend Fragen in ihrem Kopf durcheinanderwirbelten. Mit erhpbenen Händen wehrte ich den befürchteteten Redeschwall ab. Angesichts des Geschehenen war offenbar nicht zu erwarten, dass sie mich in Frieden ließ.

Also erzählte ich ihr alles.

Sie machte immer größere Augen. Am Ende brach sie in Tränen aus. „Gott, es ist alles meine Schuld. Wenn du jetzt *tot* wärst." Den Rest ihrer Worte erstickte heftiges Schluchzen.

Ich nahm sie in die Arme und streichelte ihren Rücken. „Wieso denn ‚tot' und überhaupt, weshalb ‚deine Schuld'? Das ist doch Unsinn!" Ich hielt sie ein Stück an den Schultern von mir weg, um ihr in das verweinte Gesicht zu sehen.

Sie Schaute mich irritiert an und suchte nach Worten. „Na ja, weil ich dich nicht begleitet habe", schluchzte sie hilflos. „Dann hätte ich dir doch helfen können."

„So souverän, wie du schwimmst? Danke, da hätte ich dann zwei Menschen zu retten gehabt", erwiderte ich ironisch und ein wenig schmallippig.

Diana fing sich allmählich und lächelte schließlich. Sie hörte auf zu schluchzen. „Da lässt man dich einmal allein ...". Sie bemühte sich um einen scherzhaften Ton.

„Ja, wo warst du denn?", fragte ich.

„Wieso? Ich war hier. Das heißt, als du zurückkamst, war ich kurz bei den Nachbarn, erzählen, dass wir jetzt Urlaub haben und die nächsten Tage tagsüber da sind." Ihr Blick änderte sich und wurde mit einem Mal ernst. „Aber jetzt erzähl doch mal, wen du am Wehr gerettet hast!"

„Am Wehr? Woher weißt du ...?"

„Na ja, wo sonst, nass wie du bist?", unterbrach sie mich. „Da gehen wir doch immer spazieren. Oder wo war das? Erzähl endlich!" Diana blieb hartnäckig, obwohl mir nach wie vor nicht nach weitschweifigen Erklärungen zumute war.

Diana griff sich das Badetuch und fing an, mich abzufrottieren, obwohl ich mich längst abgetrocknet hatte. Eine offensichtliche Übersprunghandlung. Und es begann, mich zu nerven. Das allzu übertriebene Getue wirkte unnatürlich auf mich und ließ mich ungehalten reagieren. Ich nahm ihr das Badetuch aus der Hand und sah sie eindringlich an, bis sie schließlich innehielt und begütigend die Hände hob.

Am liebsten hätte ich die Gedanken um die merkwürdigen und irritierenden Ereignisse am Wehr allein in mir kreisen und sich ordnen lassen.

Am Ende aber wurde mir bewusst, dass auch ich überzogen reagierte, und ich erzählte meiner Frau dann doch blumig ausgeschmückt von der ‚Heldentat'.

Sie lauschte konzentriert. Hin und wieder unterbrach sie mich besorgt und fragte, ob ich nicht zu unbedacht gewesen sei, ohne Zögern ins Wasser zu springen und das an dieser gefährlichen Stelle.

Großspurig winkte ich ab. „Bei so etwas überlegt man doch nicht lange, da zählt jeder Moment. Außerdem weißt du, dass ich ein geübter Schwimmer bin."

Von Markovics Angebot allerdings erzählte ich ihr nichts.

Als ich mich umwandte, um mir endlich trockene Sachen aus dem Schrank zu holen, waren ihre Hände wieder auf meiner Haut und ich merkte, dass sie mir nicht allein aus Fürsorglichkeit so nah kam. Dieses Mal waren ihre Hände ohne jede Hektik. Unmissverständlich sagten sie mir, dass ich mir besser nichts anziehen sollte. Dann zog sie mich in ihre Arme, fordernd und so leidenschaftlich wie schon seit langem nicht mehr. Sie löste sich von mir, nahm meine Hand und zog mich mit wissendem Lächeln hinter sich her in Richtung Schlafzimmer. Beiläufig griff sie die Träger ihres Sommerkleides und ließ es noch auf dem Flur zu Boden gleiten.

Wir sanken auf das Bett, ließen die Welt hinter uns und versanken ineinander. Für Diana gab es nur mich und für mich nur sie. Ihre Zärtlichkeiten und ihr Ungestüm ließen mich schnell all meine verwirrenden Gedanken vergessen.

Als wir später nebeneinanderlagen, gab es nur ihre Nähe, vertrautes Glück und selige Leere. Nichts mehr von dem, was mich das Gespräch auf den Geretteten lenken ließ.

So kam es, dass ich ihr von dem Wortgeplänkel mit Markovic und dessen launigem Angebot weiterhin nichts erzählte.

Am Ende, als wir uns wieder aufrafften, anzogen, in den Garten hinausgingen und auf die Terrasse setzten, dachte ich kurz noch einmal an den Vorfall. Aber das abwegige Angebot, wenngleich im Scherz, angenommen zu haben, passte nicht mehr zu der vermeintlichen Heldentat.

Die ersten Urlaubstage vergingen unbeschwert und bei sonnigem Wetter mit viel Gartenarbeit, kleinen Ausflügen und herrlicher Muße. Und so kam ich all diese Tage nicht mehr auf die seltsame Offerte nach der Rettung zu sprechen. Am Ende war ich mir nicht einmal mehr sicher, ob sich alles genau so zugetragen hatte, denn Markovic meldete sich nicht wieder.

Ein paar Tage lang genoss ich es, bei abendlichen Treffen vor meinen Freunden und Nachbarn mit der Geschichte anzugeben. An sich lag mir das Großspurige nicht und im Nachhinein wurde ich das ungute Gefühl nicht los, dass ich damit nur den Teil der Geschichte zu überspielen suchte, der schon damals einen dunklen Schatten auf die Erinnerung legte. Aber selbst dieser schale Nachhall der Angelegenheit verklang.

Der entspannte Urlaub verdrängte allmählich die Erinnerung an diesen frühsommerlichen Tag am Wehr.

Im Nachhinein betrachtet hätte mir auffallen müssen, dass ich die Spaziergänge nicht mehr zur Örtze lenkte.

Es war, wie es schien, mein Unterbewusstsein, das mich davon abhielt, mich mit der Sache erneut zu konfrontieren. Ob ich dann letztlich die richtigen Schlüsse gezogen hätte, halte ich nicht für naheliegend, denn wer kommt schon auf solche Ideen, wie der Fremde sie geäußert hatte? Und was hätte ich tun sollen, wenn dennoch Argwohn aufgekommen wäre, dass Markovic sein Angebot wahrmachen könnte?

Beinlein warnen? Die Polizei anrufen?

Beides war abwegig.

So plätscherte der Urlaub in entspannter Belanglosigkeit dahin.

Knapp zwei Wochen später, kurz vor dem Ende unseres Urlaubes, klingelte das Telefon. Ich saß nach dem Mittagessen noch in der Küche am Tisch, während Diana schon wieder draußen im Garten arbeitete. Unwillig stand ich auf und nahm das Gespräch am Apparat im Flur an.

Es war Pete van Leuten, einer meiner Kollegen. Er stand etwas weiter oben in der Hierarchie der Better-Slogan. Van Leuten war schon seit Jahren in der Firma. Wir kannten uns daher seit langem, hatten dennoch selten miteinander zu tun, obwohl die Better-Slogan eine recht kleine Firma war. Van Leuten war mit der Akquise von Kunden beschäftigt und direkt dem Chef unterstellt. Man munkelte, dass er sich vor kurzem als Juniorpartner in die Firma eingekauft hatte. Bislang indes war darüber von offizieller Seite nichts verlautbart geworden.

Ich für meinen Teil tüftelte nach wie vor Werbeideen aus.

Der Niederländer und ich waren nach allem weiterhin ‚per Sie‘.

Van Leutens dunkle Stimme klang reichlich angespannt und ungewohnt zaghaft. „Hören Sie, Möbius!" Er machte eine kurze Pause, um sich zu vergewissern, dass ich zuhöre. "Ich störe Sie nicht gern im Urlaub, aber es ist etwas Schreckliches passiert." Wieder eine Pause. „Beinlein ist tot." Mehr sagte van Leuten nicht. Es klang seltsam tonlos.

Die kurze Stille nach dieser Eröffnung ließ mich erstarren. Sofort kam die Erinnerung an den Verrückten am Wehr in mir hoch.

Augenblicklich überschwemmte mich Panik.

„Was?" Ich schrie das Wort fast ins Telefon. Hektisch

sah ich mich um. Aber Diana stand nicht hinter mir, wie ich im ersten Schreck befürchtet hatte. In einer fahrigen Geste legte ich die linke Hand um den Hörer, so als wenn ich das Gespräch dadurch abzuschirmen vermochte.

„Beinlein ist tot", wiederholte van Leuten." Er sprach wieder mit aufgeregter Stimme. „Erstochen." Dann sprudelte es aus ihm heraus. „Gestern nach Feierabend, vor dem Eingang, am Fahrradstand auf dem Firmengelände."

Ich presste mir die Faust an die Lippen, um nicht wieder töricht „was?" zu fragen. „Beinlein tot? Aber ...“

„Ja, wir alle konnten es genauso wenig fassen, als Almasur uns anrief", fuhr Pete van Leuten dazwischen. „Jeder der Kollegen hat andere aus der Firma zu Hause angerufen, schon weil wir nicht wussten, wie es mit der Arbeit weitergeht." Er hielt inne. „Das Gelände ist durch die Polizei als Tatort abgesperrt. Ich hatte eilig eine Liste für eine Telefonkette zusammengestellt. Nur an Sie, Möbius, hatte wegen des Urlaubs zunächst niemand gedacht." Er hielt kurz inne, weil er bemerkte, dass er sich in Nebensächlichem verlor. „Beinlein soll von hinten erstochen worden sein", fuhr er mit gedämpfterer Stimme fort. „Als ein paar von den Kollegen trotz der Anrufe heute Morgen zur Arbeit fuhren, war von der Polizei alles mit Flatterband abgesperrt."

Van Leuten atmete kurz durch. „Ich fand, Sie sollten es schon mal wissen, selbst wenn Sie im Urlaub sind."

„Aber, das gibt es doch nicht", hakte ich aufgebracht nach. „Wer sollte denn ausgerechnet Beinlein umbringen? War das ein Einbruch? Ein Raubmord, oder so etwas?"

Ich kam mir mit den hastig hingeworfenen Fragen scheinheilig vor, denn mir war sofort klar, dass der Mord mit meinem Zusammentreffen mit Markovic zutun haben musste.

Ich sah mich wieder hektisch um. Doch Diana war scheinbar nach wie vor im Garten. Meine Gedanken kreisten wie wild um die Worte des Kollegen. Panik machte sich mehr und mehr in mir breit - wegen Markovic und weil ich Angst vor van Leutens Antwort hatte.

„Nein." Der Kollege hielt kurz inne, als wenn er die Geschichte selbst nicht glaubte und über meine Frage erst intensiv nachzudenken hatte.

„Der Eingangsbereich vor der Firma ist, wie ich schon sagte, mit Flatterband abgesperrt. Es kommt niemand herein. Die Polizisten an der Absperrung meinten, sie dürften nichts erzählen, um Zeugenaussagen nicht zu verfälschen und so. Ich habe dann beim Chef zu Hause angerufen. Bei seiner Frau, meine ich", korrigierte er sich. Es klang hilflos. „War nicht leicht für mich, da anzurufen. Können Sie mir glauben! Aber aus Frau Beinlein war ebenfalls nichts Vernünftiges herauszukriegen. Sie bestätigte mir aber, dass ihr Mann erstochen wurde und dass es kein Einbruch war. Und jetzt halten Sie sich fest, Möbius! Der Täter soll ein Auftragskiller sein. Und gefasst ist er ebenfalls schon. Almasur, unser Security-Mann hat ihn überwältigt. Können Sie sich das vorstellen? Almasur?" Er hielt inne.

Ich reagierte nicht. In mir arbeitete es hektisch.

Van Leuten fuhr unbeirrt fort: „Der Killer soll Tscheche sein, auf jeden Fall klang sein Name tschechisch oder slawisch. Großer Gott, wer setzt denn einen Killer auf unseren Chef an?"

Mir wurde übergangslos übel. Markovic gefasst? Was, wenn er mich als Auftraggeber angab? Aber ich riss mich zusammen. „Das ... ist ja ... furchtbar", stammelte ich. „Danke, van Leuten" brachte ich mit letzter Willenskraft hervor.

Ich wartete seine Antwort nicht ab und legte hektisch auf.

Ich war wie vom Donner gerührt, trotzdem ich sofort geahnt hatte, wie die Dinge zusammenhingen. Immer mehr Panik stieg in mir auf. Einen erneuten Anflug von Übelkeit rang ich mühsam nieder. Der Magen beruhigte sich und der Würgereiz ließ allmählich nach. Ich griff mir an den Hals, weil sich mir nach wie vor die Kehle zuschnürte. Mein Herz raste noch immer. Minutenlang war ich zu keiner klaren Überlegung fähig. Ich lehnte mich an die Wand, schloss die Augen, legte den Kopf in den Nacken und zwang mich, tief durchzuatmen.

Dann endlich klärten sich die Gedanken. Der Puls beruhigte sich.

Ich atmete weiter bewusst tief durch und schleppte mich, um ein wenig Haltung bemüht, wieder in die Küche, setzte mich an den Tisch und sah zur Gartentür, voller Angst, dass Diana jeden Moment hereinschauen könne. In dem Fall hätte ich arge Probleme bekommen, ihr meine desolate Verfassung zu erklären.

„Was wird sich denn ändern?", hämmerte ich mir ein. „Ich habe ja nichts getan."

Atmen, tief durchatmen!

„So weitermachen wie bisher!", nahm ich mir vor. „Alles andere macht mich nur verdächtig."

Mühselig erhob ich mich wieder vom Tisch und begann, das Geschirr abzuräumen. Ein Teller entglitt meiner Hand und zersprang am Boden schmerzhaft laut in einer Unzahl von Scherben. Die halbe Straße musste den Lärm gehört haben. So kam es mir vor. Ich hielt inne, aber nicht einmal Diana kam herein, um nach dem Malheur zu sehen. Nach weiterem Lauschen kehrte ich die Bruchstücke auf und ließ sie vorsichtig vom Kehrblech in den Mülleimer gleiten, so als wenn ich Angst hätte, verdächtige Geräusche zu machen.

Scherben! Niemand durfte mitbekommen, dass mein Leben drohte, wie Porzellan zu zerbrechen.

Ich wusste, dass ich mich irrational verhielt. Aber das Sinnbild der Scherben war zu übermächtig.

Plötzlich drängte es mich mit Macht an die frische Luft. Ich stahl mich zur Tür hinaus, ließ die Pforte leise ins Schloss gleiten und lenkte meine Schritte eilig in Richtung der Örtze, hin zum Stauwehr.

Als ich den Örtzekanal an der Brücke erreichte, sah ich, dass in den Durchlass des Wehres hinein wieder mehr Holzbohlen eingefügt waren, um das Wasser zu stauen. Das Hochwasser war inzwischen zurückgegangen. Die Wassermassen schossen zwar weiterhin schnell unter der Brücke hindurch, aber es war nicht mehr derart mitreißend wie die Tage zuvor, zu Beginn des Urlaubs. Alles wirkte wieder wie immer, beruhigt und idyllisch.

„Und jetzt? Nichts ist mehr normal", dachte ich seltsam emotionslos, als wenn ich neben mir stand und die Situation von außen betrachtete.

„Was treibe ich hier?"

Ich ließ den Blick über die Böschung hin zum Wasser gleiten, wo sich die Wirbel unspektakulär in der weiteren Strömung verloren.

Der Täter kehrt immer wieder an den Tatort zurück. Ich erschrak bei dem Gedanken und dachte sofort an den Killer. Hektisch sah ich mich um, so als wenn ich erwartete, Markovic hinter mir zu entdecken. Aber der Tscheche war ja gefasst worden. Dann wurde mir klar, an wen ich in Wahrheit gedacht hatte, dass ich mit dem Gedanken an den ‚Täter' mich selbst meinte. Es war eindeutig die Angst, ertappt zu werden.

Als mir klar wurde, dass ich allmählich anfing, irrezuwerden, wenn ich weiter versuchte, die Sache allein mit mir selbst abzumachen, kehrte ich wieder zurück auf den Weg und ging zu unserem Haus.

Ich kam nicht mehr umhin, endlich mit Diana reden.

Ich mochte sie ohnehin nicht mehr aus der Sache heraushalten, schon weil sie irgendwann unweigerlich mitkriegen würde, dass mein Chef tot war, „nein, ermordet wurde", korrigierte ich mich in Gedanken. Zu schweigen würde mich ohnehin in ihren Augen nur verdächtig erscheinen lassen, wenn sie von der Sache erfuhr. Am Ende war sie meine Frau und ich durfte sie schon deshalb nicht belügen. Mir selbst konnte ich genauso wenig vormachen: Ich brauchte sie und jemanden zum Reden.

Ich schloss die Haustür auf, ging ins Wohnzimmer

und suchte sie in der Küche. Sie war noch immer nicht wieder hereingekommen. Nach kurzem Zögern trat ich hinaus in den Garten.

Diana kniete am Rande des Kräuterbeetes, das ihr schon immer am Herzen lag, und jätete. Mit welchen Worten sollte ich das Gespräch beginnen, wie konnte ich ihr sagen, was passiert war, welche Gedanken mich quälten? Mein Chef war tot. Markovic der Täter. Der Mann, der mir genau das angeboten hatte, was unweigerlich schon morgen als Schlagzeile in der Zeitung zu finden war? Würde Diana mir dann noch glauben? Dass ein Mensch, mein Chef, gestorben war, weil ich meinte, auf eine launige Idee eingehen zu müssen.

Und es war nur eine Laune gewesen, töricht, grotesk, aber eben nur ein Scherz! Und jetzt war es Realität. Mein Chef, der Eigentümer der Better-Slogan, der Firma, in der ich seit Jahren meine Arbeit tat, war weg, ausgelöscht.

‚Tot', wie endgültig der Tod doch war, so endgültig, dass ich einen fremden Ertrinkenden ohne jedes Zögern davor hatte bewahren wollen.

Und? Hatte ich Beinleins Tod gewollt? Mit bangem Herzen stellte ich mir endlich diese Frage.

Beinlein war oft die Pest gewesen. Außerdem hatte er sich an Eva herangemacht. Und genau das hatte mir nicht gepasst. Aber nein! Die Antwort war eindeutig: Nein! Natürlich hatte ich so etwas nicht gewollt. Es war nur ein gottverdammter Scherz. Das musste diesem Markovic doch klar gewesen sein. Aber der Mann war ein Killer, hatte van Leuten gesagt, jemand der Menschen tötete, so wie ich jeden Tag ins Büro fuhr und Werbeslogans und Marketingideen entwarf. Und ausgerechnet diesen Mann, einen Verrückten, hatte ich gerettet und damit einen anderen Menschen getötet.

Beinlein hatte mich manches Mal genervt, manchmal gar mit seinen Launen gequält. Wer hatte nicht solche Fantasien, es dem Chef einmal so richtig zu geben. Aber das?

Ich hatte keine Idee, wie ich Diana all das erklären sollte, schlich zurück in die Küche, wusste nicht, was ich dort wollte, und trat erneut hinaus auf die Terrasse.

Ich zögerte und kniete neben ihr am Beet, stumm, wie vor einem Altar. Sie sah mich erstaunt an, sah, wie ich mit meiner Fassung rang.

Dann sagte ich nur: „Beinlein ist tot."

Ich ließ diesen Satz erst einmal wirken. Aber Diana sah mich nur verständnislos an. „Mein Chef", präzisierte ich überflüssigerweise. „Erstochen von diesem Markovic." Die Stimme versagte mir den Dienst, als ich mich mühte, ein plötzliches Schluchzen zu unterdrücken. Ich sank neben ihr zusammen. Dann richtete ich mich wieder auf, als ich nichts von ihr hörte.

Dianas Blick lag auf ihren vom Jäten schwarzen Händen, offenbar unschlüssig, was sie mir sagen sollte. Dann wandte sie mir unendlich langsam ihr Gesicht zu. „Der Mann, den du gerettet hast? Ich verstehe nicht ..." Es klang seltsam tonlos. Sie sah mich nachdenklich an und begriff anscheinend allmählich, was in mir vorging. Am Ende beugte sie sich über mich und legte die Arme um meinen Rücken. „Das ... ist ... ja furchtbar. Du Ärmster." Es klang übertrieben pathetisch und doch gleichzeitig mitfühlend, fast zärtlich. Sie zögerte und suchte nach Worten. „Ich kann mir gar nicht vorstellen, was in dir vorgehen muss. Wenn du den Mann nicht gerettet hättest ..." Ihre Augen waren blicklos. Sie schien krampfhaft nachzudenken.

Ich richtete mich ruckartig auf und sah sie mit großen Augen an. „Ich habe Beinlein getötet, ich!" Aufgebracht stieß ich die Worte hervor.

Ich sah ihr Stirnrunzeln, bemerkte ihren Blick, der nicht verstand.

Bevor Diana etwas einwenden konnte, ehe ich die Worte fand ihr weiter zu erklären, was mich so erschütterte, klingelte es an der Tür.

Ich sprang gehetzt auf und eilte beunruhigt durch das Haus. Diana folgte mir und ich meinte, ihre Blicke in meinem Rücken zu spüren. Als ich die Tür öffnete, standen zwei uniformierte Polizeibeamte vor dem Haus. Ich sah mich um und meine Augen fanden Dianas fragenden Blick. Statt aber irgendein Wort zu sagen, wartete ich feige ab, was die Polizisten vorzubringen hatten. Feige, weil dieser Schatten auf dem Gewissen in mir nistete. Und durch das Erscheinen der Beamten nahm dieses elende Gewissen Gestalt an, wurde konkret. Ich wusste, dass die Polizisten genau das vortragen würden, was ich versäumt hatte, Diana zu offenbaren.

All die vergangenen Tage des Urlaubs hatte ich ihr mit keinem Wort von dem Gespräch mit dem Mörder und meinen Gedanken dazu erzählt, bis - ja - bis die Polizei an unserer Tür klingelte. Und jetzt war keine Zeit mehr dazu, ihr alles zu erklären.

Ein junger Kripobeamter drängte sich zwischen den Uniformierten hindurch nach vorn.

„Herr Möbius?"

Ich nickte. „Was gibt es?", fragte ich mit erstaunlich unaufgeregtem Ton.

„Oberkommissar Hafernagel." Er hielt mir seinen Dienstausweis vor das Gesicht. „Die Staatsanwaltschaft ermittelt im Zusammenhang mit dem Tod Ihres Chefs. Wir haben von einem Mordfall auszugehen. Sie werden verdächtigt, den Mörder zu seiner Tat angestiftet zu haben. Bitte folgen Sie uns auf das Revier!"

Statt zu antworten, drehte ich mich zu Diana um. Alles was ich ihr noch zu geben vermochte, war ein flehender Blick. Niemals werde ich den völlig verständnislosen Gesichtsausdruck meiner Frau vergessen, den sie mir auf den wenigen Metern zum Streifenwagen hinterherwarf, so ausdruckslos, so leer, am Ende so bitter. Dieser Blick war unerträglicher als die gaffenden Nachbarn, die inzwischen, gelockt von dem in unserer Wohnstraße unerwarteten Anblick eines Streifenwagens, vor ihren Gärten standen und tuschelnd beobachteten, wie ich zum Polizeiwagen geführt wurde.

Diana stand da, fassungslos, mit hängenden Schultern. Die schmutzigen Hände zeigten in meine Richtung, offen. Ihre ganze Haltung war ein Bildnis des Unglaubens, fragend, anklagend.

Der kleine spitze Handspaten entglitt ihren von Erde schwarzen Fingern und prallte klirrend auf die Steine. Schmutzig wie ein Messer.

Dann schob man mich in den Streifenwagen.

Mein Blick klärte sich und meine Gedanken fanden zurück in den Gerichtssaal.

Ich hörte die letzten Worte des Verteidigers: „Damit ist meinem Mandanten keine Anstiftungshandlung im Sinne des Paragrafen 26 StGB vorzuwerfen. Auf gar keinen Fall ist vorsätzliches Handeln zu erkennen. Ich beantrage daher, den Angeklagten vom Vorwurf der Anstiftung zum Mord freizusprechen."

Die Frage war, ob mir jemand glauben würde, schon damals bei der Polizei und vor allem jetzt hier im Gerichtssaal.

Das Verhör

Der Mann war Anfang vierzig und damit gut 10 Jahre jünger als ich. Er hatte braunes, frisch frisiertes Haar. Circa eins achtzig groß und sportlich wirkte er trotzdem ein wenig stämmig. Dabei war er kein aufgepumpter Eiweißjunkie. Es gab keine erkennbaren Tattoos mit martialischen Motiven. Kein GI-Schnitt mit bis zur Schädeldecke rasiertem Nacken. Äußerlich kein wirklicher Schlägertyp. Aber er hatte, wie ich fand, ein abstoßend hässliches Gesicht.

Markovic wurde in dem Moment in den Verhörraum geführt, als ich ankam. Er setzte sich an den Tisch mit der Kamera und den Mikrofonen darauf. Der Raum war ansonsten kahl. Es gab nichts, woran sein Blick sich hätte festhalten können.

Ich sah ihn mir durch den Spiegel hindurch etwas näher an. Er war unauffällig gekleidet. Helle Bluejeans, modische beigefarbene Sneaker, dazu passend ein Polohemd in sandig-beiger Farbe und eine mittelmäßig teure Uhr am Handgelenk. Niemand, den man aufs erste Hinsehen als Gewalttäter einstufen würde.

Links und rechts der Tür des Verhörraums platzierten sich zur Sicherheit zwei Kollegen in Uniform. Markovic wurde demnach als gefährlich eingestuft.

In den Unterlagen, die ich auf die Schnelle im Büro gesichtet hatte, gab es Hinweise auf Kapitalverbrechen in Hamburg und in seinem Heimatland Tschechien. Die Akten der dortigen Kollegen lagen uns bislang nicht vor.

Die MoKo unter Will Wöhlers Leitung hatte schon eine Reihe von Daten aus deutschen Strafakten zusammengetragen und über das BKA ein Amtshilfeersuchen an die tschechische Polizei gesandt.

Das Bild, das sich bisher ergab, war uneinheitlich. Der Mann hatte schon eine Reihe von Haftstrafen in Deutschland verbüßt, denen allesamt unterschiedliche

Gewalttaten zugrunde lagen. Das Vorstrafenregister war insgesamt stattlich. Zuletzt war er auf dem Kiez in Hamburg auffällig geworden.

„Hallo Petra." Wöhler nickte mir zu.

„Gibt's inzwischen was vom BKA?", fragte ich in die Runde, die nur aus Wöhler und Klaus Stenzel, dem Leiter der Polizeiinspektion Celle, und einem weiteren, ungewöhnlich schick in einen blauen Anzug gekleideten, jüngeren Kollegen bestand, den ich nicht kannte. Er sah mit seinen kurzen schwarzen Haaren und den sportlichen Schultern ansprechend aus, jedenfalls soweit es meinen Geschmack betraf. Aus azurblauen Augen heraus sah er mich freundlich an und rang mir damit sogleich ein Lächeln ab. Ich gab mir Mühe, es beiläufig aussehen zu lassen.

Ich wandte mich dem Chef der Dienststelle zu. Es gab nicht oft Mordfälle in Celle. Daher war es nicht ungewöhnlich, dass Stenzel, ein hochaufgeschossener und sportlich gepflegter Mann Ende vierzig, erkennbar der Inbegriff eindringlicher Korrektheit, es nicht bei der Bildung einer Mordkommission beließ, sondern sich persönlich um den Fall kümmerte. Dies galt umso mehr, als über das BKA und damit Interpol ein möglicher Bezug zu einer kriminellen Vorgeschichte in einem EU-Land zu prüfen war.

„So schnell nicht", antwortete der Dienststellenleiter. „Wenn es Zusammenhänge zu der weiteren kriminellen Vorgeschichte dieses Herzchens dort in seinem Heimatland gibt", er nickte zum Verhörraum hin, „gebe ich umgehend Bescheid. Möglich, dass das LKA dann den Fall übernimmt. Bis dahin will ich ordentliche Polizeiarbeit in den Berichten finden."

Der Seitenhieb galt Wöhler, den er bei seinem letzten Satz vielsagend ansah. Will Wöhler war in der Polizeiinspektion für einen eher intuitiven Ermittlungsstil bekannt, wie ich aus der vorherigen sporadischen Zusammenarbeit mit ihm wusste.

„Klar, Chef!" Wöhler gab sich jovial. „Der Mann ist

extrem gewalttätig. Und es sprechen einige seiner Verurteilungen für Auftragsdelikte. Aber Beinlein und die Tat in dessen Firma im Gewerbegebiet passen für mich nicht mit der bisherigen Karriere des Typen da zusammen." Er zeigte mit dem Daumen zum Verhörraum. „Die Vorstrafen bewegen sich allesamt im Bereich Körperverletzung. Ein Messer spielte dabei, soweit bekannt, bisher keine Rolle." Er nickte zum Spiegel hin.

„Inwiefern passen die Delikte für Sie nicht zusammen?" Die einsilbige Frage kam in scharfem Ton. Stenzel reckte sich und Wöhlers junger Kollege sah unbewusst zur Tür, so als wolle er sich eines Fluchtweges vergewissern. Der Beobachtungsraum hinter dem Spiegel war eng genug, dass der Unmut des Leiters der Dienststelle ihn vollständig ausfüllte. „Wie wäre es zunächst einmal mit Fakten? Oder besser mit einem Geständnis?" Er wies einladend zum Verhörraum. „Der Chef der Better-Slogan wurde mit einem Messer getötet. Mit einem Messer! Haben Sie den Mord 2011 nicht mehr auf dem Zettel? Schon vergessen, wie die Presse den Fall gehypt hat? So etwas weckt Emotionen. Also lassen Sie Ihr Bauchgefühl bitte erstmal außen vor, Wöhler!" Stenzel sah den in etwa gleichaltrigen Kollegen streng an, der sich indes wenig beeindruckt zeigte.

„Messer! Kennen wir ja vorrangig von anderen Ethnien", mischte sich erstmals der junge Kollege ein, scheinbar etwas mutiger geworden. Er sah dienstbeflissen in die Runde.

Mein erster Eindruck zu seinem Äußeren passte: Der Kollege legte es, nicht nur der Kleidung nach, darauf an wahrgenommen zu werden und voranzukommen. Nur taugte die Bemerkung überhaupt nicht dazu.

„Ist das so, Herr Hafernagel? Der Mord damals wurde von einem Rechtsradikalen begangen. Das hat mit *Ethnien"*, er dehnte das Wort betont, „nichts, aber rein gar nichts zu tun. Machen Sie sich gern einmal mit den

Kriminalstatistiken vertraut. Die für Celle hätten Sie sich schon mal *vor* Ihrer Versetzung in meine Inspektion zu Gemüte führen können. Unabhängig davon, dass es ganz allgemein eine Reihe von Gewaltdelikten Rechtsradikaler gibt, die mit Messern verübt wurden." Er sah den jungen Kollegen lauernd an. „Was also soll der Hinweis?" Stenzel sah aus, als wenn er den hoch gewachsenen jungen Mann, der gerade mal den dreißigsten Geburtstag hinter sich haben mochte, mitsamt den akkurat kurz geschnittenen Haaren als nächste Mahlzeit auserkoren hatte.

Er erwartete offensichtlich keine Antwort von Hafernagel. Und der schwieg klugerweise.

Ohne mich anzusehen, den Blick weiter auf den jungen Mann geheftet, fuhr er fort: „Frau Massen, Sie kennen den Kollegen vermutlich nicht. Oberkommissar Christian Hafernagel, frischgebackenes Mitglied der Mordkommission. Und wie ich soeben feststelle mit einem klaren Weltbild ausgestattet. Hoffen wir, dass es nicht den Blick auf die Tatsachen trübt!"

Er wies mit seinem rechten Arm in meine Richtung. „Und das ist Hauptkommissarin Petra Massen vom LKA Hannover. Sie ist Psychologin und dort in unserer schönen Landeshauptstadt Mitglied der OFA, der Abteilung ‚Operative Fallanalyse'. Sie hat uns schon bei anderer Gelegenheit kompetent unterstützt."

Stenzel wandte sich direkt an mich. „Frau Massen, wie passend, dass Sie gerade in Celle sind, und Herr Wöhler Sie dazu gebeten hat. Der Kollege wird mir Ihre Einschätzung umgehend zukommen lassen." Er hielt kurz inne und sah versonnen durch den Spiegel. „Ein bisschen irre scheint der Tscheche ja zu sein. Sie werden sehen. Wir hatten schon heute Vormittag unser Glück mit ihm versucht." Er ließ seinen Blick auf den Tatverdächtigen im Verhörraum ruhen. „Ist ein harter Knochen."

Er nickte mir auffordernd zu. „Neben einem Geständnis, das ich mir erhoffe, sind wir alle mindestens genauso auf die Hintergründe gespannt."

Er klatschte in die Hände. „An die Arbeit!"

Ich verkniff mir den Hinweis, dass mein Job in Hannover auf mich wartete und ich an sich gar keine Zeit mehr hatte. Derart gelobt konnte ich kaum auf meinen Mangel an Zeit pochen. In einer hilflosen Geste hob ich die Handflächen nach oben und ließ sie sogleich wieder fallen. Mein fragender Blick in die Runde brachte mir keine Hilfe.

Wöhler nickte mir mit schmallippigem Lächeln zu und verließ den Beobachtungsraum zusammen mit dem jungen Kollegen, um nur Sekunden später mit dem Rücken zu uns am Tisch gegenüber Markovic aufzutauchen. Will steckte sich einen In-Ear-Kopfhörer in das linke Ohr, um Kontakt zu uns zu halten.

Stenzel und ich konzentrierten uns auf die Befragung und vor allem auf Markovics Reaktionen.

Der Tscheche sah auf und gab sich Mühe, einen gelassenen Eindruck zu vermitteln. Er hielt die Arme über der Brust verschränkt. Eine nicht eben souveräne Haltung. Aber eine, die Souveränität ausstrahlen sollte.

Wöhler beugte sich ein wenig vor und sprach die Protokolldaten in das Tischmikro.

„Ah, es geht weiter. Die zwei Stunden heute Morgen waren nicht genug? Reicht es Ihnen nicht, dass ich die Tat bestreite?" Markovic hatte eine an sich nicht unangenehme dunkle Stimme. Aus seiner leicht kehligen Sprechweise und der für slawische Sprachen typischen tonlosen Dehnung des Buchstabens ‚o' war kaum ein Akzent zu erkennen.

„Schwierig, wenn man auf frischer Tat ertappt worden ist", wandte Hafernagel ein.

Der Tscheche beugte sich weit vor, ohne sich mit den weiterhin vor der Brust verschränkten Armen abzustützen. „Ich bin unschuldig." Er streckte den rechten Arm aus und wies mit dem Zeigefinger auffordernd auf die Kommissare. Dabei ließ er den Kopf in affektierter Manier ein wenig nach hinten sinken. „Aber fragen Sie ruhig weiter! Ich habe eh nichts zu sagen." Sein ausgestreckter Arm sank lässig auf die Tischplatte. Er grinste übertrieben selbstgefällig. Es sah schon wegen seiner breiten Nase und den vollen Lippen, die er abfällig verzog, in jeder Beziehung abstoßend aus.

„Negativer Narzisst?", murmelte ich.

„Na, dann alles noch einmal!" Wöhler beugte sich etwas vor. Ich wusste, dass Wills düstere Erscheinung, das kantige Kinn, sein ernster Blick und dieses Auf-die-Pelle-rücken auf so manchen Vernommenen mehr als bedrohlich wirkte.

Die Hand des Tschechen glitt zurück in die wieder vor der Brust verschränkten Arme.

„Markovic, Sie wurden am Tatort erwischt und direkt nach der Tat überwältigt. Wir haben zwar im Moment keine vollständigen Ergebnisse der Spurensicherung und Kriminaltechnik." Er öffnete einen Aktendeckel mit Ausdrucken aus den Akten, darin. „Aber die Fingerabdrücke auf der Tatwaffe haben wir inzwischen mit den Ihren abgeglichen. Was soll ich sagen? Sie stimmen überein. Wie wäre es also mit einem Geständnis?"

Markovic lächelte geringschätzig und schwieg.

„Okay. Wir werden, da bin ich zuversichtlich, DNA-Spuren von Ihnen am Opfer finden. Blutdurchtränkt genug waren Sie ja. Der Sicherheitsdienst der Firma hat Sie am Tatort erwischt, Sie überwältigt und festgehalten, bis unsere Leute Sie festgenommen haben. Die Sache ist auch ohne Geständnis eindeutig genug. Viel interessanter ist, was Sie dort zu suchen hatten."

Der Tscheche schwieg weiter und gab sich ungerührt.

„Kommen Sie, Markovic! Sie sind ein Schläger, wie wir aus Ihren Vorstrafen wissen. Die Beweislage ist zudem klar. Da hilft Ihnen kein Anwalt mehr heraus. Aber ein Geständnis könnte Ihnen und uns eine Masse Aufwand ersparen und die Sache abkürzen."

Markovic machte wieder keine Anstalten, irgendetwas von sich zu geben.

Ich drückte den Mikrofonknopf neben dem Spiegel

und flüsterte Wöhler „negativer Narzisst" in den Kopf-hörer.

Er hielt kurz inne und beugte sich wieder vor. „Nach Profi sah das nicht aus. Das war ordentlich stümperhaft für jemanden wie Sie!"

Wöhler hatte verstanden. Er ließ es abfällig klingen und der Verdächtige zuckte erstmals erkennbar zusammen. Für einen Moment sprühte Zorn aus seinen dunklen Augen.

„Was hat Sie am Tatort aufgehalten? Brauchten Sie den Kick, ihren ersten Mord erst einmal ausgiebig zu genießen? Das Gefühl, nicht mehr nur jemanden zusammengeschlagen zu haben. Zum ersten Mal einen Menschen so richtig abgestochen. Das war es doch. Nicht nur quälen und verletzen, Schmerzen zufügen, sondern töten. Das ist schon was! Ein echter Killer! Das ging Ihnen runter wie Öl, oder?"

Ich sah, wie Markovics Augen sich verengten, wie er tief einatmete und den Oberkörper anspannte.

Wöhler hatte exakt ins Schwarze getroffen.

„Endlich zu den großen Jungs gehören. Nicht wahr? Der erste Mord? Das muss man erstmal sacken lassen. Kommen Sie, Markovic! Das war es doch, der Moment, der Sie aufgegeilt hat, der Sie hat leichtsinnig werden lassen. Endlich jemandem das Licht ausgeblasen zu haben." Wöhler fixierte ihn. „Herr über Leben und Tod!"

Er hielt kurz inne und ließ die Hand auf die Tisch-fläche knallen. „Na komm schon, Möchtegernkiller!" Das letzte Wort stieß er verächtlich in den Raum.

Wöhler war gar nicht übel, obwohl er dick auftrug. Markovic war kurz davor, die Fassung zu verlieren. Man sah es ihm förmlich an, dass er nicht weit davon ent-fernt war, den Mann, der ihn derart in Bedrängnis brachte, über den Tisch hinweg anzugreifen.

„Und, Markovic, war das eine Auftragsarbeit? Bisher waren Sie doch nur ein billiger Schläger. Keine große Nummer. Aber jetzt endlich ein Killer, ein *Hitman*. Einer, der für den Spaß am Ende die dicke Kohle absahnt. So hatten Sie es sich doch vorgestellt, oder?"

Es klopfte kurz an der Tür zum Beobachtungsraum. Stenzel öffnete und eine Akte wurde ihm gereicht. Wöhlers Chef blätterte die Unterlagen kurz durch und verharrte bei einer Seite. Er tippte mich an und zeigte mir, worauf er gestoßen war: Markovic war beim tschechischen Militär zum Einzelkämpfer ausgebildet worden.

„Wow!" Das passte für mich absolut ins Bild.

Ich nickte Stenzel zu. Der Leiter des Präsidiums war schon drauf und dran, das Verhör zu unterbrechen, damit er Wöhler und Hafernagel die Unterlagen von Interpol zeigen konnte. Ich hielt ihn dennoch kurz am Arm fest, als er sich zu der Lautsprechertaste vorbeugte. „Warten Sie bitte einen Augenblick!"

Stenzel zögerte, gab dann aber sein ‚Okay'.

Ich wandte mich wieder dem Verhörraum zu.

„Los, Mann, machen Sie es sich selbst nicht so schwer. Wir haben ohnehin bald alle Beweise zusammen. Der Staatsanwalt und das Gericht sind auf Ihr Geständnis nicht einmal angewiesen. Sie sparen sich Nerven und das Gericht stimmt es womöglich etwas gnädiger." Wöhler hielt kurz inne. „Wir sind allerdings auf die Gründe gespannt, die Sie ins Gewerbegebiet zur Firma Ihres Opfers getrieben haben. Ist ja nicht Ihr Terrain." Will lächelte abschätzig. „Bis auf den Puff gegenüber."

Er erhielt erneut keine Antwort. Der Tscheche schien sich wieder zu fangen.

„Kommen Sie! Sagen Sie was!"

Markovic schloss kurz die Augen. Es schien, als zählte er in Gedanken seine Atemzüge.

„An-walt", sagte er übertrieben gedehnt, mehr nicht.

„Klar, Ihr Recht auf einen Anwalt. Wie konnte ich das vergessen? Den bekommen Sie selbstverständlich. Morgen. Möglicherweise haben Sie ja einen Gönner, der Ihnen einen Top-Strafverteidiger an die Seite stellt. Die Kanzleien in Celle und Lüneburg scharren gewiss schon mit den Hufen. Kann aber sein, dass es nur auf einen vom Gericht gestellten Verteidiger hinausläuft, der trotz der mageren Pflichtverteidigergebühren gewiss alles, aber auch *alles* geben wird, um Ihnen den Hals zu retten."

Stenzel klopfte an den Spiegel. Es hatte erkennbar keinen Sinn mehr. Wöhler und Hafernagel sahen sich um.

„Will, kommt kurz zu uns herüber! Es gibt etwas Neues", teilte ich Wöhler über den Kopfhörer mit.

Der gab seinem Kollegen ein Zeichen und beide verließen den Verhörraum. Ich warf noch einmal einen Blick auf unseren Tatverdächtigen. Markovic blieb zurück, mit etwas mehr Unsicherheit in den Augen als zu Beginn der Vernehmung.

Als die Kollegen eintraten, reichte Stenzel den beiden die Unterlagen mit der BKA-Anfrage und der Nachricht von Interpol. Wöhler und Hafernagel überflogen eilig die Seiten.

„Hätten Sie das gedacht, Hufnagel?", fragte Wöhler seinen jungen Kollegen.

„Hafernagel", korrigierte der ihn mit unverhohlenem Unwillen im Blick und schüttelte den Kopf.

Wöhler wischte den Einwand mit zusammengezogenen Augenbrauen beiseite. „Ich auch nicht. Aber dann hat er sein Handwerk ja professionell gelernt. Das könnte immerhin seine Coolness und sein stures Verhalten erklären."

„Glaube ich nicht", hielt Hafernagel dagegen.

„Nicht, Haferkorn?" Wöhler tat erstaunt.

Der junge Kollege sah ihn wegen der erneuten Verballhornung seines Namens mit schmalem Mund an und rollte pikiert mit den Augen. „Nein, glaube ich nicht. Der Typ ist schlicht und ergreifend ein selbstgefälliges Arschloch. Der ist so irre, wie er sich gibt. Markovic sonnt sich in seiner Rolle als Herr über Leben und Tod. Genau so, wie Sie das im Verhör beschrieben haben. In der Akte steht, dass er unehrenhaft aus der Armee entlassen wurde. Es gab ein Disziplinarverfahren, weil er immer wieder mit Kameraden aneinandergeraten war. Ein Arschloch halt. Einer der nur Geltungssucht kennt und das nach seiner Entlassung in Tschechien nicht ausleben konnte. Schlägerkarriere, und am Ende endlich Killer. Der hält sich für unschlagbar, selbst jetzt in dieser ausweglosen Situation."

Stenzel und Wöhler nickten zustimmend.

Ich wies auf eine Stelle in den neuen Unterlagen hin, die Hafernagel nach wie vor in Händen hielt. „In den Hinweisen zu dem Disziplinarverfahren findet sich ein Querverweis auf eine psychiatrische Untersuchung. Markovic ist offenbar psychisch krank. Da müssen wir uns weiter schlaumachen! Es würde mich nicht wundern, wenn wir etwas über krankhaften Narzissmus finden."

Stenzel ließ sich die Unterlagen reichen. „Ich kümmere mich darum."

Wöhler nickte seinem neuen Teampartner zu.

„Wollen Sie erst einmal weitermachen, Haferstroh?"

„Hafer ...". Hafernagel winkte ab.

Ich schüttelte den Kopf über die Impertinenz meines Kollegen.

„Wilhelm", rief Stenzel ihn zur Ordnung.

„Wilhelm?", grinste Hafernagel. „Klingt ja fast so cool wie Will."

„Ihr seid so ..." Wöhler sah mich und Stenzel ungehalten an.

„Karl Wilhelm, um genau zu sein", präzisierte ich schräg grinsend. Die Daten hatte ich aus Stenzels Beschluss über die Zusammenstellung der aktuellen MoKo, wo alle Mitglieder namentlich genannt wurden. Bis dahin war ich über den arg altmodischen Namen nicht gestolpert.

Wöhler winkte missmutig ab.

„Gehen wir wieder rein?", fragte Hafernagel mit einem noch breiteren Grinsen.

„Gebt den Kollegen an der Tür Bescheid, dass wir es

mit einem ehemaligen Elitesoldaten zu tun haben. Sie sollen wachsam bleiben." Der Chef der Polizeiinspektion war erkennbar beunruhigt.

Nicht zu Unrecht, wie ich fand. Die dick aufgetragene Gelassenheit Markovics gab nicht nur mir zu denken.

„Darf *ich* den Kollegen Hafernagel begleiten?", bat ich den Chef der Polizeiinspektion. „Nichts für ungut, Will", wandte ich mich an Wöhler. „Aber ich habe da so eine Idee."

Wöhler winkte mir generös zu und Stenzel nickte wortlos. Dann gab ich Hafernagel einen Wink und beide verließen wir den Beobachtungsraum.

Noch im Flur hörten wir plötzlich ein lautes Krachen und Rumpeln aus dem Verhörraum. Die Tür sprang auf und der Killer machte sich soeben vom Griff eines der Bewacher los. Hinter mir schwang schon wieder die Tür zum Beobachtungsraum auf und Stenzel und Wöhler stürzten ebenfalls auf den Flur hinaus. Sie hatten den Kampf durch den Spiegel gesehen. Hafernagel sprang sofort den uniformierten Kollegen bei und versuchte ebenfalls, Markovic festzuhalten. Der duckte sich unter dessen Griff hindurch und machte Anstalten, weg zu sprinten. Inzwischen war ich schon an meinem jungen Kollegen vorbei und es gelang mir, dem Fliehenden mit einem seitlichen Tritt die Fußknöchel gegeneinander zu kicken. Markovic strauchelte und fiel zu Boden.

Die Sekunde genügte, dass Hafernagel und einer der uniformierten Kollegen über ihm waren und ihn am Boden fixierten.

Schweratmend gab Markovic nach ein paar vergeblichen Versuchen, sich den Griffen zu entwinden, auf.

„Handschellen", befahl ich.

Markovic wurde gefesselt und wieder in den Verhörraum gebracht. Dabei sah er mich verblüfft an.

Ich gab Stenzel und Wöhler Zeichen, dass alles in Ordnung war und ich das Verhör weiterzuführen beabsichtigte.

Ich nickte den beiden Kollegen in Uniform dankend

zu und winkte Hafernagel zu mir heran. „Puh, das war ja mal ein Aufreger. Aber das ist gar nicht so verkehrt, Kollege. Mit seiner Gelassenheit wird es jetzt nicht mehr so weit her sein. Den Zahn, überraschend zu fliehen, haben wir ihm damit gezogen. Kein vermeintlicher Trumpf mehr im Ärmel."

Wir gingen zusammen in den Verhörraum und nahmen auf den kargen Stühlen Platz.

Währenddessen gab sich der Tscheche nach wie vor widerspenstig, wurde jedoch von den Kollegen ohne größere Kraftanstrengung auf seinen Platz gedrückt.

Hafernagel fiel eine kleinere Platzwunde an der Stirn des jüngeren der beiden Beamten an der Tür auf. „Geht es, oder willst du dich ablösen lassen, Axel?" Er kannte den Kollegen offensichtlich, was bei dem überschaubaren Personalstamm in Celle wenig verwunderlich war.

„Kein Problem, Chris" bekam mein Kollege zur Antwort.

„Okay, dann schreibe nachher aber bitte einen Bericht, für die zusätzliche Strafanzeige!" Der Hinweis ging vor allem an die Adresse des Tschechen.

„Emil Markovic", eröffnete ich die weitere Befragung. „Petra Massen, mein Name." Ich sah von den Unterlagen auf, als hätte ich eben erst begonnen, seine Akte zu lesen. Dann lächelte ich ihn geringschätzig an. "Ja, was war das denn eben? Wollten Sie etwa fliehen? Dachten Sie, Sie kämen hier im Gebäude weiter als bis zum nächsten Flur?" Ich ließ meinen Blick fragend auf dem Tschechen ruhen. „Na ja, ab jetzt müssen wir den Haftrichter nicht mehr mühsam davon überzeugen, dass Fluchtgefahr besteht. Mit dem kleinen Schauspiel, sprich Körperverletzung ... Stopp!" Ich hielt grinsend inne. „Stuhl geschmissen, das heißt *gefährliche* Körperverletzung und Widerstand gegen Vollstreckungsbeamte, zusammen mit den einschlägigen Vorstrafen wandern Sie so oder so wieder in den Bau. Das richtige Publikum haben Sie sich noch dazu ausgesucht: Sechs

Polizisten als Zeugen vom Fach." Ich sah bewusst an ihm vorbei und lächelte die beiden Beamten neben der Tür vielsagend an. Dann deutete ich kurz zu dem Spiegel hinter mir. „Beeindruckende Inszenierung. Im Ergebnis aber mega dilettantisch, würde ich sagen." Ich blickte den Tschechen wieder an, abwartend und abschätzend.

Seine Augen waren erneut schmal, eisig. Kalte Wut glitzerte mich an. Ich wusste, dass ich ihn wieder kurz davor hatte, seine Aggressionen nicht mehr zu beherrschen.

Betont kühl erwiderte ich seinen Blick. „Keine gelungene Nummer, mit der Sie in der JVA groß angeben können, weder bei den Schließern noch bei Ihresgleichen."

Ich schloss die Akte und sah unstet umher, als wenn die Situation mich langweilen würde. Gelegenheit für ihn, sich seiner Lage bewusst zu werden, die er offenkundig ein Stück auswegloser gemacht hatte. Ich sah, dass es in ihm arbeitete, dass er seine Optionen durchging.

Bevor er sich eine, wie auch immer geartete, Strategie zurechtlegen konnte, und sei es nur die, erneut tumb nach einem Anwalt zu fragen, lachte ich gekünstelt auf.

„Was ist da so lustig, ... Frau?" Er vollführte eine fahrige Geste, als wenn ihm mein Name nicht einfiele, und sah mich dabei abfällig an.

‚Frau'! Ich schürzte die Lippen.

Mir war längst klar, dass der Mann ein Problem mit Frauen hatte. Ein Macho, ein ehemaliger Einzelkämpfer, jemand, der sein Selbstwertgefühl aus Gewalt und Macht über andere bezog. Für einen Schläger vom Hamburger Kiez waren Frauen eher Ware als ebenbürtig. Von einer Frau zu Fall gebracht worden zu sein, musste ihn tief getroffen haben. Und einer Frau ausgeliefert zu sein, war ohne jeden Zweifel unerträglich für ihn.

Ich fuhr mir mit der Rechten betont langsam durchs Haar und lächelte ihn dann an. Erstmals wich er meinem Blick aus.

„Wissen Sie, dass ich mit dem Trick, also die Knöchel gegeneinander zu treten, immer meine Schulkameraden geärgert habe?" Ich sah ihn selbstgefällig an. „Klappt immer. Fallen jedes Mal auf die Fresse, die Jungs."

Ich maß ihn kühl und sah förmlich, wie Adrenalin in sein Blut schoss, wie es ihn durchströmte und das Herz schneller pumpen ließ, wie ihm das Blut heiß in den Kopf stieg. Nicht um sich schlagen zu können, musste ihn schier zerreißen. Ich hatte ihn in diesen Sekunden genau da, wo ich ihn haben wollte.

Jetzt nur nicht den Bogen überspannen!

„Andererseits", fuhr ich fort und sah wieder scheinbar interessiert in die Akte. „Der Einstich unterhalb des Brustkorbs, links vom Sternum." Ich zeigte ihm das Foto des Opfers und wies für ihn zur Erklärung auf die Stelle unterhalb des Herzens. „Das sieht nach einem Profi aus. Wir haben den Obduktionsbericht zwar bisher nicht, aber ich tippe, dass unser Leichen-Doc einen nahezu senkrechten Einstichkanal bis zum Herzen finden wird. Sicher, sauber, schnell und vor allem geräuschlos."

Markovic lächelte plötzlich versonnen, überwältigt von der Erinnerung an den Moment, wie es schien. Für ihn war das offenbar ein heroischer Augenblick. Und aktuell eine emotionale Brücke, aus dieser ausweglos erniedrigenden Situation mit dem Gefühl einer gewissen Anerkennung zu entkommen.

„Na kommen Sie! Wie war das genau? Erzählen Sie mir, wie Sie den Job erledigt haben!"

Er sah mich sekundenlang an, zögerte, lehnte sich ein wenig über den Tisch. Die Aggressivität und das überlegene Gehabe waren dahin.

Und dann erzählte Markovic. Es sprudelte schier aus ihm heraus. Er berichtete, wie er von einem Kumpel vom Kiez in Hamburg erfahren hatte, dass sich jemand nach einem Profikiller erkundigt habe. Der ‚Job' sollte ‚in einem Kaff kurz vor Hannover' erledigt werden. Gemeint war offensichtlich Celle. Die Zielperson wurde ihm von seinen Verbindungsleuten genannt und ihm wurde beschrieben, wie er diese finden würde. Der Lohn solle nach dem Job persönlich vor Ort übergeben werden.

Ist das jetzt die Wahrheit, oder nur nah daran?
Meine Augen verengten sich skeptisch.

Ich merkte, wie Markovic bei seinem Bericht immer ruhiger wurde. Es war die Art Erlösung, die nur ich ihm in diesen Augenblicken zu geben vermochte.

Und so beschrieb er genau, wie er das Firmengelände der Better-Slogan ausgekundschaftet und wie er am Fahrradstand der Firma auf Beinlein gewartet hatte, nachdem er herausgefunden hatte, dass dieser immer mit dem Fahrrad kam. Er brauchte nur zu warten, bis sein Opfer sich über das Schloss beugte, um ihn von hinten zu greifen und ihm das Messer zwischen Bauch und Brustkorb ins Herz zu jagen.

Ich ließ Markovic reden. Detailfragen konnten später geklärt werden. Jetzt hieß es erst einmal, ihn nicht zu unterbrechen und alles aufzuzeichnen.

Am Ende ergab sich ein erstaunlich schlüssiges Bild. Es blieb nurmehr die Frage nach dem Auftraggeber. Ich nahm nicht an, dass er mir diese beantworten würde. Ich stellte sie trotzdem. „Wer hat Ihnen den Mordauftrag erteilt?"

„Der Auftraggeber für den Mord", griff er meine Wortwahl auf, lehnte sich zurück und setzte sich mit wissendem Lächeln in Pose, „ist ein Herr Möbius, Gerd Möbius aus Wolthausen. Über seine Motive weiß ich nichts, interessiert mich auch nicht. Na ja, werde ich jetzt wohl auch nicht mehr erfahren."

Ich spürte den Bruch in der Art, wie er weiter berichtete. Da war erneut Kontrolle in dem, was er von sich gab. Es wirkte wieder arg selbstgefällig und klang nach meinem Empfinden mit einem Mal allzu aufgesagt, ganz und gar nicht so, als würde er am letzten Punkt die Wahrheit sagen.

Ich brach das Verhör daher an der Stelle ab, um mich erst einmal mit meinen Kollegen zu verständigen.

Als ich den Verhörraum verließ, war ich mir mit einem Mal gar nicht mehr so sicher, ob ich ihn mit meinen psychologischen Tricks tatsächlich ,geknackt' hatte.

Auf jeden Fall hatte ich ihn heftig gedemütigt. Ich konnte froh sein, dass der Mann in Haft war und bis zum Prozess nicht auf freien Fuß kommen würde, denn in dem Tschechen hatte ich ab heute ohne jeden Zweifel einen hasserfüllten Gegner.

Nachdenklich und misstrauisch geworden kehrte ich zu meinen Kollegen zurück in den Raum hinter dem Spiegel.

Will nickte mir zu.

„Kümmern wir uns um Gerd Möbius!"

Das Urteil

Mein Anwalt hatte mit sonorer und gleichzeitig eindringlicher Stimme auf Freispruch plädiert. Er setzte sich und sah mich aufmunternd an. Das Gericht zog sich daraufhin zur Beratung zurück.

Die Minuten bis zur Urteilsverkündung dehnten sich ins Unendliche. Der Gerichtssaal war voller Gemurmel. Der Staatsanwalt ging – wie mein Verteidiger - scheinbar davon aus, dass die Beratung nicht allzu lange dauern würde, denn er blieb gelassen am Tisch sitzen.

Auf meinen fragenden Blick hatte Dr. Mund nur ein „Wir müssen jetzt Geduld haben" übrig.

Ich fixierte die Uhr an der Wand über dem Zuschauerbereich, so als wenn ich die Zeiger mit meinen Augen vorwärts zwingen könnte. Aus Minuten wurde eine halbe Stunde und die Zeit quälte sich weiter.

Immer wieder sah ich zu Diana hin. Ich vermochte ihre Blicke nicht zu deuten. War es hilflose Verzweiflung, war es Unverständnis oder das von mir schmerzhaft ersehnte Verstehen und Verzeihen? Selbst wenn das Gericht mich freisprach, so blieb doch die Frage, ob der Mensch, der mir am nächsten stand, mich ebenfalls freisprechen würde.

Endlich öffnete sich die Tür in der holzverkleideten Wand hinter dem Richtertisch. Das Gericht kam aus dem Beratungszimmer.

Die Vorsitzende Richterin legte die Akte vor sich auf den Tisch. In quälender Langsamkeit kehrten die weiteren Richter und Schöffen zu ihren Plätzen hinter dem Richtertisch zurück. Die Vorsitzende sah vom Staatsanwalt zu mir und meinem Verteidiger. Dann verkündete sie das Urteil.

„Nach eingehender Beratung kommt das Gericht zu folgendem Urteil im Namen des Volkes: In der Strafsache gegen Gerd Möbius wird der Angeklagte vom Vorwurf der Anstiftung zum Mord freigesprochen."

Ein Raunen brandete durch den Gerichtssaal.

Völlig überrascht sah ich die Richterin an. Dann durchflutete mich die Erleichterung. Freispruch! Urplötzlich kam die Erlösung. Ich konnte es so schnell gar nicht fassen.

Das Raunen im Saal nahm ich nur noch am Rande wahr. Mein Blick suchte die Augen Dianas. Ich las Erstaunen und Unverständnis. Hatte sie mich für den Anstifter gehalten? Dann sah sie mich an, zögernd erwiderte sie meinen Blick und endlich erkannte ich ein Lächeln. Begriff sie am Ende, dass ich Markovic nicht beauftragt hatte, Beinlein zu töten? Verstand sie, dass ich nichts von Eva gewollt hatte, dass mir allein an ihr, meiner Frau, lag?

„Nehmen Sie bitte Platz!" Die Richterin wandte sich der Öffentlichkeit zu. „Dem Urteil liegen folgende Feststellungen zugrunde ..."

Mein Verteidiger zog mich wieder sanft auf meinen Platz zurück, damit wir den Urteilsgründen folgen konnten.

Die vorsitzende Richterin fasste den Sachverhalt zusammen.

Danach war Markovic ein Psychopath und Schläger. Schon lange hatte er keinen einträglichen Auftrag mehr erhalten. Er war mit zwei Kumpanen bereits in Tschechien wegen Schlägereien mit der Justiz kollidiert, aber aufgrund einer Reihe psychischer Krankheiten, deren Namen ich nicht einmal hätte aussprechen können, in seinem Heimatland nicht zu langen Freiheitsstrafen verurteilt worden. Irgendwann war er nach Deutschland gekommen und hatte sich als Schläger auf dem Kiez in Hamburg zweifelhaften Ruhm erworben. Dass ich von irgendwelchen psychischen Erkrankungen Markovics gewusst haben sollte, vermochte mir niemand zu unterstellen. Nur dann aber hätte ich ihn, wie die Richterin umständlich ausführte, quasi wie ein Werkzeug als ‚Täter hinter dem Täter' benutzt. Dass ich ihn als Killer mit dem Mord beauftragt hatte, war nicht ansatzweise zu beweisen. Es blieb allein Markovics Aussage, dass ich ihn angestiftet habe und das wackelige Motiv der Eifersucht.

Am Ende zählte für das Gericht der alte Grundsatz ‚in dubio pro reo', im Zweifel für den Angeklagten.

Aber das alles war jetzt nebensächlich. Ich war frei. Endlich!

Selbst Diana wirkte erleichtert, insbesondere nach den Erklärungen der Urteilsbegründung. Ich sah aber während des ganzen Vortrags weiterhin den bitteren Zug hinter ihrem Lächeln und ich ahnte, woher er rührte.

Der Staatsanwalt wirkte nicht überzeugt. Er akzeptierte das Urteil indes und verzichtete zur Überraschung meines Anwaltes auf die Einlegung eines Rechtsmittels. Er schien am Ende zu der Einsicht gelangt zu sein, dass man mir zumindest keinen Anstiftungsvorsatz würde beweisen können.

Ich war wieder frei, freigesprochen von einem ungeheuerlichen Vorwurf. Und doch war ich nicht von allen moralischen Anwürfen reingewaschen, nicht in meinem Job und schon gar nicht bei Diana. Auf dem Weg aus dem Gerichtssaal gesellte sich meine Frau zu mir. Sie kam aber nicht weit und blieb etwas im Hintergrund, als Reporter mich bedrängten und mit Fragen bestürmten. Dr. Mund hielt die Leute auf Distanz.

Als sich die Menschen aus dem engen Foyer des Gerichts heraus ins Freie zerstreuten, traten auch wir endlich auf den Platz im Zentrum Lüneburgs hinaus.

Der Marktplatz lag im warmen Sonnenlicht. Ich ließ meinen Blick über die beeindruckende Kulisse des Rathauses rechterhand, die alten Gebäude und die vielen Cafés um den Platz herum schweifen. Freiheit! Ich konnte wieder tun, was ich wollte, hingehen, wohin es mich trieb.

Mein Anwalt reichte mir auf der Treppe vor dem Gerichtsgebäude zum Abschied die Hand. „Sie sind endlich ein freier Mann, Herr Möbius. Ich denke, jetzt haben Sie erst einmal Grund zu feiern."

Ich verzog unwillig die Mundwinkel.

„Soll ich mich um Ihren Job kümmern? In meiner Kanzlei gibt es einen fähigen Arbeitsrechtler."

Ich winkte ab. „Lassen Sie mich erst einmal durchpusten." Ich wurde wieder ein wenig ernster und nahm erneut seine Hand. „Aber ich habe mich bei Ihnen zu bedanken. Ich habe mir offensichtlich den richtigen Verteidiger ausgesucht."

Dr. Mund lachte amüsiert auf. „Warten Sie, bis die Rechnung kommt. Mal sehen, ob Sie dann immer noch so enthusiastisch sind." Ernst fügte er hinzu: „Dann können Sie ja entscheiden, ob Sie meine Dienste weiter in Anspruch nehmen."

Wir wurden unterbrochen, als Diana sich neben mich drängte.

Dr. Mund verabschiedete sich diskret. Ich sah ihm kurz nach.

Auf den letzten Stufen der Freitreppe sah er sich erneut um. Er wirkte nachdenklich, als wenn ihn etwas weiterhin beschäftigte. „Ach ja, Herr Möbius, was ich nach wie vor nicht verstehe: Was hatte Markovic denn wirklich an dieser einsamen Stelle an der Örtze zu suchen? Die Kripo hatte da die eine oder eine abstruse Idee entwickelt, die der Staatsanwalt aber verworfen hatte. Das passte alles nicht zu seiner Anklage. Haben Sie da eine Idee?"

Ich sah ihn mit fragendem Blick an. Darüber hatte ich mir zwar ebenfalls schon den Kopf zerbrochen, aber mehr als der Gedanke an einen merkwürdigen Zufall war mir zu keinem Zeitpunkt gekommen. Ich hob unschlüssig die Schultern.

Dr. Mund wirbelte fahrig mit der linken Hand durch die Luft und ließ sie wieder sinken, als wenn er für sich ebenfalls keine Antwort gefunden hatte. Dann drehte er sich um und wandte sich nach rechts dem Parkplatz gleich neben dem Gerichtsgebäude zu.

Diana sah ihm eine Zeit lang nach.

Ich vermochte ihren Gesichtsausdruck dabei nicht zu sehen. Aber ihre Silhouette zeichnete eine kraftlose Gestalt nach, der jede Spannung genommen wurde, desolat und ohne Antrieb. Es brach mir das Herz.

Dann endlich wandte sie sich mir zu und bemühte ein geschauspielertes Lächeln.

Ich versuchte, ihre Hand zu nehmen. Sie wich mir aus.

Wir lenkten unsere Schritte wortlos und nachdenklich hin zum Wagen.

Ich sah Dianas Golf auf dem Parkplatz und wunderte mich, dass sie ihren Wagen genommen hatte und nicht meinen nahezu neuen BMW. Wir schwiegen die ganze Zeit, bis wir endlich einstiegen. Diana setzte sich ans Steuer und lenkte den Wagen aus der Stadt hinaus zur Bundesstraße in Richtung Celle.

Ich sah die alten Backsteinfronten der Stadt, erfüllt von dem Gedanken, dass ich wieder frei war.

Und doch kam keine Freude auf.

Das Schweigen begleitete uns eine ganze Weile auf der Fahrt durch die Wälder der Nordheide.

In mir wühlte eine Ungewissheit, die Frage, ob Diana und ich wieder zueinanderfanden, und das ungute Gefühl, dass längst nicht alles ausgestanden war.

Ein Urteil aus Mangel an Beweisen war eine Sache. Aber glaubte Diana mir?

Wir fuhren zurück nach Wolthausen, aber nicht wieder in unser altes Leben.

Die MoKo Beinlein

Nachdem Markovic wieder abgeführt worden war, gingen wir gemeinsam in Wöhlers Büro. Stenzel hatte sich mit der Bemerkung verabschiedet, dass er die Abfrage der fehlenden Informationen aus Tschechien veranlassen wolle und ansonsten genug Anderes zu erledigen habe. Die MoKo überließ er damit endgültig Wöhler.

„Wäre klasse, wenn wir von Interpol die Daten zu Markovics Disziplinarakte hätten. Dass unser Killer ‚nen Sockenschuss hat, war uns ja allen klar. Chapeau, Petra, wie Du den geknackt hast. So haben wir jetzt schon ein Geständnis." Wöhler war offensichtlich bester Dinge.

„Fehlen nur noch der genaue Tathergang, die Hintergründe zu seiner Beauftragung und das Motiv des Auftraggebers." Mir war nicht so zuversichtlich zumute wie den Kollegen.

„Also los!" Will machte Dampf. „Christian, ich darf doch Christian sagen, dann muss ich mich mit dem Nachnamen nicht so abkaspern." Er grinste anmaßend und wartete die Antwort nicht erst ab. „Du sorgst für die vorläufige Festnahme von diesem Gerd Möbius. Dann fahren wir zu der Firma des Ermordeten. Und, Petra, kriege ich von Dir einen Bericht zu der Vernehmung und eine vorläufige psychologische Bewertung bevor wir Dich wieder an die Kollegen in Hannover verlieren?"

Ich nickte schmallippig. Dann grinste ich Hafernagel mit einem angedeuteten Augenrollen an, griff mir die bislang unvollständige Akte und wandte mich zur Tür.

Mit der Klinke in der Hand sah ich Wöhlers jungen Kollegen mit einem verschwörerischen Schmunzeln an. „Vergessen Sie nicht, dass Ihr Chef Ihnen jetzt auch den ‚Karl Wilhelm' anbieten muss." Ich sah Will provozierend an und wich beiläufig einem Radiergummi aus, der neben mir den Türrahmen traf. Dann huschte ich aus der Tür.

Zurück in meinem Büro legte ich die Unterlagen nachdenklich auf den Tisch und sah wieder zur Fuhse und dem jungen Grün der Bäume am Ufer hinaus.

Die Gedanken waren wieder bei dem Tschechen.

Wie passte das alles zusammen? Ein tschechischer Ex-Soldat, der sich in Deutschland als Krimineller versucht, seine Ausbildung zum Einzelkämpfer über Jahre hinweg mit mäßigem Erfolg als Schläger auf dem Hamburger Kiez nutzt, auf bislang ungeklärte Weise an einen Mordauftrag kommt und in Celle den Chef einer Werbeagentur umbringt?

Bis auf den Mordauftrag ist alles stimmig.

Das Geständnis war ein schneller erster Schritt.

Hinter der eigentlichen Tat lag indes weiterhin vieles im Nebel. Ich war gespannt, was die Befragungen der Mitarbeiter der Better-Slogan und vor allem von diesem Möbius erbringen würden.

Nur, ab morgen erwartete man mich wieder in meiner Dienststelle am Waterlooplatz in Hannover. Und dort gab es andere Fälle, an denen ich arbeitete.

Mir fiel ein, dass ich, bevor ich mich an den Bericht setzte, besser meinen Chef in Hannover anrief, denn es würde sich kaum mehr lohnen, mich für ein paar restliche Stunden im LKA in die Bahn zu setzen.

Als ich den Hörer in die Hand nahm, klopfte es. Ich legte wieder auf und rief: „Ja."

Zu meiner Überraschung trat der Chef des Präsidiums ein. „Herr Stenzel? So schnell bin ich mit dem Bericht und dem Täterprofil nicht fertig."

„Nein, alles in Ordnung, Frau Massen." Stenzel winkte ab. Er wirkte ein wenig verlegen. „Ich habe über das BKA bei Interpol um weitere Informationen gebeten. Dort bemüht man sich um Infos aus Markovics Militärzeit."

Er machte eine kurze bedeutsame Pause. „Ich habe zudem mit Ihrem Chef beim LKA gesprochen."

„Den wollte ich soeben verständigen, dass ich wegen

des Abstechers hierher heute nur noch wenig Zeit habe." Ich bot Stenzel Platz auf dem Stuhl vor meinem Schreibtisch an. „Was hat er Ihnen denn gesagt?"

Stenzel setzte sich und beugte sich mit verschwörerischer Miene vor.

„Ich habe ihm erst einmal erzählt, wie schnell Sie das Geständnis aus dieser harten Nuss herausgeholt haben. Na ja, und ich habe, hoffentlich mit Ihrem Einverständnis, darum gebeten, dass Sie die nächsten Tage hier Wöhlers Team unterstützen."

„Wow." Ich fühlte mich ein wenig überrumpelt. An sich hatte ich ja nur Bärbel, meiner Lehrerfreundin am Hölty, einen Gefallen tun wollen und wäre ansonsten gar nicht mehr in Celle gewesen. „Und, was hat Sangermann gesagt?" Klaus Sangermann war der Leiter der OFA, der Abteilung ‚Operative Fallanalyse' beim LKA.

„Na ja, der Kollege war nicht begeistert. Er hat mir trotzdem zugesagt, dass Sie an dem Fall Markovic mitarbeiten können, wenn Sie ebenfalls einverstanden sind. Er mochte mir aber nicht versprechen, dass Ihre Akten in Hannover weggearbeitet werden." Stenzel sah mich abwartend an.

„Hat immerhin für ein paar Tage den Vorteil, dass ich nicht nach Hannover pendeln muss." Es klang ungewollt sarkastisch und ich schüttelte unwillig den Kopf, als ich merkte, wie die Aufgebrachtheit in mir hochkochte. Dann brach es aus mir heraus: „Sehe ich aus wie zwei Polizistinnen? Ich kann nur ein Dezernat schaffen, und das ohnehin schon nur mit großer Mühe und rauchendem Schädel. Wie stellt ihr Chefs euch das denn immer vor?"

Stenzels Mund stand vor Überraschung kurz offen und wurde schnell schmallippig. Seine Augen verengten sich, als er nach einer passenden Erwiderung suchte. Dann nickte er ein paar mal versonnen und atmete tief ein. „Wir sind allesamt überlastet und wir alle können nur schaffen, was in einen normalen Arbeitstag hineinpasst." Es klang dünn und halbherzig. Aber er bemühte sich erkennbar, die Wogen zu glätten.

„Und warum dann der Hinweis, dass meine Akten in Hannover liegenbleiben?" Mir fiel selbst auf, dass meine Stimme höher und schriller klang als sonst. Aber warum auch nicht? Sollten die Vorturner ruhig wissen, wie ihre Ideen beim gemeinen Volk so ankommen.

Dann rief ich mich sogleich mit dem Gedanken zur Ordnung, dass Sangermann und Stenzel vor Jahren ebenfalls noch Aktenknechte waren und davor Streife gefahren sind.

„Damit wird Ihr Chef eher mich gemeint haben. Nach dem Motto: Das LKA hat nicht genug Beamte, um überall auszuhelfen. Ich habe bei Ihrem Chef durchblicken lassen, dass wir die OFA ansonsten offiziell um Unterstützung bitten müssten. Das hätte ihn gewiss mehr Personal gekostet." Er beruhigte sich. „Warten wir es ab! Fristsachen wird er nicht liegenlassen."

Als ich nicht sogleich antwortete, fuhr er fort: „Celle hat zum Glück nur wenige Mordfälle. Wir haben hier keine fest installierte MoKo. Aber was rede ich? Das wissen Sie alles. Sie hatten ja eben erst hier ausgeholfen. Wöhler ist ein fähiger Mann. Aber Sie sind halt Profi in solchen Sachen."

„Zum Glück sagen Sie ‚Profi' und nicht Profiler", warf ich süffisant ein.

Stenzel wischte meine launige Bemerkung beiseite und lächelte, inzwischen ahnend, dass mein Widerstand dahinschmolz. „Sie haben fast täglich mit Mordfällen zu tun. Sie sind Psychologin. Meine Güte, Sie haben doch eben erst gezeigt, wie erfolgreich Sie an die Dinge herangehen!"

Der Leiter des Präsidiums hielt kurz inne.

Wenn ich einen Bart hätte, würde man das Honig nennen, was er mir da ums Maul schmiert.

„Wöhler hat überdies von sich aus um Ihre Hilfe gebeten", fuhr er fort. „Der wird sich schon nicht übergangen fühlen. Außerdem, das ist wieder so ein Messermord. Ich brauche ein schnelles Ergebnis. Sie haben doch Hafer ... ", Stenzel wedelte unstet mit der Hand durch die Luft.

„...nagel", half ich aus.

„Genau", nahm er den Faden auf. „Sie haben doch den jungen Kollegen gehört, wie er sogleich etwas von ‚ethnientypisch' gefaselt hat, Was meinen Sie denn, was das wieder für eine Unruhe in der Öffentlichkeit gibt."

„Haben Sie in Celle Probleme mit rechten Kollegen?"

„Quatsch!" Er winkte wieder ab und sah mich unwillig an. „Aber ‚Messermord' ist inzwischen schon so etwas wie ein rechter Kampfbegriff geworden. Da hilft es nicht einmal mehr, dass der Täter beim letzten Mordfall selbst ein Rechter war. Auch nicht, dass wir es jetzt mit einem Tschechen zu tun haben. Frau Massen", er sah mich flehentlich an. "Ich brauche ein schnelles Ergebnis. Ich weiß schon jetzt, dass mir der Staatsanwalt im Nacken sitzen wird. Und wenn die Medien sich erst daran festkauen, wer weiß, welche Unruhe das wieder in die Stadt bringt. Wöhler allein mit Hafernagel und einer Reihe weiterer Kollegen, die werden viel zu lange dafür brauchen. Helfen Sie den beiden! Ich bitte Sie."

Ich holte tief Luft.

„Außerdem, wie sagten Sie? Das erspart Ihnen die nächsten Tage die Pendelei nach Hannover."

„Dafür brauche ich mit dem Fahrrad von Klein Hehlen hierher mehr Zeit als bis zum Bahnhof." Ich winkte mit einem gequälten Lächeln ab.

Stenzel grinste da schon eine Spur breiter. „Die paar Minuten." Er wusste, wann er mich hatte. „Also, abgemacht?"

Ich presste die Lippen aufeinander und machte einen schmalen Mund. „Abgemacht!" Ich hob kurz den Finger. „Aber Sie klären das mit meinen Akten in Hannover!"

„Okay, dann sind Sie ab jetzt Mitglied der MoKo Celle." Er klatschte in die Hände, als wenn er über seinen Erfolg selbst überrascht war. „Sie machen sich dann mal an das Täterprofil und den Bericht!"

„Bin dabei", gab ich halbherzig zur Antwort.

Stenzel winkte mir zu und wandte sich zum Gehen.

Als er die Tür hinter sich zuzog, sah ich wieder zur Fuhse hinaus.

Die Würfel waren gefallen. Nur wenige Minuten zuvor hätte ich die Sache ablehnen und Stenzel auf den formalen Weg eines Antrages beim LKA verweisen können.

Wer wusste schon, wie sich die Dinge ansonsten entwickelt hätten.

„Na, dann!" Ich nahm die Akte zur Hand, stöberte ein wenig in den an sich schon bekannten Daten, nahm den Hörer zur Hand und rief einen Kollegen beim LKA in Hamburg an, den ich seit Jahren von meiner OFA-Hospitation in der City-Nord der Hansestadt kannte.

Nachdem ich den vorläufigen Bericht geschrieben hatte, versuchte ich, mir anhand meiner Eindrücke beim Verhör und der Auskünfte, die ich aus Hamburg erhalten hatte, ein Bild von Markovic zu machen. Es zeichnete sich das typische Bild eines kleinen, skrupellosen Machos ab, der von Frauen wenig hielt und jahrelang darunter gelitten hatte, dass er sich aufgrund seiner Ausbildung bei der tschechischen Armee zu höheren Aufgaben berufen fühlte, als denen eines bezahlten Schlägers im hamburger Kiezmilieu. Dazu war er ein Narzisst, der sich zunächst einmal gescheitert sah, und allen Grund hatte, Minderwertigkeitskomplexe zu bekommen. Ein sogenannter negativer Narzisst, der sich endlich am Ziel seiner Träume gesehen hatte, ein in der Halbwelt geachteter Killer zu werden. So jemand kannte keine Skrupel, war unberechenbar und dementsprechend extrem gefährlich.

Soweit blieb die Figur erst einmal stimmig, wenn auch einigermaßen klischeehaft. Markovic müsste durch sein aktuelles Scheitern so kurz vor seinem Ziel an sich in tiefe Verzweiflung verfallen sein, weil er für die narzisstische Kränkung niemanden bluten lassen konnte. Erst dann wäre er mit sich halbwegs ins Reine gekommen.

Von dieser Verzweiflung war ihm indes nichts anzumerken.

Glaubte er, weiterhin einen Trumpf im Ärmel zu haben? Der gescheiterte Fluchtversuch müsste ihm diesen Zahn an sich gezogen haben. Es mochte andererseits sein, dass er seine Situation bislang nicht vollständig realisiert hatte.

Etwas stimmte an diesem Bild nicht. Ganz und gar nicht. Und das fand ich überaus irritierend.

Was stimmt nicht mit Dir, Markovic?

Letztlich fehlten mir die Informationen aus Tschechien. Ich brauchte Markovics Dienstakte! Ohne diese Puzzlestücke war das Bild unvollständig, blieben alle Überlegungen vorläufig und wenig aussagekräftig.

Ich löste mich aus meinem Grübeln.

Kurzentschlossen durchquerte ich den Flur zu Wöhlers Büro und klopfte an. „Zeit für eine erste Bestandsaufnahme?", fragte ich am Türblatt vorbei.

Er nickte, winkte mich herein und griff zum Hörer. „Chris, kommst du mal rüber?"

Als er auflegte, strahlte er mich an und bot mir Platz an. „Schön, dass du mit an Bord bist. Wie es aussieht, sind wir die nächsten Wochen wieder ein Team. Freut mich!"

„Haben die Buschtrommeln mal wieder funktioniert!"

„Na klar. Stenzel musste mir doch Bescheid geben. Schließlich leite ich die MoKo."

„Damit wäre die Hierarchie gleich geklärt." Ich lächelte säuerlich.

Er winkte ab.

„Es stößt übrigens eine weitere Kollegin dazu", kam Will wieder auf das Treffen zu sprechen.

„Klar, sonst wäre unser Team arg knapp besetzt, oder?"

„Chris hat Möbius inzwischen festgenommen. Er wird im Moment erkennungsdienstlich behandelt. Seine Vernehmung steht noch aus. An *der* Front sind wir bisher nicht viel weiter. Mal sehen, was Chris zu berichten hat. Hast du schon etwas, Petra?"

Ich wies auf seinen PC. „Der Bericht ist fertig. Dito das Protokoll der Vernehmung. Das Täterprofil ist bislang etwas scherenschnittartig und vorläufig solange ich keine Daten aus seiner Dienstakte in Tschechien habe."

Wöhler rief die Akte auf und überflog sie. „Gut, Stenzel, Hafernagel und Feinweber haben eine Kopie. Dann sind wir alle auf dem Laufenden. Mal sehen, was Chris uns zu Möbius zu sagen hat."

„Hafernagel?", fragte ich mit gespieltem Erstaunen. „Seit wann kennst du seinen richtigen Namen?"

Will zwinkerte mir beiläufig und mit schiefem Lächeln zu.

Wie auf Zuruf öffnete sich die Tür und das jüngste Mitglied der MoKo trat ein.

„Was macht unser Anstifter?", fragte Wöhler.

Hafernagel setzte sich unaufgefordert an den kleinen Besprechungstisch.

„Mutmaßlicher Anstifter", hielt der Kollege dagegen. Das Klugscheißern konnte er einfach nicht sein lassen. „Möbius leugnet, Markovic angestiftet zu haben Aber lasst uns einen Augenblick warten! Frau Feinweber kommt auch gleich."

Wöhler und ich setzten uns ebenfalls schon an den Tisch. Beide nickten wir, weil niemand ernsthaft erwartet hatte, dass wir nach Markovics Geständnis ein weiteres noch am selben Tag zur Akte nehmen konnten.

Es klopfte erneut und eine hagere Frau, die ich ihrem Gesicht nach auf Ende Fünfzig schätzte, trat ein. Sie war recht leger in Jeans und T-Shirt gekleidet. Ihre Arme sahen sportlich und für ihr Alter erstaunlich glatt aus. Ihre Bewegungen wirkten kraftvoll. Die kurzen blond-grauen Haare waren lockig und gewiss schwer zu bändigen, wenn sie sie denn wachsen ließe.

„Frau Feinweber, schön dass Sie dabei sind.

Kommen Sie! Wir wollen die wenigen Daten, die es bisher gibt, zusammentragen." Er stand kurz auf, gab der Kollegin die Hand und stellte sie uns vor: „Swantje Feinweber, eine langjährige und erfahrene Kollegin aus dem Bereich Gewaltdelikte. Frau Feinweber ist mir als recht toughe Kollegin bekannt, die sich von unserem Killer nicht die Butter vom Brot nehmen lassen wird. Sie hat Erfahrungen mit harten Kerlen." Er lächelte ihr zu, als erwartete er freundlichen Beifall zu seinem Kompliment.

Die Kollegin ließ den Satz indes unkommentiert im Raum stehen, setzte sich etwas schwerfällig und lächelte mit abwartendem Blick in die Runde. Ich hatte den Eindruck, dass Hafernagel und sie sich kannten, und stellte mich daher selbst vor.

Dann nickte Wöhler Hafernagel zu. „Christian, Du wolltest soeben von Möbius berichten."

Chris beugte sich gravitätisch vor und legte die Hände auf den Rand der Tischplatte. „Ja, das ist einigermaßen seltsam. Er leugnet. Insoweit ist das alles erwartbar." Er hob in fatalistischer Geste die Hände bis in Schulterhöhe und ließ sie wieder sinken. „Aber die Geschichte, die er mir aufgetischt hat, die hat es schon in sich." Er sah uns erwartungsvoll an.

„Nun mach schon!", forderte Will ihn auf.

„Okay, die Kurzfassung, die er sich bisher aus der Nase hat ziehen lassen: Gerd Möbius ist in Wolthausen am Örtzekanal spazieren gegangen, hat den Tschechen vor dem Ertrinken gerettet und der hat ihm aus Dank dafür angeboten, jemanden zu ermorden. Möbius hielt das für einen skurrilen Scherz und hat aus einer Laune heraus, wie er immer wieder und völlig verzweifelt beteuert, seinen Chef genannt."

„Nee", platzte es aus Wöhler heraus. „Du veräppelst uns, oder? Ein Einzelkämpfer, der nicht schwimmen kann?"

„Das fängt ja verrückt an", griff Feinweber Wöhlers Ausbruch auf und lachte. Sie bog ihren weißblond gelockten Kopf in den Nacken und sah kurz zur Decke.

„Wer ist jetzt verrückt? Markovic, wie es im Täterprofil heißt, oder dieser Möbius? So eine abwegige Aussage habe ich ja noch nie gehört." Sie lachte wieder auf.

Ich fand ihre helle Stimme angenehm, auch wenn sie im krassen Kontrast zu ihrer burschikosen Art stand. „Bin gespannt, was der Staatsanwalt daraus macht", fuhr sie fort.

„Hattest du Gelegenheit, mit seiner Frau zu sprechen?", hakte Wöhler bei Hafernagel nach.

Chris winkte ab. „Frau Möbius wirkte völlig aufgelöst. Zwei Kollegen in Uniform und die halbe Nachbarschaft war am Gaffen. Ich hielt es für besser, Möbius hier im Haus zu vernehmen und danach seine Frau und die Kollegen des Opfers. Das werden wir morgen in Angriff nehmen!"

„Einverstanden." Wöhler nickte ihm zu. „Das klingt arg abenteuerlich. Aber Markovic ist erstmal alles zuzutrauen. Was meinst du, Petra?"

„Ich weiß nicht so recht." Die Geschichte klang selbst für einen geltungssüchtigen Narzissten erstaunlich verrückt. „Hat jemand eine Ahnung, was er da draußen in Wolthausen gesucht hat? Außer Ferien auf dem Bauernhof und Paddeltouren auf der Örtze ist da ja nichts. Nicht unbedingt die erste Anlaufstelle für Schläger vom hamburger Kiez, würde ich meinen."

‚In einem Kaff kurz vor Hannover'. War damit gar nicht Celle gemeint?

Ich wischte den Gedanken beiseite.

„Njet", antwortete Hafernagel wieder. „Dazu hat Möbius bisher nichts gesagt. „Wollen wir ihn dazu heute noch befragen? Das Einzige was mir einfällt, ist die Lage an der B3, der schnellste Weg von der Autobahn nach Celle. Pinkelpause im Grünen vielleicht?"

Wöhler winkte ab. „Warten wir erstmal ab, was wir sonst so haben! Vom Tatort gibt es so einiges, aber bislang nichts, das ein Motiv für Möbius hergeben würde, kein durchwühltes Büro des Getöteten, oder so. Uns fehlen eh erst einmal die Befragungen der Mitarbeiter der Better-Slogan. Womöglich macht uns das etwas schlauer. Das gilt vor allem für Möbius' Frau. Bis dahin ist jede Überlegung spekulativ."

„Und eher abenteuerlich bis abwegig", warf ich ein. „Ich werde mir morgen früh erst einmal den Tatort ansehen."

Feinweber brummelte etwas vor sich hin, als wenn sie an einer Überlegung herumknabberte. Dann wandte sie sich mir zu. „Mir fiel bei den Fotos auf, dass nicht nur die Leiche voller Blut war, sondern auch der Täter. Ein Stich ins Herz verursacht ja einen enormen Blutschwall. Das würde Blutflecken an Markovics Kleidung erklären, aber die Klamotten des Kerls waren regelrecht durchtränkt vom Blut Beinleins. Der Täter muss ihn eine ganze Zeitlang festgehalten, oder an sich gedrückt haben. Nach der ersten Vernehmung des Wachmannes der Better-Slogan hat dieser ihn genau deshalb zu überwältigen vermocht. Moment!". Sie griff nach Ausdrucken aus der Akte und zitierte: „Ich habe mich dem Täter nähern können, ohne dass dieser mich bemerkte. Dann habe ich ihm den Taser auf die Schulter gedrückt und ihn gefesselt. Soweit der O-Ton. Passt das in das Profil eines Einzelkämpfers?"

„Das passt in das Profil eines Menschen, der sich an Gewaltausübung berauscht. Während der Vernehmung hatte ich schon die Idee, dass er von dem Gefühl, das ihm die Tötung eines Menschen erstmals beschert hatte, komplett überwältigt war. Das würde erklären, warum sein Verhalten so gar nicht zu einem professionellen Killer passt, schon gar nicht zu dem, was Einzelkämpfer im Rahmen ihrer militärischen Ausbildung lernen." Ich sah die Kollegin an und nickte versonnen. „Das könnte passen, wenn man davon ausgeht, dass Markovic erheblich narzisstisch gestört und von extremen Allmachtsfantasien beherrscht ist. Der Herr über Leben und Tod. Das kann ihn lang genug für die Welt um ihn herum blind und taub gemacht haben."

Feinweber kaute auf der Unterlippe und wippte kurz

mit dem Kopf. „Wird wohl so sein", stimmte sie meinen Überlegungen zu. „Es gibt so krankes Volk da draußen. Wird Zeit, dass ich in Pension gehe!"

„Bis dahin, helfen Sie uns aber noch, Kollegin." Wöhler grinste sie an. „Also, wir haben ein Geständnis." Er tippte nacheinander die Finger seiner linken Hand an. „Wir haben eine bislang in sich schlüssige Spurenlage am Tatort, die mit der Aussage des Security-Menschen, Almasur, zusammenpasst. Wir haben die Tatwaffe und warten noch auf das Ergebnis der KTU zu Täterspuren. Wir gehen aktuell von einem Auftragsmord aus, auch wenn da bislang große Unklarheiten bestehen, was den Auftraggeber und die Tatmotive angeht. Dazu erfahren wir hoffentlich morgen mehr von Möbius, dessen Frau und den Mitarbeitern der Better-Slogan."

Er hielt inne. „Nichts, was wir heute noch geklärt bekommen. Machen wir erst einmal Feierabend!"

Er wandte sich mir zu. „Du kommst vermutlich etwas später, wenn du erst zum Tatort fährst. Ich ruf' den Wachmann an, damit er vor Ort ist und du ihm noch Fragen stellen kannst. Darf ich davon ausgehen, dass du dabei keine Begleitung benötigst?"

„So ist es. Kümmert Ihr Euch schon um die anstehenden Befragungen! Ach ja, bei Möbius wäre ich allerdings gern dabei. Bin gespannt, wie der tickt."

„Mal sehen, was du zu dem Typen sagst, ob der lügt." Wöhler sah mich nachdenklich an.

Feierabend

Ich entschloss mich, gleich nach Hause zu fahren. Es war sonnig und warm und ich freute mich auf den kurzen Weg mit dem Rad. Keine Busfahrt vom Büro zum Bahnhof in Hannover, keine Bahnfahrt nach Celle, sondern gleich auf das Fahrrad und durch die frische Luft.

Der Tag war sommerlich und ich hätte mich mit meinem Mann auf ein Eis in der Stadt verabreden können. Aber ich wollte nach diesem so anders als geplant verlaufenen Tag nur noch einen Kaffee im Garten genießen und mit Peter über die unerwarteten Wendungen reden.

Haus, Garten, ein Kaffee und mit dem geliebten Mann über den Tag reden. Mit einem Lächeln dachte ich daran, wie überschaubar die Ansprüche an den Feierabend waren und dass ich allmählich alt wurde. Und doch war der Gedanke in seiner Schlichtheit durch und durch angenehm.

Peter und ich freuten uns nach all den Jahren jeden Tag aufeinander und genossen die gemeinsame Zeit. Seit die Kinder auf eigenen Beinen standen, blieb mehr Zeit für uns und wir hatten wieder neu entdeckt, was wir für den anderen empfanden und was wir aneinander hatten.

Ich schwang mich auf mein Rad und bog nach wenigen Metern von der Jägerstraße in die Breite Straße ein, kreuzte das schmale Grün der Triftanlagen vor der JVA Celle, dem ehemaligen Zuchthaus, dem schönsten Gefängnis Deutschlands, wie es ein wenig ironisch genannt wurde. Ob Markovic das in diesem Moment ebenfalls so empfand, wagte ich zu bezweifeln.

Die Abendsonne stand schon tief, aber es war noch immer so hell wie an einem späten Nachmittag. Der Bau und das über die Mauern hinweg sichtbare aufwendig und malerisch-pittoresk gestaltete Portal der

JVA stammte aus der Zeit der Celler Herzöge vor drei-
hundert Jahren. Im krassen Gegensatz dazu blitzten
teils silbrig und gefährlich scharf schimmernd die üppig
über die Mauern hinweg verlegten Natodrahtrollen. Der
Gedanke, dass Markovic dort sicher verwahrt wurde,
fühlte sich beruhigend an. Gut, den Tschechen hinter
mehr als nur ‚Schloss und Riegel' zu wissen.

Ich fuhr über die Aller hinweg und sah wie so oft hin
zur moderneren Rückseite der JVA, der scheinbar
unbezwingbaren Festung mit Mauern, Wachtürmen,
Sicherheitssperren und auch dort zu findendenden
mehrlagigen Rollen von NATO-Draht, die sich bis über
die Dächer spannten. Eine Festung, die vor allem durch
das ‚Celler Loch' bekannt geworden war, den vor-
getäuschten Ausbruch von 1978. Ich wischte den
Gedanken daran beiseite, denn die Story verursachte
nach wie vor Unbehagen in mir.

Jetzt war Feierabend, Zeit für Unbeschwertheit.

Ich erreichte den Fahrradweg zu den Sportplätzen
der Fortuna, der Weg nach Klein Hehlen, wo unser
Haus am Waldsee auf mich wartete.

Hinter der Kreuzung der Tangente fuhr ich am West-
markt vorbei und erreichte die friedliche Welt meiner
Jugendtage, fernab von Morden, Kriminellen und
Gewalt.

So dachte ich in diesem Moment, als mich der Fahrt-
wind warm umstrich und die Sonne durch die Bäume
schien.

Ich bog in meine Wohnstraße ein und erreichte nach
wenigen hundert Metern unser Haus. Das Fahrrad
stellte ich im Vorraum der Garage ab, schloss die Haustür auf und hängte den Mantel an die Garderobe. Dann
brachte ich meine Pistole zum Waffenschrank, den
Peter schon wieder offengelassen hatte. Ich schüttelte
unwillig den Kopf und schloss den Schrank ab.

Polizisten und Jäger sind am Ende doch zweierlei.
Dann endlich umgab mich der Frieden unseres Refu-

giums. Die Heimfahrt mit dem Rad war stets das Ritual, mit dem ich mich räumlich und gedanklich von der Arbeit entfernte. Das Wegschließen der Dienstwaffe und das Ablegen der Handtasche waren die letzten Handlungen, die mich dann endlich gefühlt in die private Welt entließen und mich von der Arbeit distanzierten.

Soweit der Wunsch und die Theorie, denn beim Weghängen des Mantels dachte ich schon wieder daran, dass es den ganzen Tag über so warm gewesen war, dass ich mir vornahm, am nächsten Tag nur eine leichte Jacke anzuziehen. Schließlich hatte ich vor, recht früh zum Tatort zu fahren, und so früh am Morgen würde es kühl sein.

Ich überlegte, ob es mir mit zunehmendem Alter schwerer fiel abzuschalten. An sich sollte man doch erwarten, dass man abgeklärter wurde und schon deshalb mehr Distanz zur Arbeit entwickelte. Das Gegenteil schien der Fall zu sein.

Du wirst dünnhäutiger.

Ich wischte den Gedanken unwillig beiseite. Jetzt war nur noch eins wichtig:

„Peter."

„Yepp", kam es aus der Küche.

In der Küchentür erschien mein Mann und nahm mich in den Arm. Ich liebte es, ihn an mich zu drücken, und kuschelte meinen Kopf an seine breite Schulter. Peter war Halt, Wärme und Schutz. Er war ein Hüne, über eins neunzig groß und von seinem täglichen Sport noch immer muskulös und durchtrainiert. Nur die kurzen Haare waren schon grau. Untypisch für einen pensionierten Soldaten kam vielen unserer Freunde seine Freude am Kochen vor. Ich dagegen freute mich über die kulinarischen Überraschungen, die jeden Tag zum Feierabend auf mich warteten.

„Ich habe dich früher erwartet, Schatz", flüsterte er, die Lippen in meinem Haar. „Die Putenschnitzel konnte ich zum Glück warmhalten. Willst du dich erst frischmachen? Ansonsten geht's gleich auf die Terrasse." Er löste sich von mir und legte die Schürze ab, die an ihm ohnehin immer etwas putzig aussah.

Ich knuffte ihm mit der Faust gegen die Schulter und versuchte, ihn streng zu fixieren. „Du hast schon wieder den Waffenschrank offengelassen. Irgendwann gibt es nochmal Ärger deswegen."

„Ach ja, ich war wieder mit Luhmann auf dessen Ansitz im Wald hinter Altencelle. Wir haben aber nur Hirsche beobachtet. Die Kühltruhe ist eh mit Wild voll. Nächstes Mal gehe ich ohne Gewehr los. Dann kann ich das Abschließen nicht vergessen." Damit war das Thema für ihn erledigt.

Ich schüttelte den Kopf und verschwand im Bad, wusch mir kurz Gesicht und Hände und schlenderte durch das Wohnzimmer zur Terrasse.

„Ach, wie schön!" Der Tisch war gedeckt. Die Sonne warf letztes warmes Licht durch die Bäume, die dicht an dicht zwischen unserem Zaun und dem Waldsee aufragten. Das Idyll des Sees hinter unserem Gartenzaun war zwischen den alten Kiefern und wuchernden Büschen eher zu erahnen als direkt zu sehen. Uns war es recht, denn so waren wir vor den Blicken der abendlichen Spaziergänger geschützt. Ich setzte mich, seufzte erlöst und griff nach dem Glas Grauburgunder, das Peter mir eingeschenkt hatte. Wir stießen an. Dann machte ich mich über die Putensteaks und den frischen Salat her.

Ich lehnte mich zurück und schloss die Augen. „Haben wir es nicht herrlich!" Ich seufzte erneut entsagungsvoll. „Fehlt nur noch eine Hängematte."

„Hervorragende Idee. Soll ich mal eine besorgen und zwischen die Bäume hängen?" Peter war Feuer und Flamme. Er freute sich jedes Mal, wenn etwas anstand, das ihm Beschäftigung versprach. Zwar hatte er seine Jagd, aber er konnte nicht ständig durch den Wald streifen, oder sich jeden Tag mit Jagdkameraden treffen.

Ich klatschte in die Hände. „Also beschlossen und verkündet." Ich überlegte kurz. „Hat dein Bruder damals nicht mehrere Hamacas von seinem Mexikourlaub mitgebracht?"

Peter deutete einen Schuss mit dem Zeigefinger an. „Exzellenter Hinweis. Frage ich gleich morgen nach." Dann nahm er sein Glas. „Und? War wieder ordentlich zutun"?

Ich legte das Besteck auf den leeren Teller. „Ach Gott, ja." So viel zu meinen Gedanken zum Thema ‚Abschalten'. „Es gibt eine neue MoKo in Celle. Du wirst es eh morgen in der Zeitung lesen. Der Chef der Better-Slogan ist erstochen worden. Und ich soll mal wieder einspringen."

„Bei der Better-Slogan? Als Chefin?" Peter grinste. An sich hatte sein Gesicht kantige Züge. Aber sein Lächeln ließ das warmherzige Gemüt und den Humor erahnen, Wesenszüge, die ich an ihm liebte.

„Ja genau, bei einer Werbefirma", stieg ich auf das Gefrotzel ein. „Du nimmst nicht mal einen Mord ernst." Ich schüttelte mit dem Kopf.

„Wieso nicht, so als Psychologin? Und aufs Maul gefallen bist du ja auch nicht."

„Danke für die Blumen. Spielst du jetzt wieder auf deine Pläne an, dass ich mich als Psychologin niederlassen soll?" Ich wusste, dass Peter sich das wünschte, damit wir mehr Zeit miteinander hatten. „Aber das sind deine Pläne." Ich zeigte zur Betonung mit dem Finger auf ihn. „Du weißt, dass ich meinen Job mag. Außerdem bin ich nicht nur mit Fallanalysen beschäftigt. Ich betreue schon auch Kollegen psychologisch, die bei Einsätzen Schlimmes erlebt haben, die traumatisiert sind. Das ist die originäre Arbeit einer Psychologin. Damit habe ich schon genug Menschen, die meine Hilfe brauchen. Das ist tough enough, glaube mir!" Ich lehnte mich zurück. „Ich fange aber eh lieber Ganoven."

Er nickte schmallippig.

Es tat mir leid, ihn bei dem Thema immer wieder zu

ernüchtern und zu enttäuschen.

„Ich erzähle dir das Ganze ja nur, damit du weißt, dass ich die nächste Zeit früher nach Hause komme."

„Damit du mich mit der Nachbarin erwischst?" Er zog die Augenbraue mit ironischem Blick nach oben. Dann nahm er meine Hand und zog mich näher zu sich heran.

Ich legte meine Linke auf seinen Handrücken. „Meinst du meine Lehrerin?" Ich sah ihn gespielt abschätzend an. Die Nachbarin war gut und gerne zwanzig Jahre älter als ich. „Na, dann viel Spaß!"

Ich zog die Hand wieder zurück und lehnte mich erneut in den Gartensessel. „Ich sehe schon, du nimmst das alles nicht ernst. Ich bin einundfünfzig Jahre alt. Wenn ich beim Bund wäre, könnte ich wie du früher in Pension gehen. Aber bei der Polizei darf ich noch ein bisschen ackern."

„Weiß ich doch. Und ohne deine Stories von der Arbeit hätte ich noch mehr Langeweile. Also komm, erzähl schon!"

Und ich erzählte ihm von meinem aktuellen Fall, von dem durchgeknallten Tschechen und dem haarsträubenden angeblichen Zustandekommen des Mordauftrages.

„Einen Mord frei? Das wäre doch mal was. Da kommt man glatt ins Grübeln, wen man selbst gern aus dem Weg hätte." Peter tat, als wenn er nachdenken würde. „Verdammt. Mit einem käme ich da gar nicht hin, jedenfalls nicht, wenn ich an den einen oder anderen Staatschef denke." Er grinste.

Ich stieg auf sein Herumgealber nicht ein. „Und, was sagt der ehemalige Soldat zu der Sache? Hast du irgendeine Idee, was bei Markovic zu bedenken wäre?"

Als er merkte, dass mir nicht mehr zum Scherzen zumute war, wurde er wieder ernst. „Seine Personalakte. Die Sache steht und fällt damit, dass Ihr die Akte aus Tschechien bekommt, und das mit möglichst wenigen Schwärzungen", bekam ich zur Antwort.

Ich lächelte schmal. So viel war mir ebenfalls klar gewesen. „Haben wir schon. Ist aber unergiebig, bis auf die Tatsache, dass er eine Einzelkämpferausbildung absolviert, beziehungsweise abgebrochen hat."

„Diszi?"

„Es gibt einen Hinweis in der Akte auf ein Disziplinar-verfahren. Die Unterlagen hierzu fehlen uns allerdings noch."

„Ein gescheiterter Einzelkämpfer. Hm." Peter schien bei dem Gedanken nicht wohl zu sein. „Zu solch einer Ausbildung kommst du nur mit viel Willenskraft und noch mehr Ehrgeiz. Nur gut, dass er hinter Gittern steckt! Ansonsten würde ich vermuten, dass du es mit einem fiesen Gegner zu tun hast."

Ich sah ihn unbehaglich an. Mittlerweile kam ich an den Punkt, an dem ich das unliebsame Thema gern abschließen wollte. „Der Typ ist auch hinter Gittern noch fies genug."

Peter nickte versonnen.

„Okay, lass es gut sein!" Ich winkte ab, so als wenn ich eine lästige Fliege vor dem Gesicht wegwischen wollte. „So ein Feierabend, habe ich mir sagen lassen, soll ja dazu dienen, mal abzuschalten."

Peter lächelte. „Hast recht. Hier haben die bösen Buben nichts zu suchen."

Er prostete mir mit dem Grauburgunder zu.

Niemand von uns beiden ahnte, dass unsere Idylle keineswegs so unverwundbar war, wie wir an diesem Abend annahmen.

Der Tatort

Der nächste Morgen war recht kühl und ich entschied mich wieder für den Mantel.

Auf dem Weg zum Präsidium absolvierte ich den geplanten Abstecher zum Tatort. Die Wolken am Himmel verhießen keinen sommerlichen Tag. Ich hatte trotzdem das Fahrrad genommen und hoffte, dass ich trocken ins Büro kommen würde.

Der Abstecher führte mich hinter der Unterführung am Bahnhof unter dem dortigen Parkdeck hindurch und dann über die Trüllerstraße zu dem entlang der Bahntrasse gelegenen kleinen Gewerbegebiet. Recht bald hinter dem Supermarkt wurden die Wohnhäuser weniger und überließen den Raum schmucklosen Klötzen mit Toreinfahrten zu Parkplätzen.

Dort in der Itagstraße, schräg gegenüber vom Nachtclub, der gleich am Beginn der Straße den Blick mit seinem lilafarbenen Anstrich fing, wehte das Flatterband, das nach wie vor den Tatort absperrte.

‚Better-Slogan' las ich auf dem Gebäude dahinter. Der schräg geschwungene Schriftzug prangte in marmor-grauen Lettern über dem Portal des ansonsten schlichten und nicht allzu beeindruckenden Zweckbaus.

Ich lupfte das weiß-rote Folienband mit der Aufschrift ‚Polizeiabsperrung' an und duckte mich darunter hindurch. Das Gebäude war bislang nicht versiegelt. Ich wusste, dass dort die Kollegen der Spurensicherung nach wie vor mit Restarbeiten beschäftigt waren. Dort drinnen würde ich mich später umsehen. Zuvor aber wollte ich mich erst einmal draußen umschauen.

Gleich links neben den wenigen Stufen hoch zum Eingang war der Fahrradstand, wo Markovic Beinlein niedergestochen hatte.

Ich sah mir die Form des Blutflecks an und die nachgezeichnete Kontur des Fundorts der Leiche. Es war leicht nachzuvollziehen, wie der Mörder sein Opfer von hinten gefasst und ihm gleichzeitig mit der Rechten das Messer unter die Rippen gejagt hatte. Noch im Niedersinken hatte der Tscheche das Opfer offenbar festgehalten und dabei seine eigene Kleidung mit Blut durchtränkt. Andernfalls wären die Blutspuren anders verteilt gewesen. Man konnte sehen, dass die Blutlache sich nur zu einer Seite, hin zum Fahrradstand, ausgebreitet hatte.

Ich sah mich weiter um. Anders als bei Gewerbegrundstücken häufig zu finden, war der Eingangsbereich nicht durch einen dieser schlichten Metallgitterzäune von der Straße abgetrennt. Die Zufahrt zum Parkplatz und der Weg hin zum Gebäudeeingang waren offen. Was Sinn machte, da eine Werbefirma nur geistiges Gut zu sichern hatte, keine Industriegüter und wertvollen Rohstoffe. Es reichte in aller Regel aus, wenn das Gebäude selbst und die Rechner gesichert waren. Der Bürgersteig war nur ein paar Schritte entfernt und man konnte in beide Richtungen ein Stück weit den geraden Verlauf der Straße entlang sehen.

Alles präsentierte sich offen und einladend. Das machte es immerhin leicht, das Gebäude und die Umgebung zu beobachten. Gut vorstellbar, dass Markovic das Hin und Her der Mitarbeiter und Kunden Tage zuvor ungestört ausgekundschaftet hatte, um Beinleins Feierabendzeiten und das tägliche Aufschließen des Rades als passende Gelegenheit für einen Angriff zu planen.

Ich war schon im Begriff, das Gebäude von innen zu inspizieren und mit den Kollegen von der Spurensicherung zu sprechen, als ich einen Mann bemerkte, der sich dem Flatterband näherte und mich unsicher ansah. Die ganze Körpersprache wirkte wenig zielstrebig, so als wenn er nicht wisse, ob er mich ansprechen solle.

„Kann ich Ihnen helfen?", fragte ich mit etwas erhobener Stimme, um über die Distanz gehört zu werden, und ging gemächlich auf die Absperrung zu. Der junge

Mann hatte schwarze Haare und einen scharfkantig frisierten Bart. Er trug einen dunklen Anzug. Insgesamt sah alles nach dem Securitiy-Mann aus, dessen Aussage ich gestern gelesen hatte. Er wirkte erleichtert darüber, dass ich ihn aus seiner Unentschlossenheit befreite.

„Ich wurde gestern von der Polizei angerufen. Außerdem wollte ich ohnehin mal nachsehen, wie es hier heute so aussieht." Damit wandte er sich um, als wenn schon alles gesagt sei. Offenbar war ihm unwohl dabei, sich weiter auf die für ihn mulmige Situation einzulassen.

„Und, ist alles so wie gestern?"

Der Fremde drehte sich wieder um.

„Ja, schon. Aber ..." Er stockte.

„Irgendwie ist nichts mehr so, wie es mal war", half ich aus.

Er nickte. Ich ließ ihm ein paar Sekunden Zeit.

„Sind Sie der Wachmann, der den Toten gefunden hat?"

„Security, ja." Er nickte. „Farsin Almasur", setzte er hinzu.

Nun war ich es, die nickte, weil ich den Namen in der Akte gelesen hatte. Almasur war der Mann, den Wöhler mir angekündigt hatte.

„Und Sie haben den Täter überwältigt."

Der Security-Mann lächelte einen kurzen Moment. „Das war aber nicht allzu schwer. Der Kerl war gar nicht bei sich. Wie behuscht."

„Kommen Sie!" Ich zeigte ihm meinen Polizeiausweis, hob das Absperrband an und ließ ihn durch. Dann reichte ich ihm die Hand. „Petra Massen."

„Ja", sagte er. „Dann sind Sie die Frau, die ich heute hier treffen soll."

Ich wies mit der offenen Hand zum eigentlichen Tatort mit der Blutlache hin. „Wie war das genau?"

„Ich habe mein Büro gleich hinter dem Eingang dort." Er wies zu dem kaum zehn Meter entfernten Portal der

Firma. „Von dort habe ich alles im Blick. Wenn ich dem Chef ‚tschüss' gesagt habe, ist schon fast immer Feierabend für mich. Dann die Abendrunde, nachsehen, ob alle Büros leer sind, alles abschließen. Und tschüss." Er hielt kurz inne. „Ich sehe Herrn Beinlein immer hinterher, bis sein Fahrrad nicht mehr zu sehen ist. Könnte ja sein, dass ihm nochmal etwas einfällt und er zurückkommt. Deshalb habe ich auch diesen Typen bemerkt, der von hinten auf den Chef zugegangen ist." Er wies anklagend auf die Stelle, wo Beinleins Blut zu sehen war. „Und dann ging alles furchtbar schnell. Der Kerl packte den Chef mit einem Arm und dann war da das Messer in der anderen Hand und ..." Er ahmte mit einem schnellen Schwung die Bewegung nach, mit der Markovic zugestochen hatte.

„Und dann haben Sie den Taser genommen und den Mann überwältigt?"

„Ja, aber das war schon komisch. Ich wusste echt nicht, wie ich den Kerl einzuschätzen hatte. Ich meine, ich war ja auch ziemlich angefasst, ne. Man lernt das ja in den Lehrgängen, wie man Leute überwältigt. Aber das sind immer so Selbstverteidigungssituationen, irgendwie hektisch, und so. Aber der Kerl war ganz still. Und dann sah der nur so vor sich hin, so in die Ferne. Wenn Sie verstehen. Der war echt weggetreten. Den Chef hielt er wie ein ... ", er stockte, „... Baby im Arm." Er suchte erkennbar nach Worten. „Ich gehe also auf den zu, nehme den Taser und schocke ihn an der Schulter. Ging ganz einfach. Erst zuckt der noch auf, zack, war er ohnmächtig. Dann habe ich ihn mit Kabelbinder gefesselt. Ich habe erst schnell nach dem Chef gesehen, aber der war schon tot. War echt der Hammer."

Ich legte Almasur die Hand auf den Arm. Er war scheinbar wieder vollständig überwältigt von der Erinnerung. Dann beruhigte er sich und lächelte mich an.

„Geht schon wieder. Danke." Er hielt kurz inne, als wenn ihm noch etwas einfiele. „Ja, und dann war da dieser Mann." Er sah irritiert auf und schaute zur Straße hin. „Deswegen bin ich eigentlich nochmal hergekommen."

Ich folgte seinem Blick zum Bürgersteig, wo im Moment wahrhaftig ein Mann direkt am Absperrband stand, zu uns herübersah und fotografierte.

„Der dort?", fragte ich.

Der Security-Mann war erkennbar verwirrt. „Nein", gab er geistesabwesend zur Antwort. „Hey", rief er dem Fremden zu. „Was tun Sie da?"

Ich hielt Almasur zurück, als er Anstalten machte, zur Absperrung zu laufen. „Warten Sie! *Sie* haben Feierabend. Ich erledige das."

Mit ein paar schnellen Schritten war ich an der Straße. „Lassen Sie das!" Ich griff nach seinem Fotoapparat, verfehlte ihn jedoch. „Hier werden keine Fotos geschossen! Das ist ein nicht freigegebener Tatort. Zudem haben wir beide", Ich wies auf Almasur und mich, „ein Recht am eigenen Bild. Schluss damit!" Der hochgewachsene Fremde nahm den Apparat herunter.

„Gibt es irgendetwas, das ich für Sie tun kann? Haben Sie mit der Sache hier", ich drehte mich kurz zum Tatort hin, „etwas zu schaffen?" Dabei zog ich meinen Polizeiausweis aus der Tasche und hielt dem Mann das Kärtchen hin.

Der lächelte und zog ebenfalls eine Karte aus der Brusttasche seiner Jacke und hielt sie mir vor das Gesicht. Es war ein Presseausweis. „Thar", antwortete er. „Rainer Thar, Celler Zeitung. Und ja, ich vertrete das öffentliche Interesse an diesem Fall. Fotos inklusive."

„Die Celler. Ahnte ich es doch. Dann kennen Sie ja unsere Pressereferentin. An die wenden Sie sich bitte!"

„Ja, nette Kollegin. Aber hier vor Ort ist doch alles authentischer, nicht wahr." Der Reporter lächelte hohl. „Nun, Frau Massen", er hatte sich meinen Ausweis scheinbar doch genauer angesehen, „was gibt es Neues?"

„Nichts. Und wegen etwaiger Fragen wenden Sie sich

gern an die nette Kollegin! Einen schönen Tag."

Damit ließ ich den Zeitungsmann stehen und wandte ich mich wieder Almasur zu.

„Also, da war ein Mann, sagen Sie", griff ich den Faden wieder auf, nachdem ich mich vergewissert hatte, dass der Reporter außer Hörweite war.

„Ja, da gleich schräg gegenüber bei dem Nachtclub. Der hat die ganze Zeit das Handy vor dem Gesicht gehabt. Sah aus, als wenn er das alles gefilmt hätte."

„Ein Schaulustiger?" Ich schaute in die angegebene Richtung.

„Kann sein", antwortete der Sicherheitsmann. Almasur wirkte erkennbar zögerlich, so als wenn er nicht überzeugt war.

„Aber?", fragte ich im selben unschlüssigen Tonfall?

„Ich weiß nicht." Er überlegte. „Ich hab gar nicht mitgekriegt, ob er schon länger da stand und was er alles gefilmt hat. Aber wenn *ich* neugierig bin." Er betonte das ‚ich' und zeigte mit beiden Händen auf seine Brust. „Wenn *ich* was zum Gaffen hochladen will, dann komme ich doch näher ran und halte direkt drauf. So richtig aufs Blut, wenn Sie verstehen, was ich meine. Außerdem kommen hier kaum Leute vorbei. Für den Puff da ist es viel zu früh." Er deutete zum Nachtclub hinüber. „Und der Supermarkt auf der anderen Seite hinter der Better-Slogan ist viel zu weit weg."

Ich nickte. In Gedanken stimmte ich ihm zu und war schon einen Schritt weiter. War der Tscheche derart narzisstisch, dass er seine Tat hatte filmen lassen? Das hieße aber, dass er einen Komplizen hatte. Es würde mit dem zusammenpassen, was mir Michi vom LKA Hamburg gesteckt hat, dass Markovic auf dem Kiez regelmäßig mit zwei anderen Schlägern zusammengearbeitet hatte. War das wiederum der Grund, warum er sich so überlegen gab?

Mich fröstelte es mit einem Mal.

Almasur hatte mir mit seinen Hinweisen geholfen, mir aber nebenbei eine neue Nuss zu knacken gegeben.

Warum hatte der Mann mit dem Handy Markovic nicht geholfen? Ein Komplize würde den anderen doch nicht dem Wachmann überlassen, sondern ihn befreien.

„Waren da noch andere Leute?", fragte ich daher Almasur.

„Ich weiß nicht. Ich habe nicht so auf die weitere Umgebung geachtet. Aber die Straße runter sind ja ein paar Wohnhäuser und um die Ecke machen manchmal Taxifahrer ihre Pausen. Kann schon sein, dass da Leute waren, die ich nicht gesehen habe." Er stutzte kurz. „Meinen Sie, das war ein Kumpel von dem Mörder. Und ich hätte sonst mit dem Probleme bekommen?" Er sah mich fragend an. Als ich nickte, riss er die Augen weit auf. „Krass, ey. Boah, da hab' ich gar nicht drüber nachgedacht."

„Apropos Kamera", ich sah zurück zum Firmengebäude, „gibt es Sicherheitskameras am Gebäude?"

„Nur an der Vorderfront." Almasur machte einen schmalen Mund. „Der Fahrradstand ist von dort nicht vollständig einsehbar. Der Mörder wird wohl gerade noch zu sehen sein, wo er auf das Gebäude zugeht."

Ich nickte. „Darum hat sich bestimmt schon die Spurensicherung gekümmert. Kommen Sie!" Ich griff seinen Arm und zog das Absperrband hoch. „Zeigen Sie mir mal ganz genau, wo der Mann mit dem Handy gestanden hat."

Wir gingen über die Straße bis zum jenseitigen Gehsteig..

„Meinen Sie, dass der mich sonst angegriffen hätte?" Almasur konnte sich gar nicht mehr beruhigen.

„Keine Ahnung", erwiderte ich. „Mag sein." Mich beschäftigte der Gedanke ebenfalls.

Der junge Wachmann hielt an einer Stelle, keine fünf Meter vom Eingang des Nachtclubs entfernt. „Hier müsste das gewesen sein." Dann zeigte er auf die andere Straßenseite. „Da halten oft die Taxen." Es war eine Stelle, die vom Tatort kaum einzusehen ist. „Die machen da öfters Pause."

Ich sah mich um. Von dort, wo wir standen, war der Eingangsbereich der Better-Slogan schräg über die Straße hinweg leicht einsehbar. Mit einem hochwertigen Smartphone mochten über die knapp fünfzig Meter Entfernung ordentliche Aufnahmen zu machen sein.

Ich nahm ebenfalls ein paar Fotos von unserem Standort und sah mir die Stelle, an der wir standen, etwas genauer an. Ich fand weiter nichts Auffälliges und hatte an sich auch nichts erwartet. Ich würde dennoch die Kollegen von der Spurensicherung bitten, diesen Bereich des Bürgersteiges genauer zu untersuchen.

„Fällt Ihnen noch etwas ein, Herr Almasur? Können Sie den Mann beschreiben? Größe, Statur, Alter, Haarfarbe? War der Mann dick oder schlank?"

Almasur rieb sich den Bart. „Ich war da drüben ziemlich beschäftigt und ganz schön geflasht von dem, was da abgegangen ist. Aber nee, nur dass der noch nicht so alt war. Und dick war der auch nicht, nee. Haarfarbe? Keine Ahnung." Er zuckte mit den Schultern. „Nee, mehr weiß ich echt nicht."

„Okay, kann ich verstehen." Ich nickte ihm dankbar zu. „Haben Sie in den Tagen vor dem Mord jemanden bemerkt, der die Gegend hier ausgekundschaftet hat? Sie sagten ja, dass Sie von Ihrem Arbeitsplatz aus, die Umgebung gut im Blick haben."

Almasur dachte kurz nach und schüttelte dann den Kopf.

„Wenn Ihnen noch irgendetwas einfällt, melden Sie sich bitte!" Ich gab ihm eine Karte vom Polizeipräsidium. „Ach ja, kommen Sie da am besten heute noch vorbei und machen Ihre Aussage über Ihre Beobachtung. Was Sie mir erzählt haben, ist ziemlich wichtig. In der bisherigen Zeugenaussage hatten Sie von dem zweiten Mann nämlich nichts erzählt."

Ich sah, wie er sich ein wenig reckte und dann nickte. Ich lächelte ihn an und verabschiedete mich.

Über die Itagstraße hinweg ging ich zurück zum Tatort.

Komische Gegend. Bordell, Wohnhäuser, Betriebe und Bahngleise.

Ich öffnete die Tür zum Gebäude der Better-Slogan, um meine Kollegen von der Spurensicherung zu treffen.

„Soll ich mir eine Montur anziehen?", fragte ich gleich die erste Kollegin, die schon dabei war, ihren weißen Überzug auszuziehen. Ich kannte sie vom Sehen, wusste aber ihren Namen nicht.

„Nicht nötig. Wir sind hier eh bald fertig", gab sie zur Antwort.

„Einer von Ihnen sollte aber bitte noch mal den Gehsteig links vom Nachtclub da drüben nach Spuren absuchen. Dem Security-Mann, der Markovic überwältigt hat, ist ein Typ aufgefallen, der von dort die ganze Sache gefilmt hat. Ich glaube zwar nicht, dass da was zu finden ist, aber wer weiß."

Der Mund der Kollegin wurde einen Moment lang schmal. Sie nickte dann aber und zog sich die Montur wieder über, griff ihre Utensilien und machte sich auf den Weg zu der angegebenen Stelle.

Ich betrat eines der Büros, wo ein weiterer Kollege beschäftigt war. „Hi." Ich stellte mich als Mitglied der MoKo vor. „Haben Sie noch etwas gefunden?"

„Nichts, was ins Auge springen würde. Der eigentliche Tatort ist, scheint es, nur dort draußen. Und was die gesammelten Daten, Fotos und die kopierten Dateien hergeben, können Sie sich in Ruhe im Präsidium ansehen. Ich schätze aber, dass wir nichts weiter beisteuern können."

Auch das hatte ich mir bereits gedacht.

Ich nickte dem Kollegen zu und sah mich weiter in dem Gebäude um und versuchte, mir ein Bild von der Arbeit und dem täglichen Miteinander von Beinlein und Möbius zu machen. Aber all das gab nichts weiter her.

Zeitverschwendung!

Die Aussage von Almasur beschäftigte mich dagegen weiterhin. Hatte Markovic tatsächlich Komplizen vor

Ort?

Das würde ein völlig neues Licht auf die Sache werfen.

Ich war einigermaßen gespannt, wie die Kollegen der MoKo die Sache einschätzten.

Gespannt und beunruhigt.

Sprachlosigkeit

Auf dem Weg durch die Nordheide zurück nach Wolthausen sprachen Diana und ich wenig. Die Fahrt war öde, obwohl sich Ortschaft an Ortschaft reihte. Diana musste, kaum dass sie die auf einer Bundesstraße übliche Geschwindigkeit erreicht hatte, jedes Mal wieder abbremsen. Ein Dorf folgte auf das andere und wir kamen nur langsam voran. Sie hob hier und da genervt die Arme in einer entsagungsvollen Geste, wenn wieder ein Schild ein Tempolimit anzeigte. Ansonsten aber schwieg sie mich an.

Irgendwann hörte ich dann doch ihre um einen lockeren Ton bemühte Stimme. Wir hatten eine längere Strecke ohne Ortschaften erreicht und sie brauchte nicht auf Geschwindigkeitsbegrenzungen zu achten. Die heitere Stimme wirkte so künstlich wie ihr aufmunterndes Lächeln. Schon wegen des erkennbaren Bemühens um eine unbeschwerte Atmosphäre wirkte sie emotionslos: „Es ist wunderbar, dass du freigesprochen wurdest. Jetzt hast du es hinter dir." Der Anflug eines Lächelns verwehte so schnell, wie sie es auf ihr Gesicht gezaubert hatte.

„Ist das so?", fragte ich zögernd und sah sie dabei eindringlich von der Seite an.

Meine Frau sah wieder konzentriert auf die Straße, auf welche die inzwischen tiefer sinkende Sonne Schatten warf. Und diese Schatten der Bäume rechts der Allee zeichneten ein verwirrend hypnotisches Muster aus schmalen dunklen Streifen, das stetig und rasend schnell unter unserem Wagen hinweg zog.

„Du hast es doch gehört. Der Staatsanwalt hat auf Rechtsmittel verzichtet. Die Sache ist ausgeurteilt. Du bist frei!"

„Nichts ist entschieden. Und vielleicht will ich ja gar nicht frei sein", gab ich zur Antwort.

Es klang albern. Doch es war nur aufs erste Hinhören

ein trotzig-kindisch hingeworfener Satz. Und ich hatte das Gefühl, dass Diana genau wusste, wie ich es gemeint hatte, dass ich nicht frei von *ihr* sein wollte.

Sie hielt das Lenkrad krampfhaft fest und starrte weiter auf das psychedelische Spiel der Baumschatten auf der Straße.

Ich bemerkte urplötzlich eine Bewegung zwischen den Bäumen am Straßenrand und schrie: „Pass auf!"

Diana trat in die Bremsen. Reifen quietschten. Es klang infernalisch in den Ohren und der Kühler senkte sich gefährlich tief hinab auf die Vorderräder. Der Wagen brach zum Glück trotzdem nicht aus und kam irgendwann zum Stehen. Rechtzeitig vor dem Zusammenprall mit den Rehen, die mit schwerelos wirkenden Sprüngen und scheinbar wenig verschreckt über die Straße huschten.

Diana hielt das Lenkrad weiter mit beiden Händen verkrampft fest, fast so, als wenn sie es aus der Verankerung reißen wollte. Die Knöchel hoben sich weiß von ihren Fingern ab und der gesenkte Kopf verriet, wie intensiv sie um ihre Fassung rang.

„Bist du verletzt?", fragte ich ehrlich besorgt.

Ich machte Anstalten, ihr über die Schulter zu streicheln. Meine Hand blieb jedoch wie vom Blitz getroffen in der Luft hängen, als sie mich wütend ansah.

„Fass ... mich ... nicht ... an!"

Erschrocken zog ich meinen Arm zurück und sah hinaus auf die Straße, wo nichts mehr auf weiteren Wildwechsel hinwies.

Wir schwiegen einen endlos langen und quälenden Moment.

„Soll ich fahren?", bot ich an, nur um irgendetwas zu sagen.

Ohne Antwort startete sie den abgewürgten Wagen und fuhr weiter. Ich bemerkte, dass sie von dem Schreck noch immer zittrig war.

„Du hasst mich", sagte ich tonlos.

„Nein, ich hasse dich nicht. Aber du hast mir wehgetan." Es klang emotionslos, kalt.

Ich sah sie eindringlich an. Aber sie schwieg wieder. Und ich wagte nicht, weiter in sie zu dringen.

Hatte ich sie endgültig verloren?

Mich fröstelte.

Möbius

Kaum war ich in meinem Büro angekommen, klopfte es und Christian Hafernagel trat ein. Ich nickte dem jungen Kollegen zu und wies auf den Platz neben meinem Schreibtisch. „Hattest du schon einen Kaffee?" Ich hielt noch die Kanne in der Hand, mit der ich mir soeben eine frisch gebrühte Tasse eingeschenkt hatte.

Hafernagel winkte lächelnd ab. Er wirkte gar nicht mal unsympathisch, wenn er lächelte.

„Die Kollegen bringen Möbius gleich zum Verhör."

„Und", fragte ich, „welchen Eindruck hast du von dem Mann? Du hast ihn doch gestern festgenommen und mit ihm gesprochen."

„Tja", er dehnte das Wort, als wenn er erst nachdenken musste. „Gerd Möbius ist nicht gerade jemand, bei dem man Kontakte zu Auftragsmördern vermuten würde. Häuschen im Grünen, Job, langjährige Ehe. Das Einzige, was annähernd gewagt wirkt, ist ein BMW, einer von der Art dicht an der Protzgrenze. Aber was heißt das schon? Über etwaige weitere Hintergründe, die im Zusammenhang mit der Tat gesehen werden könnten, als der, dass Beinlein sein Chef ist, wurde bisher nichts bekannt."

Ich blickte gelangweilt hinauf zur Decke und sah dann wieder den jungen Kollegen an. „Und dein *persönlicher* Eindruck?"

Christian sah mich kurz irritiert an. Dann aber nickte er, reckte den Kopf ein wenig über den Tisch und sagte abfällig grinsend: „Weichei. Möbius ist das klassische Weichei. Hat keinen Arsch in der Hose, wenn du mich fragst."

Ich schmunzelte und nickte. Mir fiel erst jetzt auf, dass ich Hafernagel duzte und er offenbar kein Problem damit hatte. Ich beschloss, es stillschweigend dabei zu belassen.

„Niemand, der sich im Darknet umschaut, in Bahnhofsvierteln oder Bordellen herumtreibt, um die Typen für miese Jobs aufzustöbern."

„Der? Ganz sicher nicht", bestätigte er und schüttelte den Kopf.

„Immerhin hat er Markovic aus dem Wasser gefischt. Das ist schon mutig. Womöglich doch kein Weichei?"

Chris zuckte mit den Schultern. „Können wir?" Er stand auf. „Möbius ist jetzt vermutlich schon im Vernehmungsraum."

Ich nahm meinen heißen Kaffee und folgte ihm zur Tür.

Im Beobachtungsraum hinter dem Spiegel warteten bereits Wöhler und die Kollegin Feinweber. Sie sahen uns erwartungsvoll an. Wir begrüßten uns kurz.

„Und, wie war es am Tatort?" Will sah mich mit hochgezogenen Augenbrauen fragend an.

„Später", antwortete ich und nickte zum Verhörraum hin. Ich war auf Möbius gespannt.

Durch den Spiegel sah ich den Verdächtigen.

Möbius wirkte nervös. Sein Blick sah düster aus. Er schaute unstet mal zur Decke, dann zu den Wänden hin und immer wieder zur Tür. Es war erkennbar, dass er Angst vor der Vernehmung hatte. Hafernagel bemerkte meinen Blick und sah sich ein paar Sekunden lang Möbius Gebaren an. Dann grinste er mich Beifall heischend an. „Weichei. Sag' ich doch."

Wöhler verzog den Mund. „Da hat schon wieder jemand eine vorgefertigte Meinung. Also wird Swantje mich begleiten."

„Aber der ist wirklich ein Weichei, Will. Hättest gestern mal sehen sollen, als der verhaftet wurde. Der hat kaum ein Wort herausgebracht, nicht uns gegenüber und nicht einmal ein Wort zu seiner Frau. Auch im Präsidium hat er bis auf ein paar persönliche Angaben geschwiegen. Geleugnet hat er und diese Geschichte von Markovic als Nichtschwimmer erzählt, mehr nicht. Wenn er nicht wegen des Verdachts hier wäre, den Killer angestiftet zu haben, hätte ich ihn schon deswegen über Nacht hier behalten." Er rieb sich die Nase. „Unter Umständen ist er ja jetzt redseliger."

„Du bleibst trotzdem hier auf dem Beobachtungsposten. Ich gehe mit Swantje rein."

Wöhler sah mich fragend an, ich hatte keine Einwände und nickte nur.

Lächelnd bemerkte ich, dass Will und die Kollegin Feinweber inzwischen ebenfalls beim ‚Du' angelangt waren.

Sekunden später sahen Chris und ich, wie Will und Swantje Feinweber Möbius gegenüber Platz nahmen.

Es war nach all den Jahren immer wieder beeindruckend zu erleben, dass eine solch triste Umgebung wie ein Verhörraum den Menschen auf das Wesentliche reduziert. Das gilt selbst für uns Beobachter. Es gilt vor allem aber für den Menschen, auf den sich der Fokus richtet. Niemand bleibt in solch einer Umgebung als Betroffener cool und gelassen, sei es als Zeuge oder Beschuldigter.

Möbius gab sich Mühe, einen gefassten Eindruck zu vermitteln. Man sah, dass er sich sammelte. Sein Körper reckte sich ein wenig und bekam erkennbar Spannung. Erwartungsvoll richtete er den Blick auf den Leiter der Moko und dann auf die Kollegin, die mit ihrer kerligen Körpersprache offensichtlich einschüchternd auf ihn wirkte. Die Hände lösten sich voneinander und die Finger gerieten in unstete Bewegung. Mochte Möbius es im Geschäftsleben schaffen, täglich Haltung zu zeigen, hier herrschte blanke Unsicherheit.

Das hieß erst einmal nicht viel, denn nur wenige Menschen gerieten in die Situation, sich in einem Verhör mit einem Mordvorwurf auseinanderzusetzen. Noch weniger bewahrten in solch einer Situation innerlich die Ruhe.

Auch Chris bemerkte Möbius Nervosität. „Weichei", hörte ich ihn murmeln.

Ich war gespannt, was Will und Swantje aus dem Verdächtigen herausholten.

„Herr Möbius", ich war überrascht, die Kollegin Feinweber als Erste zu hören. „Sie haben uns da ja bisher
eine tolle Geschichte aufgetischt. Ein Elitesoldat, der
nicht schwimmen kann, der von Ihnen gerettet wird und
dann aus Dankbarkeit für Ihren Baywatcheinsatz Ihren
Chef umlegt. Wie schätzen Sie irgendjemandes Nei-
gung ein, Ihnen die Geschichte zu abzukaufen?"

„Ein Elitesoldat?" Möbius Stimme klang panisch.
Schon mit ihrer ersten Frage hatte Swantje ihn aus der
Fassung gebracht. Noch ein Punkt, der seine Version
der Beauftragung des Killers unglaubwürdiger erschei-
nen ließ. „Ich – ich wusste nichts davon, dass der Mann
Elitesoldat ist. Ich kenne den doch gar nicht."

„Okay", beschwichtigte Wöhler. Er hob beide Hände,
als wenn er das Thema an der Stelle beenden wollte.
Gab er jetzt den ‚good cop'? „Gehen wir einmal davon
aus, dass Sie den Mann, den Sie mit dem Mord beauftragt haben, nicht näher kennen."

Schon an der Stelle schnappte Möbius hörbar nach
Luft. „Ich habe *niemanden* mit einem Mord beauftragt."
Seine Stimme überschlug sich. Er schrie den Satz fast.
„Ich habe den Mann aus dem Wasser gezogen. Er war
verständlicherweise dankbar. Ja, und was er dann
sagte, konnte doch nur ein Scherz sein."

„Ein Scherz?", schnitt ihm Feinweber harsch und laut
das Wort ab. „Ist das ein Scherz, dass wir jetzt einen
Mord aufzuklären haben? In der Pathologie liegt die
Leiche Ihres Chefs. Da ist ein Mensch gestorben,
Mann. Bestialisch erstochen. Was hat das mit einem
Scherz zu tun?" Sie beugte sich über den Tisch vor und
fuhr leiser fort: „Kommen Sie, Möbius!" Sie lehnte sich
zurück, stand langsam auf und hielt kurz inne. Es wirkte
arg bedrohlich, wie sie sich aufbaute, so als wenn sie
bemüht war, an sich zu halten, den Beschuldigten nicht
am Kragen zu packen. „Warum musste Beinlein sterben?" Ihre Stimme klang wieder schneidend. „Da zieht
sich eine glasklare Linie von Ihrem Kontakt mit dem
Tschechen zu dessen Mord gestern. Sie geben zu, den

Mann zu kennen. Sie haben ihm gesagt, dass Sie Ihren Chef aus dem Weg haben wollen." Swantje zählte mit den Fingern der Linken nacheinander die Fakten auf und tippte jeweils mit dem Zeigefinger dagegen.

„Markovic hat ihn gestern mit einem Stich ins Herz getötet. Sicher, sauber, schnell. Wir haben den geständigen Täter. Und wir haben Markovics protokollierte Aussage, dass Sie ihn mit dem Mord beauftragt haben." Damit war sie beim kleinen Finger angekommen, den sie weiter mit dem rechten Zeigefinger fixierte. „Die Sache ist für mich glasklar. Was fehlt, ist das Motiv für Ihren Mordauftrag. Das werden Sie uns jetzt erzählen!"

Sie setzte sich wieder. „Und, ja, die Sache mit dem aus dem Wasser geretteten Elitesoldaten und dessen Dankbarkeit, die erzählen Sie gern Ihren Kumpels. Uns interessiert die wahre Geschichte. Wie haben Sie den Killer aufgetrieben? Womit haben Sie ihn bezahlt? Und das Motiv für den Mord, das ist es, was wir von Ihnen hören möchten."

Sie fixierte ihn stumm und wartete auf die Antwort.

Möbius sah sie fassungslos und mit weit aufgerissenen Augen an. Sein Mund stand offen, aber er schwieg.

Dann blickte er Wöhler flehentlich an. Doch der Chef der Moko reagierte nicht auf die stumme Bitte. Am Ende starrte Möbius verschlossen vor sich auf den Tisch. Er rang mit sich.

„Ich weiß doch selbst, dass die Geschichte bekloppt klingt." Er schaute vom Tisch hoch. „Ist Markovic wirklich Soldat?" Möbius sah Will und schließlich Swantje eindringlich an. „Der konnte ehrlich nicht schwimmen. Ich habe ihn vor dem Ertrinken gerettet. Glauben Sie mir doch bitte!"

„Und dann hat er Ihnen aus Dankbarkeit angeboten, jemanden für Sie zu beseitigen. Hm." Wöhler schien, den Gedanken sacken zu lassen. „Passenderweise war da der Nebenbuhler, der Ihnen ein Dorn im Auge war. Und der ist wenige Tage später tot. Ermordet von dem

Geretteten."

„Da kann man nur sagen: Mord sei Dank!", warf Swantje Feinweber mit ätzendem Tonfall ein.

Wöhler schob seine Unterlagen zusammen und sah Swantje Feinweber auffordernd an. „Wenn es nach mir geht, bin ich hier fertig. Wenn du keine Fragen mehr hast, brechen wir an dieser Stelle vorerst ab."

Die Kollegin nickte und beide standen auf, während Möbius sie ungläubig ansah.

„Sie glauben mir nun doch?"

Swantje lachte amüsiert auf, wandte sich zur Tür und warf Wöhler einen auffordernden Blick zu. Will hingegen sah den Beschuldigten erneut an.

„Sie haben gleich Gelegenheit, einen Anwalt anzurufen. Den werden Sie brauchen. Er wird sicher einen Haftprüfungstermin beantragen, denn nach allem, was wir bisher über die Sache wissen, können wir Sie nicht gehen lassen. Flucht- und Vertuschungsgefahr. Sie verstehen!"

Damit ließen sie ihn mit dem uniformierten Kollegen allein, der sich um das Weitere kümmern würde.

Ich sah, wie Gerd Möbius in sich zusammensackte.

Will kam in den Beobachtungsraum und ließ die Tür hinter sich offen.

„Der lügt." Swantje Feinweber schnaubte fast, so ungehalten war sie.

Wöhler hingegen sah mit schmalen Augen durch den Spiegel zum Verhörraum, wo Möbius im Augenblick abgeführt wurde.

Er legte zweifelnd den Kopf schief. Dann winkte er Chris und mir zu, ihm zu folgen.

„Wir tragen erstmal zusammen, was wir haben. Kommt Ihr mit in mein Büro?"

Ich war mir nach wie vor nicht im Klaren darüber, was ich von Möbius zu halten hatte.

Fragen

In Wöhlers Büro angekommen schob er ein paar Stühle am Besuchertisch zusammen und ließ sich seufzend auf einem davon nieder. Sein Arbeitszimmer unterschied sich kaum von meinem, nur dass er es sich normalerweise mit einem Kollegen vom Betrugsdezernat zu teilen hatte, der für die Zeit der Arbeit der MoKo kurzfristig hatte umziehen müssen.

„Und?", fragte er, nachdem wir uns gesetzt hatten.

Wir sahen uns alle an vielsagend an und jedem war klar, dass der jeweils andere Möbius für unschuldig hielt.

„Weichei", sagte Chris Hafernagel.

„Aber so was von", bestätigte Swantje noch immer im ungehaltenen Ton.

„Ich glaube ebenfalls nicht, dass er Markovic beauftragt hat. Auf alle Fälle nicht so, wie der Tscheche uns das glauben machen will."

Will Wöhler fiel es erkennbar nicht leicht, Möbius aus dem Fokus zu entlassen. Man merkte ihm das Unbehagen an. Zu klar schien alles zu sein, zu verlockend der Gedanke, Stenzel und der Staatsanwaltschaft eine schnelle Klärung des Falles präsentieren zu können.

„Wenn ich nicht alles, was ich über Sprache und Körpersprache bei Lügnern gelernt habe, über den Haufen werfen muss, hat der Mann uns nichts vorgemacht. Keine ausweichenden Blicke nach rechts oben, kein gespieltes und erkennbar angestrengtes Fixieren seines Gegenübers, kein über die Lippen lecken, kein kontrolliert langsames und tonloses Sprechen, kein wiederholtes Räuspern. Möbius war im Gegenteil ehrlich aufgebracht und verzweifelt, weil wir ihm scheinbar nicht glauben, regelrecht hilfesuchend. Wenn er kein exzellenter Schauspieler ist, haben wir vorhin die Wahrheit gehört, oder immerhin das, was er dafür hält."

Ich wandte mich Swantje Feinweber zu. „So wie Sie

ihn drangsaliert haben, hat er aber auch wenig Spielraum gehabt, uns etwas vorzumachen."

Sie zuckte mit den Schultern. „Aber welchen Grund hätte der Tscheche, Möbius ans Messer zu liefern? Wenig dankbar würde ich sagen, wenn die Geschichte mit der Rettung stimmt."

„Was ist mit Wahrlügen?" Wöhler sah mich fragend an. „Du hast eben gesagt: „Oder das, was er für die Wahrheit hält".

Ich zog die Augenbrauen hoch. Der Kollege überraschte mich immer wieder. Er kannte sich aus! Wahrlügen war ein Begriff, den Hannah Ahrendt geprägt hatte. Es war die perfide Taktik, genau das Maß an Wahrheit in Lügen einzubinden, mit dem man die Aussage insgesamt für nachvollziehbar hielt. Außerdem half es dem Lügner dabei, bei den eingestreuten Lügen keine Unsicherheiten zu zeigen, denn er konnte sich quasi an den Teilwahrheiten entlanghangeln, die Halt gaben und halfen, keine Unsicherheiten zu zeigen.

„Du meinst, Möbius war in Wahrheit am Wehr mit dem Killer verabredet, um die Tat zu besprechen. Und Markovic ist bei oder vor dem Treffen ins Wasser gerutscht und musste tatsächlich gerettet werden?" Ich verzog skeptisch den Mund. „Könnte rein theoretisch hinhauen. Das wäre dann so unwahrscheinlich, dass man ihm sogar das angebliche und höchst eigenartige Angebot Markovics abnimmt. Jedenfalls dann, wenn man herausfindet, dass unser Einzelkämpfer wirklich nicht schwimmen kann und von uns als Psychopath eingeschätzt wird." Ich tippte nachdenklich mit dem Zeigefinger gegen die Lippen. „Das wäre arg clever und würde für einen Freispruch aus Mangel an Beweisen, was den Anstiftervorsatz angeht, ausreichen."

Wöhlers Hinweis hatte mich nachdenklich werden lassen. In das Wahrlügen konnte man sich derart hineinsteigern, dass man am Ende die sogar die eigenen Lügen für Wahrheit hielt.

Glaubte Gerd Möbius seine eigene Geschichte?

Will nickte und zog mit einer Geste wieder die Aufmerksamkeit auf sich. „Also, was haben wir?"

„Zwei Bekloppte, wie es aussieht", schloss Hafernagel die Gedanken auf seine unnachahmliche Art ab. Ich lächelte abwesend.

Wir sammelten zusammen, was wir an Fakten und Theorien beizutragen hatten, und konzentrierten uns auf das Resümee des Leiters der MoKo.

Das Protokoll mit meiner Einschätzung Markovics lag allen vor, ebenso wie die Hinweise, die ich von meinem Kontakt beim LKA Hamburg erhalten hatte. Wöhler ergänzte es um eine Notiz über die Möglichkeit, dass Möbius Wahrheit und Lüge geschickt vermengte.

Das Hauptinteresse des Teams lag daher weiterhin bei Gerd Möbius, dem mutmaßlichen Auftraggeber des Killers.

Uns fehlten aber eine Reihe anderer Aspekte zum Gesamtgeschehen, um ein vollständiges Bild zu zeichnen.

Wöhler hatte schon ein paar mögliche Verbindungen von anderen Personen zum Mordopfer und zu Markovic angesprochen. Hierzu fehlten bisher die Vernehmungen der Mitarbeiter und der Ehefrauen des Ermordeten und des mutmaßlichen Anstifters.

„Wir haben einen geständigen Mörder und Farsin Almasur als Zeugen, der den Täter auf frischer Tat überwältigt hat. Wir haben die Tatwaffe und jede Menge DNA-Spuren. Außerdem haben wir den Film der Überwachungskamera, auf der Markovic zu sehen ist, wie er kurz vor der Tat auf den Fahrradstand zugeht. Und wir haben einen mutmaßlichen Anstifter, der aber womöglich keiner ist. Was uns fehlt, ist ein Tatmotiv, der wirkliche Auftraggeber und dessen Motiv."

„Es gibt einen weiteren Zeugen." Alle Blicke richteten sich mit großen Augen auf mich. „Möglicherweise ist er aber sogar ein Mittäter. Und es gibt womöglich einen Film über den Tathergang."

Jetzt hatte ich wahrhaftig die volle Aufmerksamkeit meiner Kollegen. Die Überraschung war mit Händen greifbar.

„Ich war heute Morgen am Tatort, wie Ihr wisst. Und Almasur kam wie verabredet dazu. Er schilderte mir eindringlich, wie Markovic auf ihn gewirkt hatte. Es war ein Stück weit gruselig, weil er beschrieb, wie verinnerlicht Markovic den Mord auf sich wirken ließ, wie er sein Opfer fast wie ein Kind im Arm hielt und deshalb leicht zu überwältigen war. Es passt alles mit den Blutspuren zusammen und stützt die Einschätzung, dass Markovic ein Psychopath ist. Almasur schilderte aber auch, dass nur wenige Meter entfernt auf der anderen Straßenseite ein Mann stand und das Geschehen filmte. Laut Almasurs Einschätzung war das kein zufälliger Gaffer. Er konnte mir aber nicht sagen, wie lange der Mann dort stand und ob er den Mord vollständig gefilmt hat. Ich bin gespannt, ob wir den Fremden ausfindig machen. Ich schreibe dazu noch einen genauen Bericht. *Wenn* das kein Gaffer war, und man die Information vom LKA Hamburg dazu nimmt, dass Markovic zwei enge Kumpels auf dem Kiez hat, dann ziehe ich ernsthaft in Betracht, dass Markovic seine Tat filmen ließ."

Meine Eröffnung sorgte für wilde Spekulationen.

„Was für ein kaputter Typ!" Chris Hafernagel lehnte sich konsterniert in seinem Stuhl zurück.

„Wir *müssen unbedingt* an das Handy mit dem Film kommen." Swantje sah Wöhler an.

Der hob die Hände. „Trotz Petras und Almasurs Einschätzung muss weiter in Betracht gezogen werden, dass es sich um einen Gelegenheitsgaffer handelt. Und ja, wir brauchen auf jeden Fall den Film."

Chris hob den Finger. „Ich checke das am besten gleich mal im Netz, Social Media und so." Wir alle nickten, denn in solchen Fällen war zu erwarten, dass der Film bald im Internet zu finden war, auf jeden Fall dann, wenn der Fremde nur ein Gaffer war.

„Wir dürfen nicht aus den Augen verlieren, die verrückte Geschichte von dem angeblich falsch verstandenen Auftrag am Wehr in Wolthausen zu überprüfen." Wöhler blickte in die Runde. „Kennt jemand die Örtlichkeiten dort?"

Ich nickte und schilderte den Kollegen, wie es dort am Wehr aussah. Bei meinen Fahrradtouren mit Peter war ich schon oftmals an der Stelle vorbeigekommen. Ich konnte sie entsprechend präzise beschreiben.

Chris Hafernagel räusperte sich. „Wenn wir in Betracht ziehen, dass Möbius die Sache so wie berichtet erlebt hat, komme ich wieder einmal auf meine These mit der Pinkelpause zurück: Markovic fährt nach Celle, muss dringend mal. Das Navi sagt ihm, dass die nächste Tanke mit Klo erst in Groß Hehlen ist. Er fährt vor der Örtzebrücke rechts ab, sieht ein paar Meter weiter links das Straßenschild ‚Kanaltrift', fährt dort bis zum Ende der Häuser und erleichtert sich an der Böschung hinter dem Wehr, rutscht auf der schrägen Grasfläche aus, fällt ins Wasser und kämpft um sein Leben." Beifall heischend sah Chris in die Runde und erntete skeptische Blicke.

„Kann man dort überhaupt ertrinken?", fragte Swantje und sah mich an.

„Schon", bestätigte ich nach kurzem Überlagen. „Der Kanal an sich ist normalerweise kaum hüfttief. Aber nach dem Regen der letzten Wochen ist die Örtze voll und drückt sicher mit ziemlicher Macht auf das Wehr zum Entlastungskanal. Wer schonmal eine Paddeltour auf der Örtze mitgemacht hat, der weiß, dass das Flüsschen eine ordentliche Strömung hat. Entsprechend heftig wird der Druck auf das Stauwehr sein. Wenn das dann geöffnet wird, ist der Wasserspiegel im Kanal deutlich höher und das Wasser schießt mit ziemlicher Gewalt durch das Wehr. Dann, das kann ich mir lebhaft vorstellen, hat selbst ein geübter Schwimmer merklich zu kämpfen. Also, ja, derzeit kann man da ertrinken. Als Nichtschwimmer sicher sogar."

„Bleibt die Frage nach den Kumpels des Tschechen"

wandte Wöhler sich dem anderen Thema zu. „Wenn die dabei waren, warum haben sie Markovic nicht gerettet?"

„Und wo war das Auto?", fragte ich mich laut. „Wo die Häuser enden, stehen nur ein paar Bäume am Weg. Es ist dort nur Natur, einigermaßen verlassen und überschaubar. Ein Wagen mit hamburger Kennzeichen wäre Möbius sicherlich aufgefallen."

Wöhler sah den jungen Kollegen skeptisch an. „Wenn man darüber hinaus bezweifelt, dass ein Elitesoldat Nichtschwimmer ist, dann ist die Pinkelpausentheorie doch eher dünn, um nicht gleich ‚abwegig' zu sagen."

„Das aber beantwortet nicht die Frage, was Markovic dort am Wehr zu suchen hatte", hielt Chris dagegen.

„Außer, die beiden haben sich dort verabredet, um den Mord an Beinlein ohne Zeugen zu besprechen", hielt Will dagegen.

Es klang nicht auftrumpfend, nur nüchtern. Und doch war es die zentrale These, die Möbius' Aussage von Grund auf infrage stellte.

„Wir drehen uns im Kreis. Gehen wir erst einmal die Personen durch, von denen wir bislang wissen!" Wöhler ging zu der Glaswand, an die er schon ein paar Fotos mit den bisher bekannten Beteiligten geklebt hatte. Er tippte auf das Bild des Tschechen, zog mit einem Stift zwei Striche weg von dem Bild und schrieb an das jeweilige Ende „M1" und M2", beide mit einem Fragezeichen versehen. „Das sind die bisher unbekannten Komplizen, die Mittäter M1 und M2. Ob die eine Rolle spielen, wissen wir nicht." Ein weiterer Strich führte zu Möbius. „A' steht für Anstifter." Er versah das Foto ebenfalls mit einem fetten Fragezeichen. „Wir sind nach allem wieder bei der spannenden Frage angelangt, ob es überhaupt einen Anstifter gibt. Wir müssen das aber aufklären. Ein ‚in dubio pro reo' kommt für Möbius erst in Bertracht, wenn denn Zweifel bestehen bleiben. Für den Staatsanwalt mag der bisherige Sachsstand für eine Anklage schon ausreichen. Bislang ist Möbius die einzige Verbindung des Täters zum Mordopfer. Und Markovic belastet ihn."

Er zog wieder Striche von Gerd Möbius' Foto hin zu seiner Frau Diana und mehreren weiteren, die er mit einem ‚K' versah. „K steht für Kollegen. Hier ist ebenfalls eine starke Verbindung zu Gerd Möbius und das Hauptindiz dafür, dass Möbius dem Tschechen gegenüber Beinlein nicht nur erwähnt hat, was er ja zugibt, sondern dafür, dass er ihm den Auftrag für dessen Ermordung gegeben hat. Für den Vorwurf der Anstiftung benötigen wir trotzdem ein Motiv und möglichst Beweise dafür, dass Möbius den Auftrag vorsätzlich erteilt hat."

„Doppelter Vorsatz", griff Hafernagel den Hinweis auf. „Die vorsätzlich begangene Haupttat durch Markovic und dazu den Anstiftervorsatz des Auftraggebers." Er nickte.

„Gut aufgepasst, Chris. Hat die Polizeischule doch etwas gebracht bei dir."

Will lächelte abschätzend.

„Den Mordvorsatz Markovics stelle ich vorerst mal nicht in Frage. Da werden die bisherigen Beweise ausreichen." Wöhler machte einen schmalen Mund und sah uns wieder an. „Da wir aber Zweifel am Anstiftervorsatz bei Möbius haben, müssen wir, wie es so griffig heißt, in alle Richtungen ermitteln. Möglicherweise gibt es ja einen anderen Auftraggeber, den Markovic schützen will, indem er Möbius belastet. Wir stehen damit nach wie vor am Anfang. Ab jetzt gilt nahezu alles in Sachen Motive als spekulativ. Also, wer übernimmt die Befragungen von Diana Möbius und wer die Kollegen aus Beinleins Firma?"

In diesem Moment klopfte es an der Bürotür und Stenzel, der Chef der Polizeiinspektion trat ein.

„Ah, die MoKo ist komplett versammelt." Er lächelte breit in die Runde. „Sie bringen mich am besten gleich auf den aktuellen Stand. Vorweg aber: Ich habe die Militärakte Markovics."

Wir sahen ihn alle aufmerksam an.

„Er ist unehrenhaft aus dem Militärdienst entlassen worden, nicht nur, weil herauskam, dass er nicht schwimmen kann." Er hielt inne, als er bemerkte, wie wir alle die Augen erstaunt aufrissen. „Ja, tatsächlich. Er hatte dies bei seiner Bewerbung beim Militär verschwiegen. Darüber hinaus hat er zusammen mit zwei Kumpanen ständig für Stunk gesorgt und andere Kameraden bedroht und zusammengeschlagen, wenn diese sich abfällig über Markovic und dessen Defizite geäußert haben. Auf diese Weise hat er es längere Zeit geschafft, dass niemand darauf kam, dass er nicht schwimmen kann. Dumm nur, dass irgendwann einmal in jeder Einzelkämpferausbildung Situationen trainiert werden, in denen Flüsse oder Seen zu überwinden sind. Wir dürfen demnach davon ausgehen, dass Markovic nicht der Hellste ist."

Stenzel grinste, als er die erstaunten Gesichter und das verblüffte Schweigen seiner Leute bemerkte.

Ich war mir dabei gar nicht so sicher, dass Markovic als nur wenig clever einzuschätzen war. Dass er sich als Narzisst selbst überschätzte, war klar. Das würde eher erklären, dass er darauf vertraute, sich durchzulavieren, mit Gewalt, mit Einschüchterung und Täuschung. Es lag daher nahe, dass er ein gewiefter Taktiker war. Ich nahm mir auf jeden Fall vor, den Tschechen nicht zu unterschätzen.

Der Chef der Polizeiinspektion winkte mit Kopien der Akte, warf sie uns auf den Tisch, zog sich einen Stuhl heran und setzte sich zu uns. „Und nun möchte ich wissen, was Sie bisher herausgefunden haben!"

Anstiftung

„Außer Möbius haben wir keinen Hinweis auf ein mögliches Motiv Markovics", resümierte Stenzel. „Es gibt bislang keinerlei andere Verbindung des Tschechen zu seinem Opfer. Der Staatsanwalt wird sich nicht vor das Schwurgericht stellen und allein auf ‚Mord aus Irrsinn' plädieren, selbst wenn sein Geständnis nicht widerrufen werden sollte, selbst wenn die Zeugen- und Spurenlage eindeutig ist und für eine Verurteilung ausreicht. Es *muss* einen Anstifter geben. Punkt! Vergessen Sie nicht, dass ein Strafprozess immer auch der Aufklärung der Öffentlichkeit dient. Die Hinterbliebenen haben ein Anrecht darauf, dass *alles* über die Ermordung des Opfers ans Licht gebracht wird. Wir kommen nicht umhin, die Sache schon deshalb bis ins Letzte auszuermitteln."

Stenzel sah jeden Einzelnen der MoKo eindringlich an. „Ihr Gefühl, dass Möbius eventuell unschuldig ist, in allen Ehren, aber Intuition ist nur bedingt hilfreich. Welchen Grund sollte Markovic haben, Möbius zu belasten?"

„Hundertsechzig-zwo StPO", warf Hafernagel ein. Wöhler rollte mit den Augen und schüttelte unmerklich den Kopf.

„Bitte? Ach so, ja, § 160 Abs. 2 Strafprozessordnung." Stenzel ließ sich nur kurz irritieren. „Die Staatsanwaltschaft hat sowohl *be*- wie auch *ent*lastende Tatsachen zu ermitteln. Wir werden sehen, was die weiteren Ermittlungen insoweit ergeben. Sie machen sich wie geplant, an die Befragungen. Wir werden dann ja sehen, ob Möbius dadurch entlastet wird. Hoffen wir, dass sich Markovics Auftraggeber ermitteln lässt! Nach derzeitiger Kenntnis allerdings läuft alles immer wieder auf eine Person hinaus: Möbius."

„Die berühmte Möbiusschleife", dachte ich laut nach.

„Wie bitte?" Nun war nicht nur Stenzel irritiert.

Wöhler runzelte unwillig die Stirn. „Das komisch verdrehte Band, auf dem man immer wieder am Ursprung des Weges ankommt?" Wöhler schüttelte den Kopf. „Wie kommst du denn darauf? Sag jetzt nicht, dass der Name unseres Hauptverdächtigen dich inspiriert hat!"

Selbst Stenzel sah mich jetzt mit einigem Befremden an. „Okay, wir kommen wie immer bei Möbius an. Und deshalb müssen wir tiefer bohren."

Bingo! Genau das hätte ich jetzt in gleicher Weise gedacht und gesagt.

„Ich hätte mich dem, was ich erläutern will, gewiss anders genähert. Aber ja", bestätigte ich, „der Name hat mich offenbar auf den Gedanken gebracht. Beim Möbiusband", erklärte ich unbeirrt, „gibt es weder eine Ober- noch eine Unterseite, kein innen und kein außen. Für eine Verurteilung muss der innere und äußere Tatbestand eines Delikts erfüllt sein. Der objektive Sachverhalt, die äußere Seite der Tat, muss eine Straftat erfüllen. Und der innere Straftatbestand verlangt, dass beim Täter Vorsatz vorliegt."

„Wird das jetzt eine Strafrechtsvorlesung?" Wöhler zeigte sich inzwischen genervt.

„Nein, keine Sorge." Ich sah ihn gelassenen Blickes an. „Aber wenn wir jetzt immer wieder bei Möbius landen, und er gibt ja zu, dass er dem Killer Beinlein als mögliches Mordopfer vorgeschlagen hat, dann fehlt es bei Möbius am inneren Tatbestand, am Vorsatz für einen Mordauftrag, für die Anstiftung. Äußerlich haben wir zwar eine Anstiftungshandlung, eventuell aber keinen Anstiftungsvorsatz."

„Da waren wir schon ohne den ganzen Jura-Brimborium." Wöhler stöhnte und schüttelte den Kopf. „Läuft das etwa wieder auf Chris' Pinkelpausentheorie hinaus?" Jetzt war Wöhler offenbar genervt genug, meinen Gedanken abzuwürgen. Offenkundig wollte er sich bei seinem Chef nicht lächerlich machen.

„Möbiusband? Pinkelpausentheorie?" Stenzels Augenbrauen wanderten bis weit hinauf auf die Stirn.

„Sind Sie sich sicher, dass das alles hier etwas mit Polizeiarbeit zutun hat? "

Wöhler winkte ab. „Der Kollege Hafernagel hatte in Betracht gezogen, dass die Begegnung zwischen Markovic und Möbius rein zufällig erfolgt sein könne. Und Frau Massen will dem Ganzen jetzt offenbar die juristische Wertung dieser These hinzufügen."

„Mit dem Möbiusband?" Stenzel zog die Augenbrauen unwillig zusammen.

Ich schüttelte den Kopf, obwohl ich für den aufkommenden Unmut Verständnis hatte. „Nicht so ganz. Wobei ich tatsächlich in Betracht ziehe, dass es Möbius am Vorsatz fehlt. Worauf ich aber an sich hinaus will, ist Markovic." Ich hielt kurz inne und hatte wieder die Aufmerksamkeit der Kollegen. „So wie der meiner Einschätzung nach gestrickt ist, überlege ich, ob man bei ihm überhaupt zwischen innerem und äußerem Tatbestand unterscheiden kann. Er ist Narzisst. Für ihn existiert da womöglich gar kein Unterschied. Ich schätze ihn so realitätsfern ein, dass er sich die Wirklichkeit schafft, die ihm am besten in den Kram passt. Es würde zu seiner psychischen Verfassung durchaus passen, dass er gar nicht zwischen äußerem Geschehen und Vorsatz unterscheidet. Bei ihm fügen sich alle Dinge so, dass sie zu seinen inneren Antrieben passen."

„Das ist mir zu hoch", ging jetzt auch Stenzel dazwischen. „Bei aller Wertschätzung, Frau Massen, was bringt uns das für unsere Arbeit?"

„Wenn Markovic", setzte ich erneut an, „nicht zwischen dem, was in ihm vorgeht und dem äußeren Geschehen unterscheidet, dann mag es durchaus sein, dass er Möbius' Scherz als tatsächlichen Mordauftrag aufgefasst hat. Sozusagen als hochwillkommene Fügung für seinen Plan, jemanden zu ermorden, um sich aufzuwerten. Dadurch würde aus Möbius' Geschichte ein Auftragsmord, etwas, dass ihn in seiner Sicht auf sich selbst zum Killer, zum Hitman macht." Ich registrierte, dass mir die Kollegen inzwischen aufmerksam zuhörten.

Ich wandte mich dem Chef des Präsidiums zu. „Und praktisch heißt das, dass wir zwar nach einem Anstifter suchen müssen, dass wir aber in Betracht ziehen sollten, dass es keinen wirklichen Anstifter gibt, auch wenn alles immer wieder auf Möbius hinausläuft."

Hafernagel grinste. „Wie Pippi Langstrumpf: Der Tscheche macht sich die Welt, wie sie ihm gefällt."

Wieder einmal zog er sich unwillige Blicke zu.

Wöhler sah mich an. „Manchmal gruselt ihr Psycholeute mich." Er schüttelte den Kopf.

„*Manchmal* muss man in Betracht ziehen, dass manche *Täter* gruselig funktionieren", hielt ich trocken dagegen. „Ihr wolltet eine Fallanalytikerin. Dann wundert Euch nicht darüber, wenn ich euch erkläre, wie ein negativer Narzisst tickt." Ich sah die Kollegen konzentriert an. „Und, ja, ich glaube, Markovic *ist* gruselig. Wenn zudem zwei weitere Kumpanen da draußen unterwegs sind, ist er nach wie vor gefährlich, selbst wenn er eingelocht ist", erwiderte ich. „Aber wir sollten erst einmal alle Daten zusammentragen!" Ich warf einen Blick auf die Handakten auf dem Tisch. „Haben wir Handydaten, Erkenntnisse aus der Wohnung in Hamburg, Bankdaten, Telefonlisten etc.?"

„Handy? Nein!", antwortete Will, der froh zu sein schien, nach meiner vermeintlichen Abschweifung wieder zu Handfesterem zurückzukehren. „Womöglich hat der Typ, den Almasur gesehen hat, mit Markovics Handy gefilmt." Er zuckte mit den Achseln. „Das ist zwar Spekulation. Jedenfalls haben wir bisher keine Telefonlisten. Wir versuchen aktuell, den richtigen Provider herauszufinden. Ein Portemonnaie hatte der Tscheche bei der Festnahme nicht am Mann. Am Tatort lag nichts herum, was uns weiterbringt. Seine Wohnung in Hamburg ist bisher nicht durchsucht worden." Er schob die Unterlippe unwillig vor. „Wir sind ganz am Anfang. Deshalb sollten wir heute erst einmal die Befragungen abarbeiten und herauszufinden versuchen, wer die beiden Kumpanen sind und ob die sich ebenfalls in Celle tummeln. In der tschechischen Militärakte sind die Namen geschwärzt – und zwar so, dass sie nicht reproduzierbar sind. Wir kommen nicht umhin, uns die verwertbaren Daten aus der Akte allesamt einmal genauer anzuschauen! Chris, du siehst bitte zu, sobald wir den Provider kennen, dass wir die Anruf- und Kontaktlisten erhalten, möglichst ohne richterlichen Beschluss. Das kostet zuviel Zeit. Der Staatsanwalt wird in diesem Fall hoffentlich die richterliche Anordnung durch seine eigene ersetzen können."

Stenzel nickte zustimmend.

"Und du, Petra", wandte Will sich mir zu, „kontaktierst bitte deinen Kumpel vom LKA in Hamburg. Möglicherweise findest du etwas über die beiden Freunde Markovics heraus. Bis wir den Durchsuchungsbeschluss haben, wird es dauern und wir müssten abwarten bis die Kollegen in Hamburg per Amtshilfe in der Wohnung waren. Vorher fährst du bitte mit Swantje nach Wolthausen und löcherst die Ehefrau von Möbius!"

„Diana Möbius", half ich aus.

„Diana Möbius, exakt. Und ich nehme mir die Liste der Mitarbeiter aus Beinleins Firma vor und telefoniere ein wenig herum. Mal sehen, wen von denen wir intensiver befragen müssen."

Irgendwie kam mir Wöhlers Tonfall strenger vor. Ich vermutete, dass ihm Hafernagels Schlaumeierei und mein Vorgriff auf einen etwaig fehlenden Anstifter nicht in den Kram gepasst haben. „Kleiner Egozentriker", dachte ich amüsiert. Ein Stück weit aber konnte ich ihn verstehen. Schließlich werden solche Überlegungen regelmäßig erst erwogen, wenn man mehr Fakten zusammengetragen hat. Außerdem erteilt die nötigen Anordnungen für die Ermittlungen in solche Richtungen die Staatsanwaltschaft. Letztlich war Stenzel im Raum. Da lässt man sich nicht gern das Heft aus der Hand nehmen.

„Die Ergebnisse der KTU erwarte ich am frühen

Nachmittag. Wir werden daher bis zum Feierabend keine Langeweile haben", schloss der Chef der MoKo die Aufgabenverteilung ab.

„Ich kümmere mich bei der Staatsanwaltschaft um die Anordnungen für die Bank- und Providerdaten", ergänzte Stenzel. „Ich habe eh heute Nachmittag einen Termin mit dem zuständigen Staatsanwalt, Herrn Schaller. Wäre prima, wenn ich ihm dann ein wenig mehr mitteilen kann."

Das klang, als wenn die Besprechung damit beendet war.

Wir rafften unsere Unterlagen zusammen und machten Anstalten, aufzustehen, als Wöhler noch etwas einfiel. „Ach ja, Markovic hat heute Morgen schon mit seinem Anwalt gesprochen."

„Eine Kanzlei aus Celle?", fragte Stenzel.

„Nein, hamburger Anwälte", antwortete Wöhler mit schmalem Mund.

„Dann müssen wir umso eher in Betracht ziehen, dass Markovic über den Verteidiger Kontakt zu seinen Kumpanen hält und Infos und Anweisungen durchsticht."

Stenzels Hinweis klang beunruhigend düster.

Drei Musketiere

Aktenarbeit steht nicht im Ruf, fesselnd zu sein, aber die nicht mehr geschwärzten Teile der Militärakte über Markovic waren erstaunlich kurzweilig.

Die Namen der beiden weiteren Tschechen hatten wir zwischenzeitlich in Erfahrung gebracht.

Die ins Deutsche übersetzten Passagen der Akte waren holprig zu lesen. Die Übersetzung schien aufgrund des hiesigen Drängens mit der heißen Nadel gestrickt zu sein. Die Geschichte Markovics und seiner beiden Freunde bei der tschechischen Eliteeinheit war deshalb nicht weniger aussagekräftig über die Person Markovics und die Beziehung der drei Männer zueinander.

Danach stellte sich die Sache so dar, dass die Drei schon seit der Schule befreundet waren. Sie verband eine seit langem eingeschworene Gemeinschaft. Und alle drei hatten sich entschlossen, gemeinsam beim Militär zu dienen. Das Hindernis, Nichtschwimmer zu sein, hatte Markovic bei der Bewerbung durch falsche Angaben kaschieren können. Seine Freunde hatten hierzu geschwiegen.

Nach der Grundausbildung bewarben sich die drei bei einer Eliteeinheit, nachdem sie von ihren Ausbildern allesamt mit ‚gut' bewertet wurden. Schon damals musste der Tscheche an Selbstüberschätzung gelitten haben. Denn die Ausbildung in einer Eliteeinheit war ohne Training von Geländeeinsätzen und Kampftraining in Flüssen und Seen kaum denkbar. Während Markovic es in den ersten Monaten zu überspielen wusste, an sich nicht geeignet zu sein, und es zudem nicht schaffte, nebenher das Schwimmen zu erlernen, wurde es immer schwerer, trotz der Hilfe seiner Freunde das Handicap zu vertuschen.

Die Ausbilder registrierten, dass es den drei Freunden immer wieder gelang, bei Trainings im Gelände gemeinsam eingesetzt zu werden. Der auffällige Team-geist fand bei verschiedenen Ausbildern sogar lobende Erwähnung. Und in einer Zwischenbeurteilung war gar von den ‚drei Musketieren' die Rede. Es wurde dennoch als Problem gesehen, nicht getrennt und eigenständig einsetzbar zu sein.

Bei einem Trainingseinsatz an der Moldau, bei dem die Sprengung einer Brücke durchgespielt werden sollte, wurde Markovic dann erstmals von seinen Freun-den getrennt. Er bekam den Auftrag, mit anderen Kameraden zusammen Brückenpfeiler vom Wasser aus zu verminen. Der Transport von Sprengstoff im Fluss sollte in einem großen Schwimmbecken geübt werden. Als Markovic vehement protestierte und keinerlei sach-liche Argumente gegen seinen Einsatz bei diesem Trai-ning vorbringen konnte, wurde er ausfallend und für sein Ausrasten mit einem Verweis belegt. Als es schließlich zur ersten Trainingsstunde im Schwimm-becken kam, weigerte Markovic sich beharrlich und immer aggressiver reagierend, mit der Ausrüstung ins Wasser zu steigen. Sein Ausbilder stieß ihn ohne wei-tere Umstände ins Becken und war im nächsten Moment fassungslos, dass er ihn hilflos strampeln sah und ihn sogleich wieder vor dem Ertrinken zu retten hatte. Der Bericht hierüber ließ sich detailliert darüber aus, dass er offensichtlich kein wenig schwimmen konnte und sofort panisch reagierte, als er mit dem Kopf unter Wasser geriet. Dass die Kameraden seiner Einheit das unerwartete Schauspiel vom Beckenrand aus mit Lachen und Häme begleiteten, hatte später ebenfalls ein für Narzissten typisches Nachspiel.

Zunächst aber wurde Markovic zu seinem Versagen pedantisch befragt. Er kam nicht mehr umhin, das Offensichtliche einzugestehen, dass er nicht schwim-men konnte, sondern bei der Meldung zum Militärdienst und der weiteren Bewerbung zur Eliteeinheit falsche Angaben gemacht hatte.

Markovics Kumpane Pavel Volaczek und Ernst Hurdlic wurden ebenfalls zu ihrem Kumpel befragt und kamen nicht umhin einzugestehen, dass sie ihren Freund über die vergangenen Monate hinweg gedeckt und sowohl die Ausbilder wie auch andere Vorgesetzte über dessen Einsatzfähigkeit getäuscht hatten.

Gegen alle drei wurde ein förmliches Disziplinarverfahren eingeleitet. Markovic wurde umgehend und unehrenhaft aus der Armee entlassen.

Zwei Wochen später wurden drei der Kameraden aus der Ausbildungseinheit, die Markovic am Beckenrand ausgelacht hatten, in einer Bar von Markovic, Volaczek und Hurdlic zusammengeschlagen. Die Drei wurden zu einer Bewährungsstrafe verurteilt. Markovics Freunde kassierten damit ebenfalls die unehrenhafte Entlassung aus der Armee.

Ab diesem Zeitpunkt schwiegen die Unterlagen aus den Personalakten der ‚drei Musketiere' über deren weiteren Werdegang.

Ich ließ die Erkenntnisse aus den Akten Revue passieren und las die eine oder andere Stelle erneut durch.

Drei Dinge wurden dabei offenbar. Die dort beschriebene Art Markovics, sich durchzulavieren und sein eigenes Handeln kein wenig kritisch zu betrachten, bis hin zu der Aktion, Kränkungen mit Gewalt zu bestrafen, passte in das Bild eines negativen Narzissten. Die zweite wichtige und endlich belegte Tatsache war, dass Markovic nicht schwimmen konnte. Stenzel hatte dies ja schon durchblicken lassen. Das passte insoweit zu Gerd Möbius Schilderung der Geschehnisse am Wehr. Die dritte Erkenntnis und das für mich Beunruhigendste war, dass Markovic zwei enge Freunde hatte, die ihm treu ergeben waren. Das machte es plausibler, dass der Mann, der den Mord, oder die Szenen danach, mit einem Smartphone gefilmt hatte, einer dieser drei Männer war.

Zwei der Mitglieder dieses brutalen Trios waren an der Sache beteiligt und auf freiem Fuß. Das hieß, dass es ein Vertuschungsrisiko gab und Zeugen in Gefahr waren.

An ein Risiko für mich dachte ich zu diesem Zeitpunkt noch nicht. Mir war aber klar, dass man das Trio nicht unterschätzen durfte.

Ich griff zum Hörer und rief erneut Michi beim LKA Hamburg an.

Rivalen

Von Michi hatte ich nicht allzu viel Neues erfahren. Er bestätigte, als ich ihm die Namen aus der tschechischen Militärakte nannte, dass die drei Musketiere sich in Hamburg seit Jahren um einen miesen Ruf als Schlägertruppe bemühten und mit ihrer Kampfausbildung durchaus erfolgreich dabei waren, sich in der Unterwelt auf dem Kiez hervorzutun.

Es war demnach an der Zeit, sich die Strafakten aller drei genauer anzusehen! Und wir mussten endlich dafür sorgen, dass die Wohnungen der beiden anderen Tschechen durchsucht werden!

In diesem Moment klopfte es und Will trat ein.

„Ich habe die Ergebnisse aus der KTU." Er warf mir einen schmalen Ordner mit Unterlagen auf den Schreibtisch.

„Außerdem war ich inzwischen am Telefon fleißig. Da hat sich eine Geschichte ergeben, die für ein Motiv unseres möglichen Anstifters taugt."

Wir setzten uns an den kleinen Konferenztisch und ich nahm schonmal das Konvolut mit den Unterlagen der KTU und der Pathologie mit an den Tisch.

Wöhler beugte sich vor. „Ich habe inzwischen mehrere vorläufige Aussagen, die bestätigen, dass unser ach so unschuldiger Möbius sich in einer gewissen Konkurrenzsituation zu seinem Chef Beinlein gesehen hat. Denn es wurde in der Firma gemunkelt, dass Möbius sich in eine gewisse Eva Kampmann verliebt, zumindest erkennbar für sie geschwärmt habe."

Er riss die Augen bedeutungsvoll auf, so als wenn damit alles zu der vermuteten Unschuld gesagt worden sei. „Ja, und dann ist da sein der Chef, der dieser Eva ebenfalls und deutlich offensichtlicher den Hof gemacht haben soll. Und jetzt kommst du!"

„Eifersucht." Ich lehnte mich zurück und sah sinnierend zur Decke. „Das klassische Mordmotiv. Umso spannender wird es sein, was Markovic und nachher seine Frau dazu zu sagen haben."

„So sieht es aus." Wöhler nickte. Er wirkte ein wenig abwesend, weil ihm offenbar schon wieder etwas anderes durch den Kopf ging. Dann sah er mich ernst an. „Schau doch bitte mal in den KTU-Bericht!" Weiter sagte er nichts.

Ich griff nach dem Konvolut und blätterte aufmerksam darin herum. Neben einigen Blättern zu Blutspuren, Fasern und Tatortfotos blieb mein Blick an dem Foto des Messers hängen. Es war ein gewöhnliches Fleischmesser, so wie man es in jedem ordentlich sortierten Haushaltswarenladen angeboten bekam.

„Schönes Ding", meinte Wöhler beiläufig.

„Und so praktisch", ergänzte ich und wies auf die Klinge hin. Diese war beidseitig geschliffen und lang genug, unter dem Brustkorb hindurch bis zum Herzen zu reichen.

„Damit schneiden Fleischer Taschen für Füllungen in Schnitzel oder Bratenstücke." Wöhlers Gesicht hellte sich in gespielter Begeisterung auf, als wenn er an leckeres Essen dachte. Die Mimik wirkte allerdings aufgesetzt und wich schnell einem bitteren Gesichtsausdruck, als er mit einem Blick zur Akte hin meine Aufmerksamkeit auf den weiteren Text lenkte.

„Ich weiß nicht, ob Markovic an so etwas gedacht hat", sinnierte ich, bevor ich weiterlas. Ich fragte mich stattdessen, ob der Tscheche mit solchen Waffen arbeitete, um eine Rückverfolgung zum Verkäufer zu erschweren, oder ob er die Waffe wie ein Wegwerfprodukt erst vor Ort besorgt und geplant hatte, sie nach dem Mord in irgendeinen Müllcontainer zu werfen. Das Messer nicht schon aus Hamburg mitzubringen, hätte den Vorteil bei einer zufälligen Polizeikontrolle nicht in Erklärungsnöte zu kommen. Die Waffe erst in Celle oder unterwegs in Bergen zu kaufen, barg aber die Gefahr in sich, dass das Messer von der Polizei einem Geschäft zugeordnet wurde und den Ermittlern einen

Zeugen lieferte, der den Käufer gar identifizierte. Ich ging davon aus, dass Markovic die Waffe schon in Hamburg gekauft hatte. In dem Falle hatten wir kaum eine Chance, einen zusätzlichen Zeugen zu finden.

„Wir können ja mal Fotos bei den einschlägigen Geschäften herumzeigen und sehen, ob jemand Markovic oder seine Kumpane erkennt."

„Du versprichst dir aber ebenfalls wenig davon, oder?"

Ich sah Wöhler an und schüttelte dann den Kopf. „Nein, ich denke, dass er das Messer mitgebracht hat. Und ich befürchte, dass er und seine Freunde nicht nur dieses Messer bei sich hatten."

„Du siehst in Volaczek und Hurdlic also auch eine Gefahr?" Wöhler sah mich eindringlich an.

Ich nickte ihm zu. „Markovic macht mir einen zu selbstgefälligen Eindruck. Der glaubt, trotzdem er hinter Gittern ist und obwohl sein Fluchtversuch gescheitert ist, einen Trumpf im Ärmel zu haben."

„Sehe ich genauso." Wöhler wirkte nachdenklich. Er war für seine Verhältnisse ungewöhnlich ernst und zeigte auf die weiteren Unterlagen. „Schau dir gleich mal den Bericht des Pathologen an!"

Ich blätterte vor und fand die Bilder der Leiche. Die Nahaufnahme der Stichwunde war auf verstörende Weise aufschlussreich. Der Einstich war kein glatter Schlitz, wie ihn eine scharfe Klinge normalerweise hinterließ. Sie wirkte vielmehr ausgefranst.

„Das sieht nicht wirklich schön aus", murmelte ich und merkte, wie unpassend die flapsige Formulierung wirkte, auch wenn ich damit nur die Bestürzung zu verbergen suchte.

„Finde ich eigentlich immer, wenn ich Bilder aus der Pathologie kriege", Wöhler grinste jovial. Aber es wirkte aufgesetzt.

Ich winkte ab. „Ja, schon klar. Ich meine aber die Wunde."

„Dann lies mal, was unser Leichenfledderer dazu

geschrieben hat!" Er stand auf und zeigte über meine Schulter hinweg auf den Text unter den Fotos.

Ich überflog die Zeilen und fand, was ich erwartet hatte: Der Einstichkanal passte zur Klinge des Messers. Dann las ich weiter und mir wurde einen Moment lang übel, obwohl ich erwartet hatte, was schon anhand der Stichwunde zu sehen war. Der Pathologe beschrieb, dass der Einstichkanal zum Herzen nicht glatt war, sondern regelrecht zerfetzt. Als Erklärung führte er aus, dass der Täter die Klinge im Körper seines Opfers herumgedreht hatte.

Ich schloss kurz die Augen und kämpfte gegen den plötzlichen leichten Druck in der Kehle an.

Es war nicht so, dass ich nicht bereits etliche Male grausige Tatorte und Bilder von brutal zugerichteten Leichen gesehen hatte. Auch an Leichenschauen hatte ich mich gewöhnen müssen, wenngleich ich die nach wie vor schwer ertrug. Viele Gewalttaten wurden aus Wut, Hass, manche aus Berechnung und nicht wenige kaltblütig begangen. Aber dieses Zelebrieren eines Mordes war schwer zu ertragen. Einem besiegten Opfer, das mit dem Stich ins Herz schon an der Schwelle des Todes war, mit dem Drehen des Messers in der Wunde den Schmerz im Sterben zu vervielfachen, war bestialisch.

Wöhler umfasste kurz meine Schultern mit den Händen und drückte sie leicht. Es war eine tröstende Geste, keine Zudringlichkeit. Sie war mir trotzdem nicht angenehm.

„Schon okay!" Ich drehte kurz die Schultern unter ihm weg, um seine Hände loszuwerden. Dann wandte ich mich zu ihm um und sah ich ihn wieder an, um einen gefassten Ton bemüht. „Das passt jedenfalls zu der ausgefransten Wunde."

„Welches Maß an Brutalität muss in so einem Kerl stecken?" Wöhler war einen Schritt zurückgetreten und ging auf meine unwillige Reaktion nicht ein.

„Es passt genau zu Almasurs Beschreibung. Markovic hat das Sterben seines Opfers regelrecht in sich aufgesogen. Er hat es genossen, hat den Blutschwall mit der Drehung der Klinge bewusst erhöht, hat Beinlein an sich gedrückt, um zu erfühlen wie das Leben aus ihm weicht."

Ich sah meinen Kollegen alarmiert an. „Der Mann ist wahrhaftig gestört, geisteskrank. Das geht über das Maß, das gewöhnlicher Narzissmus annehmen kann, deutlich hinaus."

Wöhler nickte mit schmalem Mund. „Dann sorgen wir mal dafür, dass er möglichst niemals wieder aus dem Knast kommt! Hoffen wir, dass ein Psychiater das genauso sieht wie du, und das Gericht nach dem ‚lebenslänglich' Sicherungsverwahrung in der Psychiatrie anordnet."

„Das ist inzwischen mehr als realistisch", gab ich tonlos zur Antwort."

Ich ordnete die Unterlagen auf dem Tisch und sah Wöhler an. „Dann wird es Zeit, die beiden anderen Tschechen aus dem Verkehr ziehen. Keine Ahnung, ob die nicht genauso abwegig gestrickt sind wie ihr Freund."

Wöhler nickte und sah mich eindringlich an. „Das sollten wir nicht auf die leichte Schulter nehmen. Ich denke da an Stenzels Worte."

„Dass wir nicht sicher sein können, welche Infos Markovics Anwalt nach draußen weitergibt? Daran habe ich ebenfalls schon gedacht. Da fällt mir als Erstes Almasur ein. Er ist der Haupttatzeuge."

Wöhler nickte. „Ich rufe ihn am besten gleich an. Es wäre schlau, wenn er sich ein paar Tage lang bei Freunden einquartiert." Er sah mich auffordernd an. „Vergessen wir nicht, dass wir noch ein paar andere Leute befragen müssen! Du fährst heute mit der Kollegin Feinweber nach Wolthausen zu Diana Möbius?"

Ich stand auf. „Gut, ich hole Swantje gleich ab. Mal sehen, was Frau Möbius so alles von ihrem Mann weiß. Ich meine, dass er und Beinlein ein Auge auf dieselbe

Kollegin geworfen haben sollen."

Ich hielt kurz inne. „Ja, und dann müssen wir Möbius selbst auch nochmal dazu befragen, was er dazu zu sagen hat, dass er und sein Chef Rivalen gewesen sein sollen."

„Sein sollen?", fragte Will.

„Denk an Christians und Swantje Feinwebers Einschätzung", erinnerte ich ihn.

Er lächelte bemüht. „Du meinst, dass Möbius ein Weichei ist. Viel zu sehr, als dass er sich getraut hätte, sich an diese Eva heranzumachen?"

„Genau so", bestätigte ich.

Treue

Als wir Celle erreichten, bat ich Diana, nicht sofort weiter nach Wolthausen zu fahren. Es war schon bald Abend und es drängte mich, mich möglichst entspannt bei einem Spaziergang und danach bei einem Essen mit ihr auszusprechen.

Diana war einverstanden. Ich sah ihr an, wie furchtbar es in ihr aussah, wie sehr sie die letzten Wochen seit meiner Verhaftung gelitten haben musste.

„Lass uns über Boye fahren! Wir können in dem Restaurant bei den Eichen etwas essen", schlug ich vor. „Vorher können wir uns nach der langen Fahrt ein wenig die Füße vertreten.

„In Ordnung." Sie nickte. „Nicht die schlechteste Idee. Gehen wir an die Aller." Sie sah mich ernst an und lächelte schief. „Ein Stück Normalität sozusagen."

Ich ließ den Sarkasmus an mir abprallen und schwieg.

Wir folgten der B 191 am Wasserturm vorbei bis in den alten Dorfkern Klein Hehlens und fuhren die wenigen Kilometer weiter bis nach Boye, das früher einmal ein eigenständiges Dorf gewesen war. Inzwischen war die Stadt bis an die ländliche Idylle herangewachsen.

Der Charme des ehemaligen Ortskerns hatte sich erfreulicherweise um die alten Bauernhöfe herum erhalten. Dort wo seit Jahrhunderten der mit prachtvollen Eichen bestandene Platz den Mittelpunkt bildet, auf dem sich früher die Dorfjugend traf und wo heute die Wagen der Besucher des mediterranen Restaurants parkten.

Auch wir stellten den Golf dort ab. Als wir ausstiegen und uns über den Wagen hinweg ansahen, versuchte ich ein Lächeln. Aber Diana wich meinem Blick aus.

Wir schlenderten an den Eichen vorbei auf die Höfe zu, die seit langem nicht mehr bewirtschaftet wurden und stattdessen ein weiteres Restaurant, einen Weinladen sowie Ferienwohnungen beherbergten. Es fand sich dort trotzdem noch immer die alte dörfliche Idylle, wo der Grobe-Bach hinter einer verwilderten Wiese unter einer Holzbrücke dem Blick entschwand und die Dorfstraße sich rechter Hand zwischen den Höfen hindurch den Allerwiesen näherte.

Im Licht des frühen Abends verströmte der Ort die Heimeligkeit der alten Bauernhöfe. Und so bummelten wir zwischen den Höfen hindurch dem Fluss entgegen.

Ich dachte daran, Dianas Hand zu nehmen, fürchtete indes, dass sie sie mir entziehen mochte. Die Zurückweisung würde ich nur schwer ertragen. Ich hielt mich daher zurück und schwieg, bis wir hinter den Reitplätzen der Weg zum Anleger der Ausflugsdampfer erreichten.

Vor uns öffnete sich hinter einem Graben die Weite der Wiesen, durch die hindurch der Fluss gemächlich nach Westen floß.

Auf dem Anlegesteg angekommen lehnten wir uns nebeneinander an das Geländer und sahen still auf die Wasserfläche hinab. Flussabwärts blendete die Sonne das Auge. Das Wasser gleißte silbern über feinen Wellen, die der Wind vor sich hertrieb. Wie oft schon hatte ich hier die Zeit vergessen.

Ich versuchte zu ergründen, was in Diana vorging. Bis auf das Rauschen des leichten Winds in den Weiden war alles so still, dass ich es bald nicht mehr aushielt.

Ich nahm endlich ihre Hand, hielt sie fest, so fest, dass sie spürte, dass ich sie nicht gleich wieder loslassen würde.

„Es war nichts mit Eva", versicherte ich ihr. „Sie ist jung und sieht ..." Ich stockte. „... gut aus, ja. Sie war freundlich zu mir. Das hat mir geschmeichelt. Es hat mich für sie eingenommen. Mehr war es nicht." Ich sah kurz zu Boden und schaute sie dann wieder an. „Vielleicht war ich das eine oder andere Mal zu freundlich, zu kess, zu sehr darauf bedacht, ein Lächeln von ihr zu

erhalten. Aber ich habe mich nicht an sie herangemacht. Und ich hatte nicht vor, etwas mit ihr anzufangen. Glaub' mir das bitte!"

Sie entzog mir mit energischem Ruck die Hand. Wir
standen einander gegenüber. Mehr wie Kampfhähne
als ein Paar, das sich vernünftig und in Ruhe auszusprechen gedachte.

Alles Vertraute war mit einem Mal dahin. Der Steg
war kurz und schmal. Er ließ uns keinen Raum einander auszuweichen.

Diana sah mich wütend an.

„Offenbar hat es gereicht, dass sich die Kollegen das
Maul darüber zerrissen haben."

„Ja, und ich war töricht genug, es nicht einmal zu
bemerken. Sonst hätte ich mich gleich etwas zurückgenommen. Aber es war andererseits schmeichelhaft,
von Eva gemocht zu werden. Ich habe mich offenbar
wie ein tapsiger Teenager verhalten. Es war dennoch
nicht mehr als das, die Freude gemocht zu werden und
ein offenes Lächeln zu ernten." Ich sah sie flehentlich
an.

„Und Beinlein? Du machst es dir ein wenig zu leicht.
Warum haben sie dich denn als seinen Konkurrenten
gesehen?"

„Weil Menschen sich nun einmal gern das Maul zerreißen", begehrte ich laut auf. Ich zügelte mich und
sprach milder im Ton weiter: „Weil sie gern Geschichten
hören und weitererzählen. Weil sie einander gern
niedermachen." Ich merkte, wie der Unmut erneut in mir
wuchs, wie ich mich wieder auf der Anklagebank sah.
Unschuldig, denn ich hatte mir nicht das Geringste
zuschulden kommen lassen, nicht mit Eva und mit niemand sonst. Ich hatte Diana nicht betrogen, hatte Beinlein nicht ermordet. Warum nur musste ich mich immer
wieder rechtfertigen?

Dianas Blick wurde keinen deut nachgiebiger. Ich
wich trotzdem vor ihrem Zorn zurück.

Hinter mir blieb nur ein Fußbreit vom Holz des Steges

bis zum Wasser. Vor mir stand Diana wie ein Bollwerk aus Wut und Enttäuschung. Ich hätte sie vom Steg drängen müssen, um ihr auszuweichen, um der Situation zu entfliehen. Andererseits wollte ich mich ja mit ihr aussprechen. Dann aber blieb mir nur, es aushalten, dass sie mir das alles vorhielt, dass all das zur Sprache kam, was sich in ihr aufgestaut hatte.

„Du nimmst es noch immer auf die leichte Schulter?", setzte sie lauernd nach. „Wer hat denn diesem Verrückten, wenngleich im Scherz, Beinlein genannt, den Mann, den du aus dem Weg haben wolltest. Deinen Nebenbuhler."

Der Satz traf den Kern der Sache, traf mich und den Grund meiner Schuld. Und den Grund ihrer Enttäuschung. Er war der tiefe Quell ihrer Wut.

Diana hatte sich vom Geländer gelöst und stand mir frontal gegenüber, aufgebracht, die Hände zu Fäusten geballt.

Ich sah wieder das Bild vor mir, wie sie bei meiner Verhaftung in der Tür stand, die Hände schwarz von der Gartenerde, wie ihr der kleine Handspaten aus der Hand glitt und klirrend auf die Steine vor der Haustür fiel. Erneut spürte ich, wie mich das Schicksal von ihr fortreißen wollte.

Ich konnte mich jetzt nicht mehr in Gemeinplätze flüchten. Mir blieb kein Raum, weder hier auf dem Steg noch vor mir selbst, ihr oder irgendeiner Wahrheit auszuweichen.

„Ja", stieß ich unwillig hervor. „Ja, ich war verknallt. Und es hat mich geärgert, wie Beinlein sich unverhohlen an sie herangemacht hat. Es schmerzte mich, wie sie aufreizend gelacht hat, wenn er seine flachen Scherzchen abspulte. Es war etwas von Eifersucht im Spiel. Und all das war sicher der Grund, warum ich ihn ... ans Messer ... geliefert hatte." Ich stockte und stöhnte schmerzhaft auf, als mir der Sinn der Redewendung bewusst wurde. „Und doch war es alles das ganz und gar nicht. Verdammt." Ich schlug mir mit der Faust in die Hand und drehte mich von Diana weg, sah auf den Fluss und schwieg.

Das Wasser floss still wie immer an mir vorbei. Meine Aufgewühltheit verlor sich ein wenig in dem ewigen und ewig unbeeindruckten Strömen des Flusses.

Ich atmete seufzend auf und sagte eine Weile nichts mehr.

Irgendwann bemerkte ich, dass Diana ebenfalls schwieg. Ich konnte nicht sehen, wie sie reagierte, getraute mich nicht, mich umzuwenden, um in ihrem Gesicht zu lesen. Die Wut in ihrem Blick, von der ich mich abgewandt hatte, würde ich nicht mehr ertragen.

Ich hätte verstanden, wenn sie wortlos gegangen wäre.

Plötzlich fühlte ich ihre Hände an meiner Schulter. Sie drehte mich sachte zu sich herum und sah mich eindringlich an.

„Sag mir nur, ob es mehr als eine Schwärmerei war!"

Ich blickte sie erstaunt an. Sah die Frage in ihren Augen, das Flehen und die Hoffnung, dass es nicht mehr als das gewesen sein möge.

Eine Faust presste mein Herz zusammen, als ich mehr als in all den zurückliegenden Wochen begriff, welche furchtbare Angst sie um uns ausgestanden hatte.

„Nein, um Himmels Willen, nein", stieß ich mit sanfter Stimme hervor. „Ich liebe dich doch noch immer. Ich hätte dir niemals wehgetan. Es ist so furchtbar, dass ich es offenbar doch getan habe. Ich wollte das nicht. Es war nur eine Schwärmerei, nichts was uns beide infrage gestellt hätte. Ich liebe dich, Diana. Ich würde dich nie betrügen, glaube mir bitte! Ich könnte das gar nicht."

Ich sah, wie ihre angespannten Züge weicher wurden, wie ihre Augen mich milder ansahen. Es sah erleichtert aus.

Dann wieder umwölkte sich ihre Stirn. Ihre Augenbrauen senkten sich.

Mit einem Mal kam sie mir unendlich müde vor.

„Warum dann das alles?" Sie drehte sich um und verließ den Steg. Sie blieb erneut stehen und wandte sich mir zu. „Warum all der Schmerz, das Morden und der Prozess?"

Ich stand auf den Holzplanken über dem Ponton und fühlte eine Leere in mir, die mich bleiern schwer werden ließ, die mir jegliche Kraft nahm. Ich sah hinab auf den Fluss. Unter mir strömte das Wasser und trug, wie ich inständig hoffte, den Schmerz mit sich fort.

Wenn sie jetzt gegangen wäre, ich hätte nicht die Kraft aufgebracht, ihr zu folgen. Ich wäre auf die grauen Planken gesunken und hätte auf das endlos fließende Wasser geschaut.

Als ich den Blick hob, stand Diana nach wie vor am Ende des Steges.

Ich hielt kurz inne und folgte ihr.

Sie sah mich an. Dann schob sie die Unterlippe mit abschätzender Miene vor und stieß mir ihre kleine Faust an die Schulter. Es wirkte arg bemüht. „Komm, lass uns essen gehen!"

Ein Gefühl von Erlösung durchströmte mich und trug mich in einer Woge der Erleichterung davon. All die durchlittenen Ängste wurden fortgeschwemmt. Meine Augen füllten sich mich Tränen. Ich sah ihren warmherzigen Blick.

Stürmisch nahm ich Diana in die Arme, bevor sie sah, wie ich weinte. Sie ließ es geschehen.

War zwischen uns jetzt alles wieder wie früher? Ich wollte es so gerne glauben.

Tief in mir lauerte dennoch ein Misstrauen, das ich vorher zu keiner Zeit verspürt hatte. War meine Frau wahrhaftig mit mir versöhnt, jetzt, wo ich freigesprochen war, wo ich ihr meine Irrungen offenbart hatte?

Als wir uns voneinander lösten, bemerkte ich, dass ihre Augen wieder ernst wurden.

Da war noch immer etwas, das ihr zu schaffen machte.

Diana Möbius

Swantje Feinweber und ich hatten die Minuten der Fahrt genutzt und uns über das Wenige ausgetauscht, was wir über Gerd Möbius' Ehefrau wussten. Es war kaum mehr als das, was Chris von dem Austausch nach der Verhaftung erzählt hatte.

Am interessantesten war die Frage, ob Diana Möbius von dem Interesse ihres Mannes an Eva Kampmann gewusst hatte. In dem Fall käme sie als Anstifterin des Killers in Betracht, nur eben nicht für den Mord an Beinlein. Das ergab keinerlei Sinn. Es hätte aber eine weitere Erklärung dafür geliefert, warum Markovic in der Nähe des Wohnhauses des Ehepaars Möbius aufgetaucht war.

Wenn Gerd Möbius ein Interesse hatte, den Ermordeten aus dem Weg zu räumen, dann mochte Diana Möbius dasselbe Interesse gehabt haben, Eva Kampmann loszuwerden. Das erklärte aber nicht, warum deren Chef ermordet wurde. Eifersucht mochte ein Motiv sein, ihren Mann zu ermorden. In dem Falle wäre aber irgendetwas gründlich schief gegangen und die Dinge wären für alle komplett aus dem Ruder gelaufen.

Ich war daher einigermaßen gespannt darauf, die Ehefrau unseres bisherigen Verdächtigen kennenzulernen.

Wir erreichten die kleine Wohnstraße in Wolthausen und klingelten an der Tür mit dem auffälligen Türschild, auf dem der Name Möbius prangte. Es fiel schon deshalb ins Auge, weil es ein stilisiertes Möbiusband unter dem Namen zeigte, das den Schriftzug in dynamischem Schwung unterstrich. Ich lupfte kurz die Augenbraue angesichts der erkennbaren kleinen Eitelkeit und dachte mit einem nachsichtigen Lächeln daran, dass Gerd Möbius immerhin Werbefachmann war und Wortbedeutungen, Symbole und Embleme für ihn elementar zum Beruf gehörten. Umso unverständlicher schien es mir, dass er so defensiv, so unsicher wirkte.

Ein Schatten zeigte sich hinter dem länglichen Fenster in der dunklen Haustür, die sich einen Moment später öffnete. Die Frau, die sich im Eingang zeigte, sah uns ernst und fragend an.

Diana Möbius war eine zierliche Frau. Ich schätzte sie auf Anfang vierzig. Sie trug Jeans und einen dunkelgrünen Sommerpullover. Darunter verbarg sich eine sportliche Figur. Sie kam mir beinahe sehnig vor. Im Kontrast zu der asketisch wirkenden Erscheinung fiel mir sofort das messing-blonde Haar auf. Insgesamt fand ich, dass sie eine schöne Frau war.

„Polizei?", fragte sie. „Endlich!" Sie sah uns unvermittelt ernst an. Ihr Blick wirkte auf mich fast erbost. Dann gab sie sich einen Ruck und zügelte ihren Unmut. „Bitte kommen Sie herein!"

Sie öffnete die Tür etwas weiter, trat beiseite und wies mit der Hand an sich vorbei zum Wohnzimmer.

Swantje und ich zeigten unsere Ausweiskarten und die Frau sah sich konzentriert die Namen an.

Der Flur wirkte einladend offen. Ein paar Bilder hingen gegenüber der Garderobe. Daneben fand sich ein großer Spiegel und ich musste an mich halten, nicht kurz meine Erscheinung zu checken. Swantje hatte mein kurzes Innehalten bemerkt und grinste spöttisch.

Das Wohnzimmer war auf unaufdringliche Art modern eingerichtet. Die Wände waren in hellen Farben gehalten und nicht mit Deko-Elementen überfrachtet. Eine geschmackvoll gerahmte Kopie eines Kandinskygemäldes hing über der Sitzecke. Auf hellgrauem Parkett standen cremeweiße Ledersessel und eine Couch um einen flachen Tisch herum. Die Sitzgruppe war zum Fernseher und dem Panoramafenster mit Blick in den Garten offen.

„Nehmen Sie doch Platz!"

Ich setzte mich auf die Couch und die Kollegin nahm über Eck auf einem der Sessel Platz.

Unsere Gastgeberin blieb mit dem Rücken zum Fenster stehen und sah uns wieder ernst, fast versteinert wirkend, an. Grelles Licht aus dem Garten umspielte ihre schmale Silhouette.

„Ich habe schon gestern und heute den ganzen Vormittag über versucht, jemanden bei der Polizei an die Strippe zu kriegen, der mir Auskunft über meinen Mann geben kann. Aber ich werde immer wieder abgewiesen. Was ist mit ihm?"

Swantje sah mich fragend an und ich nickte ihr zu. Vielleicht war es besser, wenn sie erst einmal mit der Hausherrin sprach. Dann konnte ich mir ein Bild der Frau unseres Beschuldigten und von seinem Lebensumfeld machen.

„Sie werden verstehen, wenn wir am Telefon keine Auskünfte zu laufenden Mordermittlungen geben." Meine Kollegin blieb sachlich kühl.

„Ja", höhnte unsere Gastgeberin. „Die Celler ist da schon etwas informativer." Frau Möbius griff eine Zeitung vom Tisch und hielt das Lokalblatt hoch, auf dem in großen Lettern ‚Mord im Gewerbegebiet' prangte. „Obwohl auch die von der Zeitung offenkundig nichts wissen, wenn man sich den Text darunter durchliest. Alles nur Vermutungen." Sie legte die Zeitung wieder beiseite. „Also, was ist mit meinem Mann? Was wird ihm vorgeworfen?"

Sie setzte sich in einer eleganten, fast beiläufig wirkenden Bewegung auf die Lehne eines der Sessel der Sitzgruppe. „Sie können mich doch nicht so im Unklaren lassen. Es geht schließlich um meinen Ehemann."

„Uns interessiert, was *Sie* wissen?" Ich betonte die Anrede. „Hat Ihr Mann Ihnen denn gar nichts gesagt?"

Sie runzelte die Stirn und sah fragend von Swantje zu mir. Allmählich wurde ihr offenbar klar, dass sie von uns nichts weiter erfuhr und wir es waren, die Fragen stellten.

„Nichts. Nur das wenige, was er mir kurz vor der Verhaftung erzählt hat, dass Markovic, der Mann, den er vor dem Ertrinken gerettet hatte, seinen Chef ermordet haben soll". Frau Möbius hob beide Arme in einer hilflosen Geste bis über die Schulter. „Und das, was Gerd bei der Verhaftung gesagt wurde: Er soll jemanden zum Mord angestiftet haben." Sie sah uns eindringlich an. „Aber das ist doch absurd. Und was soll er für ein Interesse an Beinlein gehabt haben. Das ist sein *Chef*, sein Arbeitgeber! Ich kenne den. Das ist ein patenter Typ." Sie hielt erschrocken inne. „Pardon, Herr Beinlein *war* ein netter Mensch."

Dann wurde ihr Gesicht wieder düster. Erneut hob sie die Hände fragend in Schulterhöhe. „Das ergibt doch alles keinen Sinn. Gerd macht sich doch nicht seine Lebensgrundlage kaputt. Zumal er die Arbeit liebt." Sie ließ die Arme wieder sinken und fuhr deutlich gefasster fort. „Gerd käme niemals auf solche Gedanken. Der ist viel zu ..." Sie suchte nach einem passenden Begriff. „... viel zu *lieb*." Es klang schmerzhaft und sie sank ein wenig in sich zusammen.

Diana Möbius sah trotz all ihrer Impulsivität tatsächlich hilflos aus. Nichts wirkte geschauspielert.

„Gerd bringt niemanden um", fügte sie tonlos hinzu.

„Fakt ist, dass der Chef Ihres Mannes ermordet wurde und der Mörder Ihren Mann als Anstifter beschuldigt hat." Swantje blieb betont unbeeindruckt bei ihrem nüchtern-sachlichen Ton. „Hat Ihr Mann nie etwas über Spannungen in der Firma erzählt? Irgendetwas, das erklären würde, warum Beinlein sterben musste?"

„Nein." Es klang kläglich. Diana Möbius ließ sich von der Lehne in den Sessel sinken. Die Kraft schien sie zu verlassen.

Dann straffte sie sich wieder. Sie machte einen nachdenklichen Eindruck. „Nein", bekräftigte sie erneut. „Gerd hat nie von größeren Querelen in der Firma erzählt. Klar, es gibt immer Nervereien, aber nie etwas Größeres, keinen wirklichen Streit. Jedenfalls nichts, von dem ich wüsste."

Sie hob den Blick und sah uns wieder fragend an.

„Das mit der Anschuldigung ist kompletter Blödsinn, wenn ich das sagen darf. Wenn Gerd etwas gegen den Chef hätte, dann wüsste ich das. Gerd ist niemand, der Dinge mit sich selbst ausmacht."

„Außer, er hatte etwas zu verheimlichen."

Diana Möbius' Augen wurden eng, als sie meine Kollegin ansah. „Was wollen Sie damit sagen?"

„Wussten Sie von der Konkurrenz Ihres Mannes mit dem Mordopfer? Sie sollen beide der Kollegin Eva Kampmann nachgestellt haben."

„Nachgestellt?" Frau Möbius riss die Augen auf. Mit einem Mal wirkte ihre Miene wie versteinert und sie sah hilfesuchend zum Garten hinaus. „Gerd? Mein Mann?" Plötzlich wandte sie sich um und sah uns beide an. „Gerd soll sich an eine andere Frau herangemacht haben?" Sie lachte kurz auf. Es wirkte dennoch alles andere als amüsiert. „Mein Mann liebt mich. Auch wenn wir schon fast zwanzig Jahre lang verheiratet sind. Er *liebt* mich. Hören Sie?" Es klang mehr als nur aufgebracht. Sie war erkennbar verletzt und wollte den Moment der Unsicherheit kaschieren.

Ich zuckte mit den Schultern und suchte ihren Blick. „Frau Möbius, wir sagen nicht, dass Ihr Mann Sie betrogen hat. Aber es gibt mehrere Zeugenaussagen von Kollegen und Kolleginnen Ihres Mannes, wonach recht deutlich geworden sein soll, dass er engeren Kontakt zur Kollegin Eva Kampmann gesucht hat. Haben Sie ihm denn gar nichts angemerkt?"

„I-ich?", stotterte sie. „Ich habe ihm ..." Sie hielt irritiert inne und schien in sich zu horchen. „... rein gar nichts angemerkt. „Er war wie immer zu mir."

Sie dachte kurz nach. „Hatte er etwas mit ihr?", fragte sie und sah forschend von Swantje zu mir. Es klang fast schüchtern, deutlich unsicherer, als sie sich noch Momente zuvor gegeben hatte. Ganz so, als wenn sie Angst vor der Antwort hätte.

Ich zuckte erneut mit den Schultern und schwieg. Letztlich wussten wir tatsächlich nicht viel über das, was sich in der Firma und im Umfeld der Kollegen zugetragen hatte.

Unsere Gastgeberin sah uns beide forschend an. Sie gab sich mit einem Mal gefasster. „Und nun meinen Sie, dass er seinen Chef aus Eifersucht ermordet hat, weil der ebenfalls auf die Kampmann scharf gewesen sein soll?" Sie lachte gekünstelt auf, um neue Selbstsicherheit bemüht. „Dann erzähle ich Ihnen mal was über meinen Mann: Gerd ist ein mehr als zurückhaltender Typ. Manche würden ihn sogar ängstlich nennen. Er ist ein hervorragender Texter, ein Mann mit Wortwitz. Er kann darüber hinaus strategisch und zielführend denken, aber nur, wenn es um Marketingstrategien geht. In zwischenmenschlichen Dingen ist er eher zögerlich, ja schüchtern. Gerd ist froh, wenn er gemocht wird." Sie hielt kurz inne und fuhr dann fort: „Mein Mann ist zuvorkommend, höflich und er kann manchmal galant sein. Das habe ich an ihm zu schätzen gelernt. Er ist überdies zuverlässig."

Sie hielt inne und sah uns nacheinander in die Augen. „Glauben Sie mir: Gerd ist nicht der Mann, den Sie suchen. Selbst wenn er sich in diese Eva verguckt haben sollte, er ist der Letzte, der jemanden ..." Sie wedelte unstet mit der Hand durch die Luft und suchte sichtlich aufgewühlt nach Worten, „... aus dem Weg räumt!" Die letzten Worte hatte sie laut und mit großer Bestimmtheit hervorgestoßen.

Ich sah keinen Sinn darin, ihr Vorträge über Männer und ihre Gewieftheit zu halten, wenn es darum ging, fremdzugehen.

„Das heißt, Sie wussten definitiv nichts davon, dass Ihr Mann Frau Kampmann nachgestellt haben soll?", fragte ich dennoch einmal konkret nach.

„Nein!" Es klang entrüstet, fast wütend.

Ich nickte versonnen.

Auch Swantje hakte an der Stelle nicht weiter nach.

Es gab noch andere Fragen zu klären. Sie sah unsere Gastgeberin nachdenklich an und hob den

Finger, als wenn ihr eben erst etwas Anderes einfiele.

„Frau Möbius, kennen Sie Emil Markovic?"

„Nein. Gerd hatte mir nur erzählt, dass der Mann so hieß, den er aus dem Wasser gezogen hat. Kurz vor seiner Verhaftung hat er mir erzählt, dass der Tscheche Beinlein ermordet hat."

Sie wirkte mit einem Mal wieder nachdenklich. „Ich hatte den Eindruck, dass er mir noch mehr erzählen wollte. Aber er kam wohl nicht mehr dazu."

Diana Möbius sah uns nacheinander auffordernd an. „So lassen Sie sich doch nicht alles aus der Nase ziehen!"

Meine Kollegin winkte ab. Es machte aus polizeilicher Sicht niemals Sinn, Zeugen oder Verdächtigen Informationen zu liefern, die sie für sich oder andere Beschuldigte verwendeten, oder die schlicht ihre Erinnerungen beeinflussten.

„Dann erzählen Sie uns doch einmal genau, was Sie wann von Ihrem Mann erfahren haben."

„Werde ich jetzt beschuldigt?", fragte sie. Es wirkte mit einem Mal eingeschüchtert.

„Nur, wenn wir auf Widersprüche stoßen und wir entdecken sollten, dass Sie ein Mordmotiv haben", warf ich ein. „Wenn wir Sie als Beschuldigte vernehmen, sagen wir es Ihnen vorher. Im Moment befragen wir Sie als Zeugin."

Sie nickte. Ein wenig zögerlich gab sie wieder, was ihr Mann ihr von der Rettungsaktion erzählt hatte. Etwas unentschlossen fügte sie an, wie ihr Mann kurz vor der Verhaftung begonnen hatte, ihr von dem Mord zu berichten. Sie wirkte erkennbar nachdenklich, als sie sich selbst noch einmal vor Augen führte, dass ihr Mann scheinbar gerade im Begriff gestanden hatte, ihr alles zu erzählen, was er wusste, als die Verhaftung dazwischen kam.

An der Stelle brach sie ab und sah uns wieder fragend an. Die Erinnerung schien sie zu schmerzen.

„Frau Möbius." Die Kollegin lenkte ihre Aufmerksamkeit auf sich. „Wir sind dabei, Zahlungsdaten bei den Banken einzusehen. Aber Sie könnten Ihren Mann schon jetzt entlasten, wenn er mit dem Mord wirklich nichts zu tun hat. Haben Sie ein gemeinsames oder getrennte Konten?"

„Wir haben ein gemeinsames Konto. Bei uns gibt es kein ‚mein' oder ‚dein'. Wieso?" Möbius sah die Kollegin Feinweber überrascht an.

„Na ja", Swantje lehnte sich etwas nach vorn. „Der Mörder wird nicht umsonst arbeiten."

„Ach so, ja." Sie stand auf und wandte sich zur Tür. „Einen Moment bitte! Ich hole eben meinen Laptop."

Wir hörten sie die Treppe hinaufgehen. Kurz darauf war sie wieder da, klappte das Gerät auf, tippte ein wenig auf der Tastatur herum und winkte uns dann zu sich. Dabei drehte sie den Bildschirm, so dass wir ihr über die Schulter schauen konnten. „Das ist mein Zugang zum Konto. Bedienen Sie sich! Sie können alle Daten einsehen. Die einzige größere Ausgabe ist die Bezahlung vom BMW vor einem Vierteljahr. Den hat mein Mann sich gegönnt."

Swantje lächelte. „Danke. Das heißt aber nicht, dass Ihr Mann nicht doch ein weiteres Konto bei einer anderen Bank hat."

„Da Sie ja davon ausgehen, dass ich nicht alles von meinem Mann weiß, muss ich das wohl in Betracht ziehen. Ich glaube es aber nicht." Sie nickte uns auffordernd zu. "Sie können den Laptop überprüfen, meinetwegen mitnehmen und alle Zahlungen in Ruhe prüfen. Ob es weitere Konten meines Mannes gibt, werden Sie ja wohl ohnehin gesondert prüfen."

Sie hob in einer gezierten Geste die Hand unter das Kinn und sah zum Garten hinaus.

Die Kollegin zog den Laptop zu sich herüber und überflog die Daten, an die sie ohne weitere Kennwörter herankam.

Währenddessen beobachtete ich Frau Möbius. Sie machte weiterhin einen besonnenen Eindruck, wie jemand, der sich dessen sicher ist, dass er mit dem, was er uns präsentiert, im Recht ist.

Nach einem Moment sprach ich sie an. „Wie war das eigentlich an dem Tag, als Ihr Mann Markovic gerettet hat?"

Diana Möbius sah mich irritiert an. Sie wirkte ein wenig geistesabwesend, als wenn ich sie aus weit entfernten Gedanken gerissen hätte. Ich bemerkte einen verbitterten Zug, der um ihren Mund spielte.

„Ach ja, sie wollen wissen, ob seine Angaben mit meinen Erinnerungen übereinstimmen. Klar, ich erzähle Ihnen gern, was an dem Tag war."

Das war eine auffällig lange Einleitung für das, was Swantje und ich von ihr wissen wollten. Ich schob es darauf, dass sie bemüht war, sich erst wieder zu sammeln.

„Gerd ist an unserem ersten Urlaubstag erst einmal spazieren gegangen. Wir gehen immer gern in Richtung der Örtze und dann dem Weg folgend in die Feldmark. Ich hatte an dem Tag aber keine Lust auf einen Spaziergang, weil ich den Nachbarn Bescheid geben wollte, dass wir die nächsten Tage tagsüber da sind. Außerdem freute ich mich schon darauf, wieder hinterm Haus zu werkeln. Ich arbeite gern im Garten. Als ich von den Nachbarn zurück war, traf ich Gerd im Bad. Er war klatschnass und erzählte mir, dass er einen Mann aus dem Wasser gerettet hat, der hinter dem Wehr um sein Leben gekämpft hatte."

„Haben Sie den Mann gesehen?", hakte ich nach.

„Nein, wir waren oben im Bad und ich war so froh, dass Gerd nichts passiert ist. Wir hatten wieder Hochwasser an der Örtze und da rauscht das Wasser immer mit ziemlicher Macht durch das Wehr. Ich würde da ohne Hilfe auch nicht wieder rauskommen, obwohl ich schwimmen kann. Aber der Kerl war ja offensichtlich Nichtschwimmer. Wie Gerd erzählte, hatte er ziemliche Mühe, den Mann aus dem Wasser zu ziehen. Er war selbst ganz schön erschöpft, richtig fertig. Und ich war froh, dass ihm nichts passiert ist."

Ich nickte, weil ich mir das alles gut vorzustellen vermochte.

„Hat er Ihnen erzählt, was die beiden Männer besprochen haben?" Swantje klappte den Laptop zu. Sie hatte offenbar alle relevanten Daten gesichtet.

„Nein, nur dass er dem Mann trockene Klamotten angeboten hat. Außerdem wollte er ihn nach Hause fahren. Aber beides hat er abgelehnt. Komisch, nicht?"

„Nichts darüber, auf welche Weise Markovic sich zu bedanken gedachte?" Ich studierte ihr Gesicht eingehend, fand aber nichts außer einer fragenden Miene.

„Nein", antwortete sie. „Was heißt ‚auf welche Weise er sich bedanken wollte'?"

Sie zog die Augenbrauen fragend zusammen. Ich ging auf die Gegenfrage nicht ein.

„Und Gerd soll diesen Mann zum Mord an seinem Chef angestiftet haben? Das passt doch überhaupt nicht zusammen. Er kannte den Fremden schließlich nicht. Ein Killer hier in Wolthausen? Wissen Sie, wie verrückt das klingt?" Sie schüttelte den Kopf. „Glauben Sie mir, Gerd ist der Falsche!"

„Hat er Ihnen nichts davon erzählt, dass Markovic ihm aus angeblicher Dankbarkeit angeboten haben soll, seinen Chef zu beseitigen? Wie passt *das* damit zusammen, dass er Ihnen immer alles erzählt? Zumal es für ihn, wie er uns sagte, wie ein Scherz des Tschechen geklungen haben soll."

Ich erwartete, dass sie zögern würde. Aber sie antwortete sehr ernst: „Nein, ich schätze, es war ihm wohl unangenehm."

Ich sah sie eindringlich an. „Sie sagen es selbst: ‚ein Killer hier in Wolthausen'. Das klingt abwegig. Es sei denn, er hatte einen Grund, dort am Wehr zu lauern, zu warten, auf wen auch immer. Nicht nur Sie würden gern verstehen, was der Tscheche hier zu suchen hatte und wie es danach zu dem Mord kam. Im Moment passt nicht vieles, von dem was wir wissen, zusammen."

Diana Möbius sah wieder zum Fenster hinaus und murmelte: „Hätten wir doch nur geredet!"

Swantje Feinweber ließ sich den Laptop und die Zugangsdaten mitgeben. Dann verabschiedeten wir uns.

Diana Möbius begleitete uns zur Tür, wo ich kurz innehielt.

„Eine Frage habe ich noch, Frau Möbius: Wie schätzen Sie ihren Mann ein? Sie haben seine Qualitäten hoch gelobt. Gleichzeitig hat er es geschafft, Ihnen etwas vorzumachen. Für uns ist es, wie Sie sich denken können, wichtig einzuschätzen, wie glaubwürdig er ist."

Sie zog unwillig die Augenbrauen zusammen und sah mir forschend in die Augen. „Was glauben Sie? Erwarten Sie, dass ich meinen Mann belaste, nur weil ich wegen dieser Kampmanngeschichte enttäuscht bin? Er ist Werbetexter, kreativ und so, kann sich in Konzepte und Produkte hineindenken und diese im besten Licht erscheinen lassen. Aber er ist kein Mörder! Und nach dem Vorfall am Wehr hatte er keine Zeit, sich eine kreative Story auszudenken."

Aber in den Tagen darauf schon, schoss es mir durch den Kopf. Ich nickte und verabschiedete mich.

„Was hältst du von ihr?" Swantje sah mich prüfend an.

Ich kniff die Lippen zusammen. „Weiß ich noch nicht."

Als wir den Vorgarten verließen, bemerkte Swantje einen korpulenten Mann in weißem Unterhemd und Shorts, der schon das Rentenalter erreicht haben mochte. Er gab sich Mühe, den Anschein zu erwecken, irgendetwas an seiner Hecke zutun zu haben, sah aber immer wieder interessiert zu uns hinüber.

„Komm!" Die Kollegin stupste mich an und grinste. „Zeit für die Niederungen polizeilicher Ermittlungsarbeit." Sie zog einen Notizblock und einen Stift aus der Jacke und sah mich auffordernd an.

Dann hielt sie kurz inne. „Ist doch okay, wenn wir uns duzen, oder?"

Ich verzog den Mund zu einem Lächeln und nickte. „Haben wir das nicht schon?"

Swantje lächelte zurück und schlenderte zu dem möglichen Zeugen hinüber.

Ich sah die Straße hinauf und wieder hinab, sah die Häuser mit ihren akkurat gestutzten grünen Hecken, seufzte, wandte mich einem anderen Nachbarhaus zu und klingelte. Als die Tür sich öffnete, zückte ich meinen Ausweis: „Massen, Kriminalpolizei Celle. Ich hätte da ein paar Fragen zu einem Vorfall von vor zwei Wochen."

Die nächste Stunde würde schonmal nicht langweilig werden.

Hurdlic

Am Nachmittag setzten wir uns in Wöhlers Büro zusammen. Die gläserne Tafel war gespickt mit den Fotos, den auf das Glas gemalten Verbindungspfeilen und Zetteln mit den maßgeblichen Aussagen.

Wir hatten die Bankdaten aus Diana Möbius' Rechner, die keine verdächtigen Zahlungen aufwiesen, eine mit der Aussage des mutmaßlichen Anstifters kongruente Einlassung seiner Frau und Eindrücke von ihr, die keinen Verdacht nahelegten, sie habe uns etwas vorgespielt.

Es hatte sich, soweit Christian Hafernagel mit seinen Ermittlungen war, bisher kein weiteres Konto gefunden, von dem aus Möbius den Killer hätte bezahlen können. Dasselbe galt für Konten der Better-Slogan, auf die Möbius in seiner Funktion als Texter ohnehin keinen Zugriff über ein überschaubares Budget hinaus hatte. Das für sich genommen musste dennoch nichts heißen, falls die Bezahlung für die Zeit nach dem in Auftrag gegebenen Mord vereinbart war. Deckung für einen hohen fünfstelligen Betrag, wie man ihn als Bezahlung für einen zweitklassigen Killer erwartete, fand sich nur auf einem Tagesgeldkonto. Das allein war indes nicht verdächtig.

Die Befragungen der Nachbarn waren, soweit Swantje und ich zu berichten wussten, unergiebig geblieben. Sie alle hatten nur die Verhaftung beobachtet. Die einzige verwertbare Beobachtung war die des Nachbarn gegenüber, dessen Neugier Swantje aufgefallen war. Er hatte zwei Wochen zuvor beobachtet, wie Gerd Möbius und Emil Markovic mit klatschnasser Kleidung aus Richtung des Wehrs kamen und der Tscheche, den der Nachbar auf einem Foto erkannt hatte, sich zu Fuß in Richtung Ortsmitte entfernt hatte.

Vieles sprach nach allem inzwischen dafür, dass die Geschichte unseres vermeintlichen Anstifters der Wahrheit entsprach. Auch die anderen Kollegen im Team der MoKo waren nicht mehr davon überzeugt, dass Gerd Möbius Anstifter des Mordes war. Und doch blieb er die einzige Verbindung von Markovic zu Beinlein.

Mit einem Schmunzeln dachte ich an das Möbius-band und die Verwirrung, die ich mit seiner Erwähnung verursacht hatte.

Bei der Staatsanwaltschaft war Möbius nach wie vor im Rennen. Der zuständige Staatsanwalt Schaller hatte Wöhler daher angewiesen, weiter im Umfeld Möbius zu ermitteln. Immerhin war sein Motiv nicht aus der Welt: Eifersucht.

„Mit den Befragungen der Kollegen sind wir bislang nicht fertig, aber fast allen Mitarbeitern in der Firma des Mordopfers war aufgefallen, dass Möbius in Eva Kamp-mann verknallt zu sein schien. Sie selbst hat inzwischen mit ihrer Aussage bestätigt, dass ihr die Avancen von Beinlein *und* Möbius nicht entgangen waren. Der Staatsanwalt bleibt daher vorerst bei seiner Linie Möbius, Markovic, Beinlein." Wöhler machte einen ver-kniffenen Mund. Deutlicher konnte er kaum zeigen, dass er die Spur für wenig Erfolg versprechend hielt.

„Ich habe Stenzel gebeten, für Farsin Almasur Poli-zeischutz bei der Staatsanwaltschaft zu beantragen. Solange Pavel Volaczek und Ernst Hurdlic dort draußen unterwegs sind, mache ich mir ehrlich gesagt Gedanken um seine Sicherheit."

Ich nickte. Nach meinem Dafürhalten ging von den beiden eine konkrete Gefahr aus, denkbar, dass diese nicht nur für Almasur bestand.

„Ich habe da eine Idee." Will Wöhler, Chris Hafer-nagel und Swantje Feinweber sahen mich aufmerksam an.

Ich hob in abwehrender Geste die Hände. „Wie gesagt, nur eine Idee. Bitte nicht gleich wieder stei-nigen, wenn Ihr die für abwegig haltet. Aber ich würde mir zu gerne den Nachtclub bei der Better-Slogan gegenüber ansehen."

Wöhlers linke Augenbraue zuckte in die Höhe und in seine Mundwinkel stahl sich ein Lächeln. „Und was hoffst du, dort zu finden?"

„Die beiden Kumpanen von Markovic, oder zumindest einen davon", antwortete ich.

„Du weißt aber schon, dass die Zimmer dort stundenweise bezahlt werden." Chris Hafernagel grinste anzüglich und blickte Beifall heischend in die Runde. Von Wöhler erntete er einen strengen Blick. „Na ja, ich meine ja nur", entschuldigte er sich. „Für Übernachtungen eignen sich solche Etablissements nicht."

Wöhler sah mich wieder an. „Intuition, oder was lässt dich an den Puff denken?"

„Für Intuition bist, das hat Stenzel ja angedeutet, du zuständig." Ich lächelte ihn mit einem gutmütigen Augenzwinkern an. „Ich denke da eher an das bisherige Umfeld der drei. In Hamburg sind sie auf dem Kiez zu Hause. Ich gehe deshalb davon aus, dass sie sich in solchen Läden wohlfühlen. Außerdem: Gleich und gleich gesellt sich gern - eine Weisheit von meiner Mutter." Ich lächelte. „Zuhälter, Kiezschläger und ein bisschen körperliche Nähe bei Prostituierten. Das würde doch passen.

„Das hast du wieder einmal trefflich formuliert. Gefällt mir jedenfalls besser als die Sache mit dem Möbiusband." Wöhler grinste flüchtig, schürzte die Lippen und dachte kurz nach.

„Da könnte was dran sein." Swantje gab mir recht.

Auch Wöhler nickte derweil. „Wir haben einen zweiten Nachtclub an der Blumlage. Von den anderen Bordellen nicht zu sprechen. Wenn Ihr alle mit dem Feierabend warten könnt, dann teilen wir uns in zwei Teams. Ich passe ein wenig auf unseren jungen Heißsporn auf und nehme Chris mit. Swantje und du, Petra, Ihr nehmt Euch das ‚Monsieur' gegenüber der Better-Slogan vor. Seid vorsichtig und vergesst Eure Waffen nicht!" Der Chef der MoKo wirkte ausnahmsweise einmal ernst. Er hob erneut die Hand, als ihm ein Gedanken kam. „Lasst

156

euch neue Wagen geben, die Herrschaften aus der einschlägigen Szene kennen inzwischen fast alle unsere Zivilfahrzeuge. Ich kläre mit dem Lagezentrum, ob notfalls Verstärkung, Sanis und Kollegen bereit sind, falls wir fündig werden und die Dinge eskalieren sollten."

Er schob seine Unterlagen zusammen. „Passt auf euch auf!"

Er wollte die Runde schon beschließen, als es klopfte und eine Kollegin in Uniform an der Tür erschien. „Hanna?", fragte Will. „Was gibt es?"

„Herr Almasur ist am Empfang. Bei ihm ist eingebrochen worden."

„Was?" Will sprang auf. „Ist ihm etwas passiert?" Er zwang sich erkennbar zur Ruhe.

„Nein, er ist gleich hergekommen, als er das aufgebrochene Schloss vorgefunden hat."

„Dann schicke bitte gleich ein paar Kollegen dahin! Sag ihnen, sie sollen vorsichtig sein, falls noch jemand in der Wohnung ist und auf Almasur wartet! Ach ja, für den Fall, dass noch jemand von der Spurensicherung da ist, nehmt die bitte gleich mit!"

Er winkte die Kollegin herein und klärte sie kurz über den Hintergrund seiner Befürchtungen auf, dass es sehr wahrscheinlich darum ging, Farsin Almasur als Zeugen aus dem Verkehr zu ziehen.

„Sollten wir nicht selbst gleich dahin fahren?" Chris gab sich erstaunt. „Möglich, dass wir die Jungs aus Tschechien gleich dort wegfangen können."

Swantje nickte. Sie hatte denselben Gedanken. Und auch ich wollte diesem ersten Impuls nachgeben.

Wöhler schüttelte den Kopf. „Die werden schon wieder abgezogen sein. Ehrlich gesagt glaube ich nicht, dass die dort auf Almasur warten. Ein Bruch am hellichten Tag, die kaputte Tür und der Krach, den das gemacht haben muss. Volaczek und Hurdlic müssen damit rechnen, dass die Polizei recht schnell aufkreuzt, auf jeden Fall eher als ihr Opfer. Die werden unseren Zeugen entweder woanders suchen, oder sich erst einmal wieder in ihre Verstecke zurückziehen."

Will suchte Einvernehmen in unseren Blicken und nickte uns zu. „Wir bleiben bei der geplanten Vorgehensweise!" Dann wandte er sich wieder der Kollegin in Uniform zu: „Hanna, wo du schon mal da bist. Bitte sorge schonmal für Verstärkung! Wir benötigen auch ein paar Kollegen im Lagezentrum. Ich schau da gleich vorbei."

Die Kollegin nickte und wandte sich zum Gehen.

Swantje Feinweber war ebenfalls aufgestanden. „Ich kenne ein paar Luden, die es nicht gern haben, wenn Staub aufgewirbelt wird. So etwas stört die Geschäfte. Dafür gibt es schon mal den einen oder anderen Tipp. Soll ich mich mal umhören? Auch ein paar von den Frauen, denen ich in der Vergangenheit helfen konnte, haben möglicherweise etwas mitgekriegt."

„Ja, kann ich mir vorstellen." Wöhler tippte nervös mit dem Zeigefinger gegen die Lippen. Er dachte kurz nach. „Ich bin mir nicht sicher, ob man die Sache damit abgekürzt kriegt." Er sah uns an.

„Nein, lass' mal!" Will hatte sich entschieden. „Wenn es schief läuft, quatscht jemand. Wir wollen das Wild schließlich nicht aufscheuchen. Du kannst dich danach noch umhören."

Er griff zum Telefon und sah uns an. „Ich sage unser aller Chef schonmal Bescheid, dass wir die Moko ab morgen aufstocken müssen. Wir werden allein mit unserem kleinen erlauchten Kreis nicht mehr klarkommen. Von wegen ‚klarer Fall mit Geständnis'. Lasst euch übrigens etwas Zeit! Ich muss Stenzel erst noch verklickern, dass wir eine Ad-hoc-Lage haben. Das dauert bis wir die zusätzlichen Kollegen für das Lagezentrum zusammengetrommelt haben." Ein Lächeln stahl sich in seine Mundwinkel. „Ich hoffe, dass der Chef um die Zeit kurz vor Feierabend in der Lage ist, eine Lage zu organisieren."

Ich zog die Brauen in gespieltem Erstaunen hoch.

Swantje rollte mit den Augen. „Ein typischer Wöhler.

Sogar beim Thema ‚Lage' hat er Sprüche auf Lager.

Ich grinste sie verschwörerisch an. „Für Schöngeister manchmal eine echte Notlage."

Will grinste breit. So mochte er es.

Dann wurde er übergangslos ernst. „Seid trotzdem vorsichtig! Die Tschechen sind gefährlich."

Er wählte Stenzels Nummer.

Eine halbe Stunde später waren wir auf dem Weg. Swantje hatte uns einen neuen Volvo besorgt. Wir waren auf dem Weg zum ‚Monsieur' gegenüber dem Tatort. Die Kollegin parkte hinter der Better-Slogan unweit des benachbarten Supermarktes. „Die paar Meter gehen wir zu Fuß. Dann bemerkt man uns nicht vorzeitig."

Wir passierten den weiterhin abgesperrten Tatort und gingen über die Itagstraße direkt zum Eingang des rosa gestrichenen Nachtclubs.

Swantje machte keine Umstände damit, dass es ungewöhnlich war, wenn zwei Frauen in einen Nacht-club wollten, und klingelte.

Ich schaute auf das dunkelblaue Schild neben der Tür und zupfte grinsend an ihrem Ärmel. Dort stand neben der in kess-tänzerisch stilisierten Silhouette einer Frau in lasziver Pose in weißen Lettern: ‚Alle Damen im Hause arbeiten selbständig und handeln auf eigene Rechnung.'

„Hat was von einem dieser großen Schlachthöfe", raunte ich ihr zu.

Swantje stutzte kurz und lachte laut auf.

„Du meinst die Fleischpreise?"

„Nee, Scheinselbständigkeit."

Swantje verzog ein wenig konsterniert die Mund-winkel. „Ach ja, wegen der Steuer. Und der Herr Lude muss sich ja auch vor etwaigen Ansprüchen unzufrie-dener Kunden schützen."

In dem Moment ging die Tür auf. Eine Frau mit dunk-ler Perücke, schwarzem Ledertop und Lederrock erschien im Eingang. Sie war geschätzt Mitte zwanzig und sah uns fragend an. Dann erkannte sie meine Kollegin. „Swantje, was gibt es?" Hatte sie im Moment noch genervt geschaut, so spielte gleich ein warmes Lächeln um ihre Lippen. „Ich nehme an, dass du uns nicht als Kundin besuchen kommst."

Die Kollegin räusperte sich in einem Anflug von Verlegenheit. „Auf die Idee bin ich bisher nicht gekommen. Aber, äh, nein. Wir sind dienstlich hier." Sie zog ihren Polizeiausweis und hielt ihn ihr hin. „Carla, komm doch eben einen Schritt heraus."

Die junge Frau trat vor die Tür und zog sie bis auf einen Spalt, durch den ein Rest roten Lichts fiel, hinter sich zu. „Was gibt es?"

„Wir suchen zwei Tschechen, Kiezschläger aus Hamburg. Sind die bei euch hier oder bei Kumpels von deinem", sie räuspert sich wieder, „Beschützer untergekrochen?"

Carla zog die Tür eine Spur dichter hinter sich zu und sah uns verschwörerisch an.

„Wenn ihr reinmüsst, dann bitte möglichst unauffällig."

„Ja, müssen wir", meldete ich mich zu Wort. „Gefahr im Verzug."

Die Prostituierte nickte. „Nach einem Durchsuchungsbeschluss zu fragen, hat dann scheinbar keinen Sinn." Sie sah uns eine Spur eindringlicher an. „Erster Stock links. Es ist nur einer von den beiden da. Hurdlic. Geht bitte zügig gleich zur Treppe. Mein Chef möchte keinen Tumult. Diskretion, ihr wisst schon." Sie zögerte kurz und fuhr dann ein wenig unschlüssig fort: „Und falls ihr das ohne Krawall hinkriegen solltet, geht bitte über die Feuertreppe und den Hinterhof hinaus. Die Tür zu der Treppe ist oben rechts."

Ich wandte mich mit dem Handy kurz ab und gab dem Lagezentrum Bescheid, dass wir offenbar fündig werden und Verstärkung brauchen. Dann nickte ich Swantje zu.

Carla öffnete die Tür und ließ uns hinein.

Im roten Widerschein der Lampen über den wenigen

Tischen gegenüber der Bar sahen wir nur eine Handvoll Männer.

„Feierabendverkehr", raunte Swantje mir grinsend zu.

Ich verzog nur säuerlich den Mund, schwankend zwischen Interesse und Angewidertsein. Wann kam man als Frau schon mal in den zweifelhaften Genuss solcher um Stil bemühten Armseligkeit.

Der Mann hinter der Bar sah uns finster an, als wir sogleich der Treppe zustrebten. Offenbar hatte er schon mitbekommen, dass an der Tür missliebiger Besuch war. Er ließ sich indes von Carla ablenken, die schnell zu ihm hinter den Tresen huschte und ihm den Stand der Dinge ins Ohr flüsterte. Hoffentlich warnte er Hurdlic nicht!

Schnellen Schrittes eilten wir die Treppe hinauf, zogen unsere Waffen und entsicherten sie. Linkerhand waren zwei Zimmer. Carla hatte nicht gesagt, in welchem der Separees Hurdlic sich aufhielt. Wir hatten fatalerweise nicht nachgefragt. Verlorene Zeit, in der wir Gefahr liefen, dass der Barmann zum Hörer greift.

Ich unterdrückte meinen Ärger. Wir verständigten uns schnell mit Blicken und Fingerzeigen und stellten uns mit angeschlagenen Pistolen neben die Türen. Ein Nicken und wir drückten die Klinken nieder und stürzten hinein. Mein Zimmer war dunkel und leer. Dafür hörte ich aus dem anderen Separee ein Stöhnen. Ein Mann tauchte in der Tür auf, als ich wieder auf den Flur eilte. Er rannte blitzschnell an der Treppe vorbei. Ehe ich die Chance bekam, ihn zu stoppen, kam schon Swantje aus dem Raum und rannte mich fast über den Haufen.

„Schneide ihm den Weg ab!", hörte ich und hastete im nächsten Moment schon die Treppe hinab. Ich ignorierte die Männer, die beunruhigt aufstanden und dem Ausgang zustrebten. Draußen kniff ich kurz die Augen zusammen, überwand aber schnell die Blendung durch das grelle Licht der tief stehenden Sonne. Ich wandte mich nach rechts und lief um die Ecke in den Hinterhof, der in tiefem Schatten lag. Ein paar Autos standen akkurat geparkt nebeneinander. Auf der Feuertreppe an der Rückseite des Hauses war niemand zu sehen. Aber ich hörte ich das Scheppern von Metall auf den Stufen. Eine Pistole fiel die Treppe hinab. Und dann hörte ich die Schläge und das dumpfe Stöhnen zweier Menschen, die aufeinander eindroschen. Ich stand schräg unter der metallenen Empore, die sich im ersten Stock an die Häuserwand anschloss. Swantje hatte den Tschechen offenbar gleich hinter der Fluchttür gestoppt. Die Waffe vor meinen Füßen war kein Polizeimodell. Sie hatte ihn demnach entwaffnet. Aber das war keine Beruhigung für mich. Schließlich hatte Hurdlic eine Einzelkämpferausbildung.

Da ich keine freie Sicht hatte, rannte ich die Stufen bis zum ersten Treppenabsatz hinauf, um der Kollegin zu helfen. Ich hatte kein freies Schussfeld und sah nur zwei Gestalten, die in schneller Folge aufeinander einschlugen. „Hurdlic", schrie ich. „Geben Sie auf! Sie sind verhaftet."

Mein Ruf zeigte keinerlei Wirkung. In den Kampf einzugreifen war von der Treppe aus schwierig.

„Hurdlic!" Ich gab einen Warnschuss senkrecht in die Luft ab. Der Tscheche hielt trotzdem nicht innen. Zu mehr als dem Warnschuss konnte ich die Waffe nicht einsetzen. Ich hätte die Kollegin gefährdet.

Die Empore bot kaum Bewegungsspielraum für die beiden Kämpfer. Ich steckte die Waffe daher wieder in die Gürteltasche und lief die nächsten Stufen hinauf.

Kurz bevor ich Hurdlic erreichte, sah ich, wie Swantje einen Hieb gegen ihren Kopf zur Seite ablenkte und den Tschechen mit einem Schlag beider Handflächen gegen die Schulter traf. Ihr Gegner strauchelte zurück, stieß mit der Hüfte gegen das Geländer und fiel rücklings über den Zaun des angrenzenden Industriebetriebes. Unter ihm türmte sich ein Stapel aus dicken Metallrohren auf. Geistesgegenwärtig versuchte er, sich im Sturz abzurollen. Sein Hosenbein verfing sich dabei im Stacheldraht, der den Drahtmattenzaun nach oben hin abschloss. Der Stoff riss und Hurdlic landete kopfüber auf dem Stapel.

Er zuckte kurz und blieb dann regungslos liegen.

Einen kurzen Moment lang vergewisserte ich mich, dass der Mann nicht floh. Aber er rührte sich nicht.

Dann nahm ich die letzten Stufen und beugte mich zu der Kollegin hinab, die sich erschöpft an das Geländer lehnte und um Luft rang. Blut lief über ihre rechte Wange. Ansonsten schien sie unverletzt zu sein.

Sie wehrte meine Hand ab, als ich mir ihre Wunde ansehen wollte. „Sieh zu, dass uns das Arschloch nicht doch noch abhaut!"

Mit abermaligem Blick durch das Geländer vergewisserte ich mich. „Der rührt sich nicht", beruhigte ich die Kollegin, die sich schnell wieder berappelte.

Hurdlics Körper bog sich über das oberste Rohr des Stapels. Der Rumpf sah seltsam verdreht aus. Sein Kopf war auf einem der tiefer liegenden Rohre aufgeschlagen. Blut sickerte aus den Haaren. Ich konnte auf die Entfernung nicht feststellen, ob der Mann atmete.

Schnell rief ich in der Einsatzzentrale an und orderte einen Rettungswagen. Ich teilte den Kollegen mit, dass sie Zugang zu dem Verdächtigen nur über das Grundstück des benachbarten Industriebetriebes bekamen. Aus den Augenwinkeln sah ich blau flackerndes Licht. Verstärkung war demnach schon in der Nähe postiert worden.

Ich sah weiter zu dem Tschechen hin und immer mal wieder zur Seite, um zu sehen, wie es Swantje erging. „Alles in Ordnung? Du hast den ja kräftig vermöbelt."

„Alles in Ordnung", bestätigte sie mürrisch. „Behalte du besser den Typen im Auge."

Abschätzig schürzte ich die Lippen und legte den Kopf schief. „Ich glaube, der macht sich nicht mehr aus dem Staub." Es klang schnoddrig. Schnoddriger als es meine Art war. Denn in Wahrheit war ich besorgt, ob der Mann überhaupt noch lebte.

Es dauerte nur Minuten bis Kollegen in Uniform und kurz darauf Sanitäter bei Hurdlic auftauchten. Während zwei der Kollegen die Sicherung mit gezogener Waffe übernahmen, bargen die Sanitäter den Tschechen. Der Notarzt untersuchte ihn und stellte seine Bemühungen bald ein.

„Und?", rief ich zu den Kollegen hinab.

Einer der Uniformierten wechselte ein paar Worte mit dem Arzt. Er suchte meinen Blick und schüttelte dann den Kopf.

Hurdlic war bei dem Sturz ums Leben gekommen. Ich nickte schmallippig.

Swantje richtete sich endgültig auf und stöhnte kurz. Dann sah sie zu dem Stapel hinab, auf den die Leiche ihres Gegners gestürzt war.

„Ich bin zu alt für diesen Scheiß." Sie versuchte ein säuerliches Lächeln, schüttelte den Kopf und stöhnte gleich wieder. „Wo hab' ich den Spruch nur her?"

„Bestimmt irgendein Ami-Krimi." Ich legte meinen Arm um sie und lächelte. Dann beugte ich mich über das Geländer und rief nach unten: „Frau Feinweber braucht einen Arzt. Kann mal jemand nach der Kollegin sehen!"

„Frau Massen!"

Ich suchte nach dem Rufer und fand einen Kollegen am Fuß des Rohrstapels. Das Namensschild war auf die Entfernung nicht zu erkennen. Ich kannte den jungen Polizeiobermeister aber vom Sehen.

Er hielt einen Gegenstand in die Höhe. Ich erkannte ein Handy.

„Das könnte von dem Mann dort stammen." Er deutete auf Hurdlic, der soeben auf eine Trage gehoben wurde. Der Kollege zog eine Plastiktüte aus der Tasche und ließ das Handy hineingleiten.

War es das Smartphone, das der Wachmann Almasur in der Hand des Mannes gesehen hatte, der offenbar die Tat gefilmt hatte?

Ich sah Swantje aufmuntert an. „Ich glaube, dein Einsatz hat sich gelohnt."

Van Leuten

„Meine Güte, das hättest du sehen sollen. Swantje hat den Typ dermaßen vermöbelt. Ich wusste gar nicht, dass sie derart zu kämpfen versteht. Und ein paar Jährchen älter als wir ist sie schließlich auch." Ich sah Will Beifall heischend an. „Zudem hatte Hurdlic eine monatelange Ausbildung zum Elitesoldaten hinter sich."

Wir hatten uns auf dem Weg zum MoKo-Raum getroffen, wo die Mordkommissionen regelmäßig tagten, jedenfalls wenn sie in größerer Zusammensetzung konferierten, so wie Wöhler das für heute angekündigt hatte.

„Swantje war mal Niedersachsenmeisterin im Taekwondo. Die letzten Jahre hat sie auf Thai-Boxen umgesattelt."

„Echt?" Ich war ehrlich erstaunt. Die Geschichten, die sich hinter manchen Kollegen verbargen, überraschten mich immer wieder..

„Man sieht ihr das nicht an, aber sie hat es echt drauf, sage ich dir." Begeisterung schwang in seiner Stimme mit. Dann sah er etwas düsterer drein. „Darauf ist sie in ihrem Ressort Gewaltkriminalität leider gelegentlich angewiesen. Da draußen sind viele solcher Typen, denen sie gelegentlich den Schneid abkaufen muss."

Ich nickte versonnen. „Sie ist ernst, manchmal gar verschlossen. Aber ich habe sie in den letzten Tagen als feinen Menschen kennengelernt."

„Heißt ja auch Feinweber, nicht Grobweber." Will grinste schmal.

Ich lachte auf. „Hast mal wieder ‚nen Clown gefrühstückt, was. Obwohl, *der* war unter deinem Niveau."

„Welches Niveau?" Er grinste selbstgefällig.

Wir trabten schnellen Schrittes die kleine Treppe im Verbindungsflur zum hinteren Gebäudetrakt hinab, wo sich nur wenige Türen hinter dem MoKo-Raum das Lagezentrum fand.

Unser Gefrotzel täuschte nur unvollkommen darüber hinweg, dass uns der Vorfall vom Abend zuvor an die Nieren gegangen war.

Ich hatte die Idee zu diesem Einsatz aufgebracht und Swantje am Ende nur wenig zu helfen vermocht. Umso größer war die Erleichterung, dass ihr bis auf ein paar Kratzer und einer Prellung an der Hüfte kaum etwas passiert war.

Will sah meinen plötzlich ernst gewordenen Blick und hielt vor der Ecke am Flur zum MoKo-Raum an. „Mach' dir keinen Kopf, Petra! Mit solchen Leuten auf der Gegenseite müssen wir halt auf alles gefasst sein. Und Swantje ist die Letzte, der das nicht bewusst wäre."

In einem ersten Reflex wollte ich gegen die Belehrung aufbegehren. Schließlich war ich schon etliche Jahre im Job. Ich besann mich aber schnell. Will ging es erkennbar darum, dass ich mir nichts vorwarf.

Gleichzeitig machte er deutlich, dass es bislang keinen Grund für irgendwelche Erleichterung gab. Nach wie vor war Volaczek auf freiem Fuß.

Wir erreichten den MoKo-Raum, wo sich schon Kollegen vor der Tür tummelten. Das Stimmengewirr signalisierte gespannte Erwartung.

Der lichtdurchflutete Moko-Raum mit seiner breiten Fensterfront und dem langen Konferenztisch füllte sich schnell. Die annähernd zwanzig Stühle waren bald besetzt und Will als Chef der Mordkommission strebte an den Kollegen vorbei zur schmalen Stirnseite des Raumes, den ein großer, unter der Decke aufgehängter Bildschirm dominierte.

Er warf die Unterlagen, die er unter den Arm geklemmt hatte, klatschend auf den Tisch und hatte damit sogleich die Aufmerksamkeit aller Anwesenden.

Wöhler ließ seinen Blick über die Mitglieder schweifen und nickte einigen Kollegen und Kolleginnen zu. Es waren sowohl uniformierte Männer und Frauen vom ESD, dem Einsatz- und Streifendienst dabei, wie auch zwei von der Spurensicherung, die ich vom Tatort her kannte. Der Rest der Mannschaft rekrutierte sich aus dem ZKD, dem Zentralen Kriminaldienst. Wöhler und Stenzel hatten ganze Arbeit geleistet. Ich hätte nicht gedacht, dass sie so schnell eine Mannschaft zusammengestellt bekamen.

„Ich freue mich, dass wir die nächsten Wochen zusammenarbeiten werden." Will kam gleich zur Sache. „Soweit Ihr nicht ohnehin schon über den Flurfunk von dem Mord und dem einen oder anderen Detail erfahren habt, findet Ihr alles vor euch auf dem Tisch. Der Grund, warum wir jetzt in großer Runde an die Sache herangehen, liegt darin, dass wir nicht mehr von einem schnell aufgeklärten Mord nebst Geständnis auszugehen haben, sondern es mit einem Auftragsmord mit unbekanntem Anstifter zu tun haben. Markovic, der Mörder, hat zwar einen Auftraggeber benannt und der StA scheint das zunächst auszureichen. Es haben sich aber einige Zweifel ergeben, ob wir den Richtigen am Wickel haben."

Will ließ die Worte kurz sacken. Als das aufgekommene Gemurmel sich wieder legte, fuhr er fort: „Außerdem wurde gestern ein Zeuge bedroht. Einer der beiden mutmaßlichen Mittäter läuft nach wie vor da draußen herum."

Sein Blick ging in die Runde. „Nach dem Vorfall gestern, von dem Ihr alle schon gehört habt, müssen wir bei dem verbleibenden Mittäter Volaczek von einem hohen Gefährdungspotenzial ausgehen."

Ich wartete ungeduldig darauf, dass Wöhler oder einer der Kollegen von der Spurensicherung auf das aufgefundene Handy zu sprechen kam.

Zuvor aber skizzierte Will für die vielen Neuen in der Mordkommission die Besonderheiten des unübersichtlich gewordenen Falles.

Es verging etwas Zeit, in der er auf eine Reihe von Details einging und dazu Bilder von Personen und Beweismitteln auf dem Bildschirm zeigte. Alles Dinge, die mir bereits bekannt waren.

Dann endlich erteilte er Karsten Gehlen das Wort, dem Kollegen von der Spurensicherung, der sich um das bei Hurdlic aufgefundene Smartphone gekümmert hat. Gehlen stand auf und hielt das Handy in einer Klarsichthülle in die Höhe.

„Wir haben hier ein fein säuberlich von allen Spuren befreites Smartphone einer hochwertigen und gängigen Marke. ‚Von Spuren befreit' heißt in diesem Fall nicht nur äußere Spuren, sondern Daten: Adressen, Chatverläufe, Surfspuren, Dateien et cetera. Da hat sich jemand große Mühe gegeben ..." Der stämmige Kollege machte einen schmalen Mund. „ ...und leider überaus professionell gearbeitet. Fast möchte man meinen, das Handy sei bislang nicht benutzt worden."

„Keine Speicherreste, die man wieder herstellen kann?", fragte Wöhler.

„Nein! Bis auf eine Ausnahme. Wie gesagt, da hat jemand verdammt professionell gearbeitet. Man kann nur nachvollziehen, *dass* es benutzt worden ist."

„Was für eine Ausnahme"?, fragte ich ungeduldig.

Gehlen griff nach der Fernbedienung und startete einen Film auf dem großen Bildschirm. „Diese Ausnahme." Er setzte sich. „Ein Film, der offenbar gesichert bleiben sollte.

Der Film zeigte den Fahrradstand vor der Better-Slogan. Ich hörte, wie einige der Kollegen vernehmbar einatmeten und gespannt die Luft anzuhalten schienen.

Ich spürte, wie mir kurz der Brustkorb eng wurde. Man konnte Beinlein erkennen, wie er leichtfüßig die Treppe vor dem Ausgang hinabsprang und sich über sein Fahrrad beugte. Man sah Markovic im Bildrand auftauchen, sah, wie er sein Messer zog, sich über Beinlein beugte und ihn von hinten umfasste. Man sah, wie er das Messer in einem Bogen um den Brustkorb herumführte und es ihm mit einem Ruck ins Herz stieß. Ich sah, wie er Beinlein mit der anderen Hand den Mund zuhielt, das Messer so fest gegen die Brust presste, dass sein Opfer ihm nicht entglitt. Ich sah, wie der Sterbende zuckte und um sich zu schlagen versuchte. Es war in hoher Bildqualität zu erkennen, wie Beinleins Bewegungen kraftloser wurden, wie der Mörder sich auf die Knie niedersinken ließ, Beinlein dabei weiter festhielt, am Ende das Messer in der Wunde drehte und ein letzter Blutschwall Markovics Kleidung mit Blut durchtränkte.

Ich hatte das Gefühl, dass niemand im Raum atmete, als eine gefühlte Ewigkeit zu sehen war, wie der Tscheche sein Opfer fast zärtlich im Arm hielt und mit innig geschlossenen Augen dem weichenden Leben nachzuspüren schien. Am Ende war zu sehen, wie ein Schwenk nach unten kurz den Asphalt zeigte und der Film abrupt endete.

Mir wurde übel. Ich schluckte und hielt eine Sekunde lang die Augen fest geschlossen. Dann fing ich mich wieder und bezwang das Entsetzen. Ich sah in die Runde und spürte die betroffene Stille im Raum.

Wöhler räusperte sich vernehmlich und zog damit wieder die Aufmerksamkeit auf sich.

„Wir wissen nicht, ob Hurdlic diesen Film gedreht hat, um damit spätere Auftraggeber zu beeindrucken, ob das Trio schlicht mit dem Video anzugeben vorhatte, oder Markovic diese Aufnahme für etwaige ... ich sage mal ‚spezielle Bedürfnisse‘ allein für sich haben wollte."

Er sah mich fragend an. „Ich denke, Frau Massen wird uns etwas dazu sagen können."

Er nickte mir zu. „Petra?", forderte er mich auf, eine erste Stellungnahme abzugeben.

Und ich trug den Anwesenden meine bisherige Einschätzung Markovics vor, dessen mutmaßlichen krankhaften Narzissmus, seine Gefährlichkeit und die Art wie er meiner Überzeugung nach dachte.

Wöhler übernahm wieder das Wort und versah die neuen Mitglieder der MoKo mit den weiteren bisherigen Erkenntnissen und unseren Theorien zu möglichen Motiven des tschechischen Trios.

Zu guter Letzt kam er auf Möbius zu sprechen. Er

legte dar, was dafür sprach, dass er als Anstifter Markovics in Betracht kam, und was dies wiederum infrage stellte.

„Wir haben nach allem einiges an Arbeit vor uns, um den Anstifter zu finden, und Schaller, unser zuständiger Staatsanwalt, erwartet ein schnelles Ergebnis, um den Fall aus den Medien herauszuhalten."

Die Aufgaben waren verteilt.

Ich machte mich noch am Vormittag zusammen mit Chris Hafernagel auf zum Haus der Familie van Leuten.

Wir nahmen den Wagen, den Chris sich für die Verhaftung Möbius' hat geben lassen, ebenfalls ein kleinerer Volvo, wie schon Swantjes tags zuvor. Offenbar hat das Land Niedersachsen sich entschieden, der Kriminalpolizei ab und an andere als Volkswagen zur Verfügung zu stellen, damit sich die Celler Halbwelt nicht allzu verlässlich auf den Fuhrpark der örtlichen Kripo einstellte. Die spezielle Klientel, mit der es die Kriminalpolizei immer wieder zutun hatte, bekam regelmäßig recht schnell mit, welche Pkw die Polizei zur Zeit nutzte. Dann war es wieder an der Zeit, neue Fahrzeuge in Dienst zu nehmen.

Ich sollte mal vorschlagen, Fahrräder für Dienstfahrten anzuschaffen, überlegte ich süffisant. *Das wäre erheblich preiswerter für die öffentliche Hand.*

„Was?", fragte Chris mich irritiert, als wir einstiegen. Und ich bemerkte, dass ich die letzten Worte offenbar halblaut gemurmelt hatte.

Wie selbstverständlich setzte Chris sich ans Steuer.

„Nichts." Ich lächelte den jungen Kollegen mit abwesendem Blick an. „Lass uns losfahren! Mal sehen, was van Leuten weiß und wie er Möbius einschätzt."

Für die Fahrt benötigten wir nur ein paar Minuten. Vorbei am Congresszentrum, über den Thaerplatz mit dem gleichnamigen Denkmal des Agrarwissenschaftlers aus der Zeit der Aufklärung hinweg erreichten wir die Mühlenstraße. Im weiten Bogen führte uns die

Straße um die historische Altstadt mit ihren malerischen Fachwerkhäusern und mit Blick auf das prächtig im Sonnenlicht auf dem Schlosshügel residierende Schloss herum, das für einige hundert Meter die Kulisse zur Innenstadt hin beherrschte. Linkerhand fanden sich große Backsteinvillen mit alteingesessenen Anwaltskanzleien, darunter nicht wenige Strafverteidiger, die uns oft das Leben schwer machten.

Vor der Allerbrücke bogen wir nach rechts ab in die Fritzenwiese, wo sich außerhalb der Altstadt mondäne Stadthäuser aus jüngerer Zeit fanden.

Van Leutens Villa lag Linkerhand direkt am Allerufer. Schon vor dem Ziel hielten wir nach einem Parkplatz Ausschau, was so nah der Innenstadt allerdings illusorisch war.

Chris zeigte sich schon nach wenigen Metern genervt. „Hier kriegt man nie einen Parkplatz."

„Ich sag' ja: Dienstfahrräder. Zumindest für die Innenstadt wäre das mal ‚ne Maßnahme."

„Ach ja, du fährst ja immer Rad. Bist du so eine Öko-Tante?" Er sah mich skeptisch von der Seite an.

Ich fragte mich, wie ein so junger Mann es schaffte, ein so unflottes Weltbild mit sich herumzutragen.

„Danke für das Kompliment." Ich überging die ohnehin rhetorisch gemeinte Frage und lachte entspannt.

Zum Glück war die Zufahrt zum Grundstück der Familie van Leuten offen. Chris lenkte den Wagen durch das Tor und parkte neben der Garage.

„Kleine Firma, große Hütte", versuchte Chris ein flapsiges Bonmot, um nicht zu zeigen, dass ihn das moderne Architektenhaus mit dem dahinter erkennbaren Bootsanleger beeindruckte.

Ich klingelte. Nur wenige Sekunden später zeigte sich ein Schatten im mattierten Glassegment neben der Tür. Als sie sich öffnete, erkannte ich den vorlauten Teenager aus Bärbels Schulklasse.

Der Junge sah mich überrascht an.

„Frau Massen?"

„Ah, der junge Mann mit den vielen Fragen - und der ‚Zicke‘. Dann brauche ich ja den Polizeiausweis nicht zu zücken." Ich deutete auf meinen Kollegen. „Das ist Oberkommissar Hafernagel." Ich verschränkte bedächtig die Hände vor dem Gürtel. „Sind deine Eltern da?"

„In der Schule waren wir per Sie." Er grinste mich an. „Aber ist schon okay." Er trat beiseite. „Kommen Sie herein!"

Apropos, hast du keinen Unterricht?"

Er zog nur die Braue hoch und bemühte sich um eine coole Pose. Ich fragte nicht weiter nach.

Als er die Tür hinter uns schloss und den Windfang zum Flur öffnete, rief er laut durchs Haus: „Mama, Papa, die Kriminalpolizei." Dann wandte er sich zur Treppe neben dem Eingang. Als er fast oben war, drehte er sich nach uns um. „Es geht um den toten Chef meines Vaters, nicht wahr." Dann grinste er schelmisch. „Wenn Sie aber stattdessen zu mir wollen: Ich bin oben." Er wandte sich ab und verschwand.

Doch ein netter Kerl, dachte ich.

Am anderen Ende des Flurs öffnete sich die Tür zum Wohnzimmer und van Leuten zeigte sich mit einem auffordernden Lächeln.

„Kommen Sie! Kommen Sie!" Er winkte uns zu sich.

Van Leuten war groß, fast massig, und trug einen auffälligen hellblauen Anzug mit weißem Hemd und offenem Kragen. Wir näherten uns ihm über den geräumigen Flur, vorbei an der Küche und der Garderobe, und folgten der einladenden Geste in das mit wuchtigen hellen Ledermöbeln überfrachtete Wohnzimmer. Zwischen grellen Keith-Haring-Repros an der Wand rechts und dem Blick in den Garten durch zwei Fenster zur Linken dominierte das Panorama auf die Aller den ersten Eindruck schon beim Eintreten. Durch das riesige Fenster hatte man eine herrliche Aussicht auf den Fluss, eine Idylle, die man so nah dem Trubel der Stadt und der Ausfallstraße an der Allerbrücke nicht erwartete. Man sah auf die fast still ruhende Fläche des

Flusses mit den Weiden, dem kleinen Bootsanleger und dem jenseitigen Ufer mit dem Allgemeinen Krankenhaus auf dem ansteigenden Gelände des Harburger Bergs.

Dort am Fenster stand Frau van Leuten. Sie sah uns überheblich und sichtlich wenig erfreut an. Ein angedeutetes Nicken signalisierte, dass sie uns zur Kenntnis nahm. Dann wandte sie sich dem Ausblick auf die Aller zu. Von ihr hatten wir bis auf den Blick auf die blondierten Haare und das cremefarbene Sommerkleid offenbar nichts zu erwarten.

Langweiliger Prunk und gelangweilte Menschen war mein erster Eindruck.

Pete van Leuten wandte sich uns mit bemühtem Lächeln zu. „Sie haben an meine Frau vermutlich keine Fragen." Er nickte ihr ernst zu. „Gehen wir in den Garten!"

Wir traten durch eine Glastür hinaus auf eine Terrasse aus polierten alten Holzbohlen. Im Hinausgehen bemerkte ich, wie ein Blick mich streifte und die Herrin des Hauses mich skeptisch taxierte.

Gelangweilte Menschen und verletzte Seelen.
Wusste sie inzwischen von dem Gegockele um Eva Kampmann und fragte sich, welche Rolle ihr Mann dabei spielte?

Wir nahmen auf Mahagoni-Deckchairs Platz.

„Etwas zu trinken?" Van Leuten lächelte gewinnend.

„Danke, nein", antwortete ich und auch Hafernagel winkte ab. „Wir ermitteln im Mordfall Siegmar Beinlein und haben ein paar Fragen, wie Sie sich vielleicht denken können."

„Ja, natürlich, schießen Sie los!"

Chris wandte sich ihm zu und räusperte sich. „Sie haben Möbius recht spät angerufen und von dem Mord berichtet, wie wir hörten. Welche Gründe gab es dafür?"

Van Leuten lupfte eine Augenbraue. „Ich hatte eine Telefonliste geschrieben. Gerd zu verständigen, war nicht wichtig, weil er sich im Urlaub befand. Außerdem war die allgemeine Denke wohl die, dass man jemanden im Urlaub nicht stört." Er zuckte leichthin mit den Schultern.

Chris nickte. „Gibt es aus Ihrer Sicht jemanden, der ein Interesse am Tod Ihres Chefs haben könnte?"

Van Leutens gewinnendes Lächeln gefror einen Sekundenbruchteil lang. Die leuchtend blauen Augen unter den blonden Brauen verloren kurz den heiteren Glanz und er strich sich mit der Rechten über die in Wellen gegelte blonde Haarpracht. „Siegmar war beliebt. Niemand hat, entschuldigen Sie, *hatte* ein Interesse daran, den Chef umzubringen. Das gilt auch für Möbius. Gerd ist übrigens ein feiner Kerl. Die Sache mit Eva war knifflig für die beiden. Aber Gerd ist eher der nachgiebige Typ und Siegmar mehr der toughe, einer der sich holt, was er haben will." Er lehnte sich wieder zurück und verfiel erneut in das lauernd-listige Lächeln, das ich schon so oft bei Verkäufern und Marketingtypen beobachtet hatte - und nicht mochte. „Aber klar, Gerd wird das nicht gepasst haben. Trotzdem, ein Mord? Im Leben nicht. Nicht Gerd Möbius."

„Gibt es sonst jemanden in der Firma, oder im geschäftlichen Umfeld, dem Beinlein im Wege stand?", wechselte ich das Thema.

Seine Miene hellte sich übertrieben auf, als er sich mir zuwandte und mich aufmerksam maß.

Krieg jetzt bloß keine feuchten Mundwinkel!

Der Mann war mir dermaßen unsympathisch.

„Nein, auch da muss ich passen", antwortete er. „Die Auftragslage war vielversprechend, die Kunden zufrieden. Nichts, was irgendwen gegen Siegmar aufgebracht hätte." Er rieb sich selbstgefällig die Hände. „So vielversprechend, dass ich mich in die Firma eingekauft habe. Das heißt, die Sache ist nicht offiziell, bisher ist nichts unterschrieben. Aber ich habe schon die Mittel liquide gemacht, die ich mit Siegmar vereinbart hatte, um in die Firma einzusteigen." Er sah indigniert drein und macht einen schmalen Mund. „Aber das liegt ja nun alles auf Eis."

„Sie kennen den Ermordeten privat näher?"

„Klar, wir sind Kumpel. So." Er hakte die Zeigefinger umeinander. „Er der Geschäftsmann, ich der Marketingmensch. Das passte geschäftlich, aber eben halt auch persönlich alles sehr gut zusammen. Wir lagen auf einer Wellenlänge. Was liegt in so einem Fall näher, als das Zeug zusammenzuschmeißen?"

„Und jetzt?", hakte Chris nach.

„Jetzt?" Er holte tief Luft. „Jetzt müssen Anwälte klären, wer möglicherweise außer seiner Frau Erbe ist und welche Möglichkeiten ich habe, die Firma zu übernehmen. Allem Anschein nach muss ich Frau Beinlein etwas Zeit geben und dann halt mit ihr verhandeln."

„Das Geld für den Kauf der Firma ist da?"

„Ja, das ist kein Problem. Ich bin durch mein Elternhaus bestens versorgt. Mein Vater war Kaufmann in Rotterdam und hat mir sein Vermögen hinterlassen. Das ermöglichte mir den Kauf des Hauses an dieser netten Stelle. Wir Holländer leben gern am Wasser." Er lächelte eine Spur zu selbstgefällig, während er eine umfassende Geste in Richtung Haus und Anleger vollführte. „Er hat immer gesagt, ich wäre kein Geschäftsmann, niemand für die Bücher, aber ich könne mit Menschen umgehen und geschickt verhandeln. So bin ich beim Marketing und der Akquise gelandet."

Er nickte bedächtig. „So ist das, Pardon, so *war* das mit mir und Siegmar."

Er stand behäbig auf und präsentierte sich, wieder die Hände reibend, in all seiner Wuchtigkeit. „Kann ich Ihnen mit weiteren Informationen helfen?"

Ich blieb sitzen und sah Chris fragend an. Er nickte.

„Wie schätzen Sie Gerd Möbius ein?" Über die mögliche Anstiftung hatten wir bislang gar nicht gesprochen. Ich fixierte van Leuten, der irritiert überlegte, ob er sich wieder setzen sollte, und war auf seine Reaktion gespannt.

„Möbius?" Er blieb stehen und lächelte geringschätzig. „Möbius ist ein blendender Texter. Ihm fallen zu jedem Kunden passende Werbestrategien ein. Gleich welches Szenario, er hat die passenden Frames, Narrative, knackige und eingängige Texte sowie Bilder parat, wenn Sie wissen, was ich meine. Das passt immer zusammen. An seinem Platz könnte ich mir niemand Besseren vorstellen. Aber mit Beinleins Tod hat er nichts zu tun. Möbius geht ganz und gar in seiner Arbeit auf und in der kleinen Welt dort draußen in Wolthausen. Ein Urlaub ab und an. Ach ja, und der BMW. Er hat sich jetzt mal 'nen netten Wagen gegönnt. Damit ist er zufrieden."

„Und die Sache mit Frau Kampmann?", hakte Chris nach.

Unser Gastgeber winkte ab. „Schwärmerei, wenn Sie mich fragen. Er wusste sofort, dass er gegen Siegmar nicht die geringste Chance hatte. Möbius kennt seinen Platz. Er schaut gern mal auf die nächste Stufe und erträumt sich das Eine oder Andere. Mehr aber auch nicht. Nein, Möbius geht nicht so weit. Ganz sicher nicht!"

Ich nickte. Dann standen wir beide ebenfalls auf.

Mein Blick fiel dabei auf das Fenster über uns. Dort stand van Leutens Sohn und schaute offenbar konzentriert zu uns herab. Er hatte uns, wie es schien, zugesehen und die Vernehmung seines Vaters mitgehört. Ich sah ihn fragend an. Der Junge hob in hilfloser Geste die Schultern. Im nächsten Moment gewahrte ich eine Hand, die das Kippfenster schloss. Frau van Leuten erschien neben ihrem Sohn und zog ihn vom Fenster weg.

Der passt unser Besuch aber so'was von überhaupt nicht.

Unser Gastgeber hatte die kurze Szene ebenfalls beobachtet und quittierte sie mit schmalem Mund. Als ich Anstalten machte, den Weg durch das Wohnzimmer zu nehmen, winkte mich van Leuten zum Garten. „Wir können um das Haus herumgehen!"

Aus den Augenwinkeln bekam ich mit, dass das Wohnzimmer leer war.

Ich wandte mich um und folgte den beiden Männern über das Anwesen zur Garage, wo unser Wagen auf uns wartete.

Van Leuten verabschiedete uns mit knappen Worten, steckte beide Hände in die Hosentaschen und sah uns mit zusammengepressten Lippen nach, bis wir vom Grundstück fuhren. Dann erst ging er hinein.

Chris Hafernagel sah mich an. „Aalglatter Typ, dieser Holländer, nicht mal ein Dialekt ist herauszuhören. Scheißfreundlich und alles eine Spur zu perfekt. Keine Ahnung, ob ich dem Kerl trauen kann. Obwohl ja alles mit dem zusammenpasst, was wir bisher von Möbius und aus der Firma mitbekommen haben."

Ich nickte. „Geht mir genauso", bestätigte ich. Genau wie Chris hatte ich die wenigen Minuten des Gesprächs als zu dick aufgetragen eingeschätzt. Freundlich eingeseift und gedanklich exakt dort hingelenkt, wo er uns haben wollte. Alle sind nett zueinander. Und Möbius, der Verdächtige, wird gelobt und doch geschickt so beschrieben, dass er als gewiefter und effektiver Manipulator dasteht.

Mir fiel bei diesen Gedanken auf, dass Diana Möbius ihren Mann in gleicher Weise beschrieben hatte. Auch sie hatte ihren Mann in Schutz genommen und gleichzeitig subtil belastet.

„Fahr mal rechts ran, bitte!", bat ich meinen Kollegen, kaum dass er Gas gegeben hatte.

„Was ist? Willst du nochmal hin?"

„Erklär' ich dir gleich", erwiderte ich knapp. Gedanklich war ich bei van Leutens Sohn.

Chris hielt, ein wenig unkonventionell hinter einer der begrünten Ausbuchtungen des Gehweges, die sich hier in der Fritzenwiese zur Verkehrsberuhigung fanden. Ich nahm mein Handy und wählte Bärbels Nummer.

Meine Freundin hatte offenbar eine Freistunde. Sie nahm das Gespräch sofort an.

„Petra?" Sie war offensichtlich erstaunt, schon wieder von mir zu hören.

„Hallo Bärbel, ich störe nur kurz: Wie heißt dein vorlauter Schüler, van Leuten, mit Vornamen?"

„Jost. Wieso? Ist er dir so im Gedächtnis geblieben?" Ich hörte das Grinsen am anderen Ende der Leitung. „Oder hat er etwas ausgefressen?"

„Nicht wirklich. Ich muss trotzdem mit ihm reden. Hast du seine Handynummer?"

„Ja, es gibt eine Klassengruppe. Aber Nummern, die kann ich dir nicht geben. Wirst du sicher verstehen!"

Ich kniff die Lippen zusammen.

„Dann sei bitte so nett und schicke ihm eine Nachricht, dass ich ihn gleich auf der Pfennigbrücke treffen möchte."

„Jetzt bin ich aber ganz Ohr." Bärbel war erkennbar irritiert.

„Erkläre ich dir bei Gelegenheit", unterbrach ich sie. „Machst du es?"

„Ja, spricht ja nichts dagegen. Ich hoffe, Jost weiß etwas damit anzufangen."

„Du bist die Beste", unterband ich übertrieben überschwänglich weitere Nachfragen. „Ich erkläre dir beizeiten alles. Versprochen." Dann legte ich auf.

„Muss ich das verstehen?" Chris sah mich forschend an.

„Ich habe das Gefühl, dass der Junge mir irgendetwas sagen wollte." Mehr als diesen Eindruck konnte ich Chris nicht schildern.

„Psychologie? Intuition?" Die Skepsis sprang meinem jungen Kollegen regelrecht aus den Augen.

„Intuition", antwortete ich mit bemühter Gelassenheit.

„Intuition? War es nicht genau das, was Stenzel bei unserem Karl Wilhelm so gar nicht mochte?" Er grinste höhnisch.

Mehr als ein Grinsen bekam er ebenfalls nicht zur Antwort.

„Was soll der Junge uns denn sagen?"

Ich zuckte mit den Schultern. „Werd' ich sehen."

„Was soll's? Ich lass' dich hier raus. Sind eh nur ein paar Meter bis zur Pfennigbrücke."

Ich nickte ihm zu, stieg aus und beugte mich noch einmal zum Seitenfenster. „Du hast doch auch das Gefühl, dass da was nicht stimmt. Ich denke, der Junge hat etwas auf dem Herzen, was uns weiterhelfen kann."

Hafernagel hielt kurz inne. Auch ihm war die Szene am Fenster über uns aufgefallen. Er reckte den Daumen hoch. „Na gut. Ich warte hier auf dich."

Ich schlenderte die letzten Meter der Fritzenwiese entlang und ließ die Blicke über die hohen Zäune und das darüber wuchernde Grün schweifen.

Die Pfennigbrücke öffnete zur Linken den Blick auf die Aller mit der Dammaschwiese dahinter. Sie schwang sich hölzern und flach über das träge flie-ßende Wasser der Oberaller, das nur wenige Stein-würfe vom Stauwehr entfernt kaum Strömung aufwies.

Mehr Ruhe und Idylle so nahe der Innenstadt gab es nicht einmal im Schlosspark oder im Französischen Garten. Ich ließ mir Zeit für den kurzen Weg zur Mitte der Brücke. Hin und wieder überquerten ein paar Rad-fahrer die Verbindung der nördlichen Wohngebiete am Harburger Berg und dahinter zur Altstadt.

Rechterhand fand sich die Terrasse eines italie-nischen Restaurants, dahinter hölzerne Bootsschuppen mit Anlegern, an die sich schlanke Ruderboote für Wassersportler und breiteren Holzboote für Touristen reihten.

Ich liebte diesen malerischen Ausblick und die Ruhe des träge fließenden Flusses.

Kaum hatte ich mich in das braune Wasser unter mir vertieft, bemerkte ich Jost, der zögernd auf mich zukam.

Ich lächelte ihn abwartend an. Er schien sich einen Ruck zu geben. Seine Schritte wurden fester und raum-greifender. Als er mich erreichte, sah er mich wieder unsicherer werdend an.

„Sie wollen mich sprechen?"

Ich lehnte mich mit dem Oberarm an den hölzernen Lauf des Geländers und sah ihn aufmunternd an. „Ich hatte den Eindruck, dass *du* mir etwas sagen wolltest."

Er sah unstet an mir vorbei, erst zu den Häusern an der Fritzenwiese, so als wolle er herausfinden, ob er vom Garten des Elternhauses auf der Brücke zu sehen sei, dann zur anderen Seite mit dem Grün der Dammaschwiese. Ich ließ ihm Zeit, die richtigen Worte zu finden.

„Ist mein Dad in Schwierigkeiten?"

„Nein, wieso?", erwiderte ich ehrlich überrascht. Dann dachte ich an die merkwürdige Szene mit Jost und seiner Mutter am Fenster und daran, dass sein Vater es mit einem Mal erkennbar eilig hatte, uns loszuwerden. „Gibt es denn etwas, das ihn in Schwierigkeiten gebracht hat?"

Jost sah mich prüfend an. Er wirkte verunsichert, so komplett anders, als er sich im Unterricht präsentiert hatte. Zögernd setzte er an zu sprechen: „Sie hatten uns in Frau Rosenaus Stunde mit auf den Weg gegeben, dass wir immer nach den Motiven fragen sollen, um Menschen zu verstehen, um zu prüfen, ob wir manipuliert werden."

Ich nickte bestätigend und ließ ihn weiterreden, gespannt zu hören, was ihm auf den Nägeln brannte.

„Mein Vater hat Ihnen nicht alles gesagt", fuhr er fort.

„Den Eindruck hatte ich auch", erwiderte ich und machte einen schmalen Mund. Dann packte mich das schlechte Gewissen, denn es drängte sich schier auf, dass der Junge sich in einer Zwickmühle sah.

Ich suchte seinen Blick. „Du brauchst deinen Vater nicht zu belasten. Niemand macht dir einen Vorwurf, wenn du Dinge für dich behältst, die einen Verdacht auf ihn lenken könnten."

Er senkte den Blick und schüttelte den Kopf. Ich ertrug es kaum, den Kampf anzusehen, den er mit sich selbst ausfocht.

„Bevor du etwas sagst, muss ich dich offiziell darüber aufklären, dass du Verwandte nicht belasten *musst*. Die Strafprozessordnung ist insoweit eindeutig."

Er hob die Hand, um mich zu unterbrechen.

Ich fuhr trotzdem fort: „Ich verstehe, dass du offenbar etwas loswerden willst. Du solltest aber nichts sagen, was du später bereuen könntest."

Hörst du dir gelegentlich mal zu? Der Junge hat etwas zu erzählen, dass den Fall weiterzubringen geeignet ist.

Ich wischte den Gedanken beiseite. Natürlich musste ich Jost belehren. Und genauso quälte es mich zu sehen, wie er mit sich rang.

„Ist schon okay." Er hatte sich offenbar entschieden. „Nicht zu wissen, welche Rolle mein Vater in der Sache spielt, würde mich deutlich mehr quälen. Ich habe ihn und Mutter gebeten, mir zu sagen, was in der Firma los ist. Aber sie haben beide abgewunken. Dabei kriege ich laufend etwas mit, wenn mein Vater mit Leuten aus der Firma und Geschäftspartnern telefoniert. Ich bin ja nicht blöd. Hier ein Gesprächsfetzen mit seinem Chef, dort die vielen Anrufe der YourOptions aus Hannover. Mein Vater war überhaupt nicht dicke mit Beinlein, keine best Friends." Er hielt inne und sah mich prüfend an.

Ich zog die Augenbrauen hoch und tat erstaunt, obwohl ich überhaupt nicht überrascht war. Dass van Leuten uns belogen hatte, war nicht einmal Hafernagel verborgen geblieben.

„Was ist die YourOptions für eine Firma?", fragte ich.

„Eine Werbe- und Marketingfirma wie die Better-Slogan, nur deutlich größer. Mein Vater wollte sich bei Beinlein einkaufen. An der Stelle hat er nicht gelogen. Aber der wollte nicht. Dad war ziemlich stinkig, richtig wütend. Aber nicht so, dass er seinen Chef deswegen umbringen würde. Mein Alter ist da viel smarter." Er lächelte kurz säuerlich. „Er hat Kontakt mit der Konkurrenz in Hannover aufgenommen und denen aufgeschwatzt, dass die Better-Slogan ein guter Brocken für einen Firmenkauf wäre, 1A-Renommee, solider Kundenstamm, fähige Mitarbeiter und so. Sie wissen schon."

Ich wusste rein gar nichts und hörte elektrisiert zu. *Wenn das nicht eine fette Spur ist!*

„Jost", ich legte ihm meine Hand auf die Schulter und drückte sie sanft. „Ich verstehe, dass dich das umtreibt." Ich suchte wieder seinen Blick und sah ihm eindringlich in die Augen. „Das dein Vater meinem Kollegen und mir nicht die volle Wahrheit gesagt hat, kann alles und nichts bedeuten. Dass man uns geschäftliche Planungen nicht gern auf die Nase bindet, sind wir gewohnt. Dein Vater wollte in die Better-Slogan einsteigen und musste umdisponieren. Soweit sind die Motive deines alten Herrn klar. Samthandschuhe und offenes Visier sind nicht die gängigen Geschäftspraktiken. Auch an der Stelle musst du nicht das Schlimmste befürchten."

Ich hatte bei all den Beschwichtigungen kein gutes Gefühl. Andererseits mochte all das genauso stimmen, wie ich es dem Jungen erklärte. Aber was Jost erzählte, war eine Spur. Und ich war gespannt, was wir in der Richtung herausfinden würden.

Der Junge sah mich skeptisch an.

„Jost, ich danke dir, dass du mir das anvertraut hast. Ich verspreche dir, dass deine Eltern von unserem Gespräch nichts erfahren werden. In dem Fall, dass wir noch einmal mit deinem Dad reden müssen, sage ich ihm halt, dass wir durch die Ermittlungen auf die Sache mit der YourOptions gestoßen." Ich gab ihm einen sachten Knuff an die Schulter. „Du hast nichts falsch gemacht. Du bist erwachsen genug, dass du dich von deinem Vater nicht abwimmeln lassen musst. Sprich ihn noch einmal an und sag ihm, was du mitbekommen hast, dass du wissen musst, was dein Vater dir verheimlichen will, dass es nicht der richtige Weg ist, dich vom Fenster wegzuziehen. Dazu bist du zu erwachsen."

„Das haben Sie mitbekommen?"

„Dass du fast erwachsen bist?"

„Nein." Er rollte entnervt mit den Augen und vollführte eine wegwerfende Geste. „Das am Fenster."

Ich lächelte ihn wissend an und schwieg einen Moment lang. Als er nichts weiter von sich gab, fuhr ich fort: „Ich danke dir für dein Vertrauen. Ich werde es nicht enttäuschen."

„Schon okay", gab er zur Antwort. „Ich denke, ich sehe jetzt etwas klarer. Wie sagten Sie noch im Unterricht?"

„Schaut auf die Motive!" Ich lächelte ihn an.

Jost legt mit dem Finger auf mich an, schwang sich auf sein Skateboard, gab sich mit ein paar Tritten kräftig Anschwung und verschwand mit eleganten Schwüngen am anderen Ende der Pfennigbrücke.

Ich sah ihm ein paar Augenblicke lang versonnen nach und wandte mich dann entschlossen dem Ufer an der Fritzenwiese zu, wo mein Kollege auf mich wartete.

Wir waren schnell fertig geworden und wir hatten eine neue Spur!

Von Belang

Zurück im Waschbetonkoloss des Präsidiums suchten Chris und ich sofort unseren MoKo-Chef auf.

Wöhler hörte dem Bericht über die Vernehmung van Leutens aufmerksam zu und ließ sich von Chris bestätigen, dass nicht nur ich dem Holländer kein Wort glaubte.

„Ich hatte van Leuten schon als reinen Zeugen verbucht. Stellt sich die Frage, ob auch er ein Motiv hat und wir ihn als möglichen Anstifter in Betracht ziehen müssen. Die Kollegen hatten übrigens Vera Kampmann befragt. Danach sieht es nicht so aus, als wenn außer Möbius und dem Ermordeten weitere Nebenbuhler für Eifersuchtsszenarien in Betracht kommen. Nachdem, was Ihr herausgefunden habt, müssen wir ihn näher unter die Lupe nehmen. Bei möglichen wirtschaftlichen Zusammenhängen und Geldbewegungen sind wir nach wie vor am Anfang. Auf dem PC von Diana Möbius finden sich außer dem Kauf des BMW vor ein paar Wochen keine größeren Geldbewegungen. Das schließt nicht aus, dass weitere unbekannte Konten oder Depots bestehen. Insoweit sind wir bei der ‚Spur des Geldes' kaum weiter gekommen. Das gilt auch für die Konten der Better-Slogan. Heute Nachmittag treffe ich mich mit Staatsanwalt Schaller. Er will auf dem Laufenden sein, weil der Fall in der Öffentlichkeit offenbar Wogen schlägt. Stichwort ‚Messermord'."

„Gibt es von Seiten der Staatsanwaltschaft spezielle Weisungen?" Ich erwartete in der Richtung derzeit an sich nichts.

„Nein, bislang nicht." Wöhler machte einen schmalen Mund. „Das wird sich nach der Besprechung heute mutmaßlich ändern." Er fuhr sich mit der Hand durch die Haare. „Ich berufe die MoKo nach der Mittagspause noch einmal ein. Wir tragen zusammen, was wir bis dahin haben und verteilen die Aufgaben neu."

„Wir hatten uns heute Morgen erst zusammenge-
setzt", wandte Hafernagel ein.

„Ja, und wir haben neue Erkenntnisse, die für die
weiteren Ermittlungen von Belang sind." Wöhler sah
den Kollegen aufgebracht an.

*Ist im Stress, der Gute. Die Besprechung mit Schaller
steht ihm bevor.*

„Von Belang?" Chris grinste kess. Er schien wenig
eingeschüchtert zu sein. „Der Herr Staatsanwalt lässt
grüßen."

Ich runzelte die Stirn. Auf meinen fragenden Blick
ging jedoch keiner der beiden ein.

„Petra, schaffst du es, den Bericht über den Besuch
bei van Leuten und das Gespräch mit dem Jungen bis
dahin zu schreiben?"

Ich hob bestätigend die Hand.

„Chris, du fragst bitte bei den Kollegen, die das ganze
Material aus der Better-Slogan sichten, und der Kriminaltechnik nach, ob in den bislang beschlagnahmten
Unterlagen und Geräten irgendwelche Daten zu Telefonaten, Mails und Chats et cetera mit der YourOptions
zu finden sind."

„Geht klar", bestätigte Hafernagel. „Das wird aber
dauern. Bislang hatte niemand Anlass, gezielt nach
Kommunikation mit der Firma in Hannover zu suchen."

Wöhler warf ihm einen unwillig-finsteren Blick zu, auf
den hin der junge Kollege ebenfalls bestätigend die
Hand hob und sich wortlos auf den Weg machte.

Ich erhob mich und lächelte aufmunternd. „Mach dich
nicht verrückt. Wir haben eine neue Spur. Mehr kann
die StA nach kaum zwei Tagen nicht erwarten."

Den Bericht hatte ich bis zur Mittagspause fertig und
den Kollegen der MoKo auf den PC geschickt.

Wöhler hatte uns für 14 Uhr in den großen MoKo-
Raum einbestellt. Die Kollegen versammelten sich
pünktlich, auch wenn das Team nicht vollzählig
zusammenkam. Einige der Kolleginnen und Kollegen

waren noch immer mit Befragungen vor Ort beschäftigt.

Die bisherigen Vernehmungen der Mitarbeiter der Firma des Getöteten, soweit sie vorlagen, hatten nichts ergeben, bis auf die bekannte Annäherungsversuche Beinleins und Möbius' bei Eva Kampmann. Weitere zwischenmenschliche und geschäftlich bedingte Motive waren daraus nicht ersichtlich geworden.

Chris Hafernagels Bemühungen, Informationen aus Geschäftsunterlagen herauszufiltern, waren in der Kürze der Zeit ebenso ergebnislos geblieben.

Meinen Bericht zu van Leutens Vernehmung und zu den Hinweisen Josts hatten dagegen alle Anwesenden vorliegen.

Will teilte Teams für erneute Befragungen ein, die gezielt nach Kenntnissen der Kollegen aus der Better-Slogan hinsichtlich van Leutens Plänen forschen sollten.

„Folgen wir der Spur des Geldes!" Wöhler klatschte zuversichtlich in die Hände.

Nicht nur ich schmunzelte, weil Will uns diesen Klassiker nicht ersparte.

Es klopfte vernehmlich und die Tür öffnete sich im selben Moment, noch bevor der Chef der MoKo „herein" rufen konnte.

Ein recht schmaler, nicht allzu großer Mann mit weißem Haarwust um die braungebrannte Glatze herum betrat den MoKo-Raum ohne größeres Zögern. Ich schätzte ihn um die sechzig.

Nicht wenige der Kollegen versuchten – erfolglos - ein Stöhnen zu unterdrücken.

„Von Belang", raunte Swantje Feinweber mir zu.

„Was ist von Belang?", zischelte ich zurück.

Die Kollegin winkte ab, weil Wöhler bereits den Gast überschwänglich begrüßte.

„Oberstaatsanwalt Schaller." Er hob ein wenig zu theatralisch die Hände zur Begrüßung. „Kommen Sie gern herein. Wir haben sicher einen Stuhl übrig. Zur Not nehmen Sie meinen! Ich stehe eh die nächsten Minuten. Waren wir nicht gegen 15 Uhr miteinander verabredet?"

„Gewiss, Herr Wöhler", beeilte sich der Staatsanwalt, zu versichern. „Ich war in einer Besprechung mit Ihrem Behördenleiter. Herr Stenzel und ich sind früher fertig geworden. Ich habe mich daher kurzfristig entschlossen, Ihrem Treffen mit der MoKo beizuwohnen." Er nickte einer der Kolleginnen dankend zu, die ihm nahe des Kopfteils des Konferenztisches einen Stuhl anbot.

Wöhler lächelte bemüht.

„Dann freut es mich, dass ich einiges Neues zu berichten habe."

„Wenn es denn hoffentlich von Belang ist."

Wöhler straffte sich ob der unpassenden Bemerkung und berichtete vom Stand der bisherigen Ermittlungen.

Der Staatsanwalt nickte mehrmals, als es um Möbius und dessen Eifersuchtsmotiv ging. Ab dem Zeitpunkt, zu dem Will Wöhler auf die neue Spur im Zusammenhang mit van Leuten zu sprechen kam, furchte sich die Stirn des Gastes. Er sah den Leiter der MoKo skeptisch an.

„Gibt es da schon Konkreteres?", fragte er.

„Nein", erwiderte Wöhler, „Bislang nicht. Die Hinweise sind kaum zwei Stunden alt."

Der Staatsanwalt wiegte bedachtsam den Kopf vor und zurück. Die Sache schien ihm nicht zu passen. „Ich muss verständlicherweise wissen, ob die Erkenntnisse von Belang sind. Immerhin haben wir ein Geständnis des Mörders und einen mutmaßlichen Anstifter mit einem Motiv." Schaller schürzte unwillig die Lippen. „Der leider nicht geständig ist", murmelte er vor sich hin. „Andernfalls könnte man den Sack zumachen."

„Das ist der Grund, weswegen wir in der Richtung weiter zu ermitteln gedenken. Ich hoffe insoweit auf Ihr Einvernehmen."

Du redest auffällig gestelzt im Beisein des Herrn Staatsanwalts.

Ich musste Will, wenn auch amüsiert, zugestehen,

dass er die Situation souverän meisterte.

„Gewiss, gewiss", Schaller nickte beflissen. „Wir müssen in alle Richtungen ermitteln."

Er dachte kurz nach. „Sie werden die richterlichen Freigaben für die Prüfung der Geldbewegungen und die Kommunikationswege benötigen."

„Sowohl der Better-Slogan als auch der Konten-, Handy- und Computerdaten van Leutens." Will sah den Oberstaatsanwalt an und hob erwartungsvoll fragend die Augenbrauen.

„Gewiss doch." Schaller stand auf und reckte kurz seine schmächtige Gestalt. „Ich kümmere mich darum." Er griff nach seiner Aktentasche und machte Anstalten zu gehen. „Gute Arbeit soweit!. Ich hoffe, dass es bald Ergebnisse gibt. Das Beweismaterial und die Berichte sichte ich im Büro. Ich werde sehen, was von Seiten der Staatsanwaltschaft weiter in die Wege zu leiten ist. Bisher scheint alles von Belang berücksichtigt zu sein." Er sah in die Runde. „Hervorragende Arbeit."

Er nickte Wöhler erneut zu und verließ den MoKo-Raum.

Wöhler wartete einen Moment lang, nachdem der Staatsanwalt die Tür hinter sich geschlossen hatte. Er wollte, wie es schien, sicher sein, dass sein Gast außer Hörweite war.

„Dann sind wir mal froh, dass unsere Arbeit weiterhin von Belang ist." Er erntete Grinsen und befreites Lächeln aus der Runde.

Swantje stieß mich in kumpeliger Manier mit ihrer Schulter an. „Na, hast du's jetzt gecheckt, was es mit dem Adelstitel des Herrn Staatsanwaltes auf sich hat?"

Ich lächelte gespielt unschuldig. „Soweit es denn von Belang ist."

Wir lächelten uns breit an.

Es war das letzte Mal, dass ich Swantje Feinweber lachen sah.

Zuhause

Diana und ich hatten einen idyllischen Platz mit Blick auf den Dorfplatz in Boye erwischt. Über die alten Eichen dort senkte sich allmählich die Dunkelheit.

Das Essen war köstlich. Ich hatte mir zwei Schoppen Wein gegönnt und genoss das Gefühl, dass mein Leben wieder Freuden bereit hielt. Alles kam mir an diesem Abend köstlich und verzaubernd vor. All die bedrückenden Lasten waren mir von den Schultern gefallen und die Seele war das erste Mal seit Langem befreit und atmete.

Ich verdrängte keinesfalls, dass unser Leben weit davon entfernt war, wieder in geordnete Bahnen zu gelangen. Aber das hatte an diesem Abend keinen Platz. Wichtig war allein, dass ich Diana unbeschwert erlebte.

Wir hatten munter geplaudert und nur wenig über das Vergangene gesprochen. Ich hatte Eindruck, dass Diana nicht mehr so verhärmt war.

Als ich zahlen wollte und die Karte aus dem Portemonnaie zog, warf ich ihr einen unsicheren Blick zu. Mir fiel ein, dass mein Konto nach all den Wochen in der Untersuchungshaft bis zum Prozess womöglich gar nicht mehr gedeckt sein mochte. Diana sah mein Zögern und nickte mir unmerklich zu. Erleichtert reichte ich sie der Bedienung und wir machten uns auf nach Wolthausen.

Diana, die nur Mineralwasser getrunken hatte, ließ sich in ihren Golf fallen. Der Anblick solch unbeschwerter Leichtigkeit erfüllte mich mit tiefer Freude. Ich sah lächelnd über den Wagen hinweg zu den Eichen und stieg ebenfalls ein. Diana startete den Wagen. Wir ließen Boye hinter uns und fuhren zunächst in Richtung Winsen und bogen hinter der Örtzebrücke nach Wolthausen ab.

Warme Erwartung machte sich in mir breit, als wir unsere Wohnstraße erreichten. Endlich wieder zu Hause. Nach all den Wochen des zerbrochen scheinenden Lebens. Endlich zurück in unserem Heim.

Als wir die Auffahrt hinauffuhren, fiel mein Blick auf den Straßenrand. Etwas war anders als sonst. Ich kam im ersten Moment nicht darauf, was mich irritierte. Dann bemerkte ich, dass etwas fehlte.

Mein BMW war weg.

Ich wandte mich zu Diana um. Sie mied meinen Blick. Bitterkeit stieg in mir auf.

„Hattest du mich doch schon abgeschrieben?"

Sie sah mich bestürzt an. Ich erkannte, dass die Stimmung kippte, dass Diana längst nicht allen Schmerz vergessen hatte.

Der alte Unmut glomm in ihren Augen auf. „Hast du denn dem Staatsanwalt gar nicht zugehört?", fuhr sie mich an. „Dein ach so schöner Wagen, dein ganzer Stolz, auf den du so lange hin gespart hast, für den wir dieses Jahr sogar den Urlaub gestrichen haben, ist weg. Wolltest damit sicher deiner kleinen Eva imponieren. Aber den haben sich die Tschechen geholt."

Erschrocken fiel mir ein, dass ein Freund Markovics Diana bedroht und den BMW abgeholt hatte. Wie hatte ich das vergessen können?

Ihre Stimme überschlug sich förmlich. „Du denkst, alles ist wieder so, wie es einmal war. Dabei hast du die Rechnung ohne den Wirt gemacht. Ich mag dir vielleicht irgendwann vergeben. Aber bei Volaczek schien das nicht so zu sein. Den haben sie nämlich nicht erwischt."

Ich sah sie an, sah ihre von der Armatur beleuchteten Züge, ihren eisigen Blick.

In ihren Augen flackerte die Angst.

Eine kalte Hand schloss sich um mein Herz.

Der Anschlag

Ich hatte mich mit Peter auf ein Eis in der alten Konditorei an der Stechbahn verabredet. Er wartete schon an einem der Tische vor dem Eingang. Grinsend fuhr ich mit dem Fahrrad auf ihn zu und schwenkte erst kurz vor ihm seitwärts, bevor ich das Rad vor der Stadtkirche anschloss. Wahrlich nicht altersangemessen das Manöver, aber mir war danach, mich ein wenig übermütig zu geben.

Mein Mann lächelte mild. Er durchschaute mich, keine Frage.

Das Café hatte vor ein paar Jahren Räume in einem alten Gemäuer mit einem idyllischen Hinterhof bezogen, das über Generationen hinweg eine altehrwürdige Apotheke beherbergt hatte. Seitdem gab es dort anstelle von Pillen und Pülverchen Torten, Kuchen und die eine oder andere Eisspezialität. Vor allem aber hatte man von dort aus einen offenen Blick auf die Weite der Stechbahn, dem mittelalterlichen Turnierplatz mit der Kirche, dem alten Rathaus und den üppig mit kunstvollem Fachwerk verzierten, fast verspielt ornamentierten Häusern gegenüber der Kirche.

Hier tummelten sich Einheimische, trafen sich Jugendliche und flanierten entspannte Touristen dem Schloss entgegen. Ein idealer Ort, um herunterzukommen.

Seufzend ließ ich mich in den Stuhl neben meinem Mann fallen und bestellte einen Eiskaffee.

Peter nahm meine Hand und sah mich eindringlich an. „Wieder so furchtbar heute?" Er hatte mein übermütiges Manöver auf den Punkt korrekt interpretiert.

Ich lächelte bemüht und schloss kurz die Augen. „Nicht mehr als sonst." Versonnen ließ ich den Blick zu dem vor uns scheinbar endlos hinauf in den Himmel ragenden Kirchturm wandern. „Und doch wundere ich mich immer wieder, warum und aus welchem Antrieb heraus manche Menschen anderen so entsetzlich Furchtbares antun."

Peter drückte meine Hand fester.

Ich erwiderte den Druck dankbar. „Ich denke oft: Klar, das ist alles erklärbar, psychologisch, soziologisch und kriminologisch. Aber der einzelne Mensch, was bringt den dazu, solche Dinge zu begehen?"

„Euer Professor Pfeifer in Hannover hat doch mal nachgewiesen, dass es in jeder Gesellschaft ein paar Prozent Menschen ohne Gewissen und Empathie gibt, die kriminelle Neigungen haben", gab Peter ohne Ironie zu bedenken.

„*Euer* Professor Pfeifer? Der hat mit dem LKA nichts zu tun." Mein Mund wurde schmal. Ich ging nicht weiter auf seinen Einwand ein. „Warum begreifen die nicht, dass der Dreck, den die anrichten, mehr kaputt macht, als dass er ihnen nutzt."

„Weil die selbst Dreck sind." Peter sah, wie ich unwillig die Nase rümpfte. Er wusste, dass solche Sichtweisen nicht in mein Menschenbild passten.

„Auf jeden Fall hinterlassen die nur Unglück, Verzweiflung, Verletzungen und Tote. Wenn das mal kein Müll der Gesellschaft ist, weiß ich es nicht." Er sah mich ernst an. Sein Blick suchte Zustimmung in meinem Gesicht.

„Und wir sind dann die Müllabfuhr", versuchte ich einen hilflosen Scherz. Die letzten Worte gab ich allerdings schon geistesabwesend von mir.

Etwas lenkte meine Aufmerksamkeit ab. Ein blauer BMW rollte langsam über die Stechbahn. War es schon auffällig genug, dass Autos wegen der wenigen Parkplätze vor dem Museum in die Stechbahn einbogen, fiel mir dieser Wagen aus irgendeinem Grunde besonders auf.

Ein blauer Fünfer-BMW!

Ein Relais wollte in meinem Gehirn klicken. Dann war da der Mann hinter dem Steuer, der bei meinem Anblick ebenfalls stutzte. Das nächste Relais. Ich hatte den

Fremden selbst nie gesehen, nur sein Foto. Markant war der Schnurrbart, dunkelbraun und in scharfen Kanten über die Mundwinkel gezogen. Das Bild hatte an der Wallboard im Moko-Raum gehangen.

Wir sahen einander an. Ich bemerkte das Erkennen im Blick des Fahrers. Und auch ich erkannte den Mann.

Er setzte den Wagen zurück, riss das Lenkrad herum und fuhr mit quietschenden Reifen die Stechbahn hinab.

„Penner", hörte ich Peter ungehalten fluchen.

Das war der Wagen von Gerd Möbius!

Am Steuer aber saß *Pavel Volaczek!*

Ich sprang von meinem Stuhl auf und rannte zur Straßenecke, hinter welcher der Wagen in Richtung Schloss davon raste. Mit Mühe konnte ich das Celler Kennzeichen erkennen, in dem Augenblick als der BMW nach links hinter der alten Post verschwand.

Ich zückte das Handy und gab die Sammelnummer der MoKo ein, die Will Wöhler eingerichtet hatte.

„Was ist los?", fragte Peter mich mit erschrockenem Blick, als ich atemlos an den Tisch zurückkam.

Ich hob nur abwehrend die Hand und ging vor den Tischen auf und ab. Als ich endlich die Verbindung bekam, bewegte ich mich ein paar Meter weg in Richtung der Kirche.

„Will, du bist es?", fragte ich, überrascht, seine Stimme zu hören, obwohl ich wusste, dass er sich dieser Tage nicht an die Dienstzeiten hielt. „Ich brauche eine Halterabfrage", brachte ich stockend hervor.

Will schien nicht überrascht zu sein, dass ich nach Dienstschluss eine Autonummer abfragte. „Schieß los!", hörte ich nur. Ich gab das Kennzeichen durch und schilderte ihm noch immer atemlos, was soeben passiert war.

„Was, ernsthaft?", hörte ich ihn erschrocken nachfragen. Ich vernahm das Klackern seiner Tastatur. Kurzes Schweigen. Dann: „Gerd Möbius. Der Halter ist Gerd Möbius. Das gibt es doch nicht."

„Ist der Wagen gestohlen gemeldet?"

„Nein, bislang nicht."

Meine Gedanken kreisten. Ich sah zu Peter hinüber, dessen Gesicht ein einziges Fragezeichen war.

„Cruised der seelenruhig durch Celle mit einem frisch gestohlenen Wagen?" Will schien seinen eigenen Worten nicht zu glauben.

„Wenn er denn überhaupt gestohlen ist", dachte ich ebenfalls laut nach.

„Ich hake mal bei Diana Möbius nach. Kann sein, dass sie noch gar nichts von ihrem Pech weiß."

„Hoffen wir, dass ihr kein größeres Pech widerfahren ist!"

Ein kurzes Schnauben am anderen Ende der Leitung. Will verstand, was ich meinte. „Den Wagen schreibe ich zur Fahndung aus. Ich halte dich auf dem Laufenden."

„Brauchst du nicht. Ich komme gleich ins Präsidium. Frau Möbius arbeitet im Autohaus direkt gegenüber. Ich schau da vorher noch rein. Mit etwas Glück erwische ich sie dort vor ihrem Feierabend und kann sie zu dem Verbleib des BMW befragen."

„Okay, aber du hast selbst schon Feierabend."

„Du nicht?", fragte ich retour.

„Petra", Wills Stimme klang mit einem Mal düsterer. „Hast du dich gar nicht gefragt, warum Volaczek dich überhaupt erkannt hat?"

Ich erschrak und sah wieder unstet zur Straße zwischen dem Museum und der Post hinüber. Was, wenn Markovics Kumpel den Wagen in der Nähe geparkt hat, und mir jetzt auflauerte? *Nein*, schalt ich mich einen Narren. Er muss damit rechnen, dass hier bald Streifenwagen auftauchen und die wenigen Straßen aus der Altstadt heraus kontrolliert werden. Deutlich wahrscheinlicher war, dass er sich schnell abgesetzt hatte.

„Womöglich hat er mich vor dem Bordell gesehen, wo Swantje seinen Kumpel aufgemischt hat. Eine andere Möglichkeit fällt mir nicht ein", antwortete ich.

„Dann müssen wir dort noch einmal Kollegen hinschicken." Er hielt inne. „Sei bitte vorsichtig!"

Ich nickte, wissend, dass Will mich nicht sehen konnte. „Ich schwinge mich gleich auf den Drahtesel", erwiderte ich betont flapsig.

Ich legte auf und schlenderte in Gedanken versunken zurück zu meinem Mann.

Mit wenigen eiligen Worten berichtete ich Peter, was es mit dem blauen BMW auf sich und was ich soeben von meinem Chef erfahren hatte.

Wir zahlten eilig, schlossen unsere Räder auf und machten uns auf den Weg.

Immer noch aufgewühlt überlegte ich, was Volaczek vorhatte, was ihn antrieb und was er aus dieser Begegnung machte.

Einer Eingebung folgend schlug ich Peter den Weg durch die Kalandgasse vor und erläuterte ihm, dass es besser sein mochte, nicht den gewohnten Weg an der Trift entlang und an den Fortunaplätzen vorbei nach Klein Hehlen zu radeln.

„Aber ich bin es doch nicht, der in Gefahr ist", wandte Peter düster ein. „Ich begleite dich bis zur Jägerstraße." Mir wurde bewusst, dass ich tatsächlich kopflos reagierte. Peter hatte recht.

Wir wählten den Weg durch den französischen Garten und fuhren beim Freibad zum Fuhserandweg und am Flüsschen entlang bis zur Schwedenbrücke. Peter begleitete mich die letzten Meter bis zum Präsidium.

Ich verabschiedete meinen Mann mit einem Kuss und raunte ihm ein zuversichtliches „bis später" zu. Dann überquert ich die Straße zum Autohaus gegenüber.

Das Portal und die großen Fenster des Showrooms des Autohauses spiegelten die Waschbetonfassade meiner gegenwärtigen Wirkungsstätte auf der anderen Straßenseite wider. An einigen glänzend-bunt einladenden Mittelklassewagen vorbei fand ich den Weg durch die gläserne Halle zum Empfangstresen und fragte nach Diana Möbius. Der schmale junge Typ am Tresen sah von seinem Computer auf und lächelte. „Was kann ich für Sie tun?"

„Frau Möbius", wiederholte ich und hielt ihm meine Polizeiausweiskarte entgegen. „Leider kein Autokauf." Ich versuchte mich in demselben unverbindlichen Lächeln wie mein Gegenüber. Wortlos griff der Jüngling zum Hörer.

Diana Möbius kam kaum eine Minute darauf einen schmalen Gang neben dem Empfangstresen entlang auf mich zu. Ihr Blick war nicht eben freundlich. „Frau Massen." Sie machte keine Anstalten, mir die Hand zu reichen. „Ist das denn nötig, hier auf der Arbeit?"

„Leider ja, Frau Möbius", erwiderte ich mit ernster Mine. Ich setzte dabei darauf, sie zu überrumpeln. „Ich habe vor wenigen Minuten jemanden mit Ihrem Wagen auf der Stechbahn gesehen, der dann erschrocken Gas gab, als er mich sah."

Die Augen der Frau wurden schmal. Dann sah sie sich etwas gehetzt nach dem jungen Kollegen am Empfang um. Sie fragte nicht nach, welchen Wagen der Tscheche fuhr. Offenkundig wusste sie, dass ich nicht ihren Golf meinte.

Mit einer Hand wies sie nach kurzem Überlegen auf einen SUV, der mit offener Tür in hellem Lack in der Eingangshalle strahlte und zum Platznehmen einlud. „Lassen Sie uns hier miteinander reden!"

Ich öffnete die Beifahrerseite und nahm neben ihr Platz. „Was ist mit dem Wagen Ihres Mannes? Wurde der gestohlen?"

„Nein", antwortete sie zögerlich und mit Unbehagen im Blick. Es sah aus, als wenn sie nicht wusste, was sie sagen sollte. „Die Sache ... verhält sich ... anders. Aber ich darf gar nicht nicht darüber reden."

„Wer sagt das?" Dabei konnte ich mir recht genau vorstellen, wer das sagte.

„Na, dieser andere Tscheche, Volaczek."

„Sie kennen den Mann?"

„*Nein!*". Es kam ungehalten. „Nein, das heißt: jetzt schon. Er kam gestern zu mir und fragte gezielt nach dem Wagen." Möbius Frau wirkte mit einem Mal so verängstigt, wie sie in der Situation gewesen sein musste, als Markovic' Kumpel bei ihr an der Tür erschienen war.

„Ich dachte erst, es sei irgend so ein aufdringlicher Mensch, der sich nach dem Artikel in der Zeitung wichtig macht, oder versucht, einen Vorteil aus der Sache zu ziehen. Darum wollte ich ihm die Tür vor der Nase zuschlagen. Aber er hatte schon den Fuß im Rahmen und drückte die Tür auf. Ich hatte keine Chance. Dann stand er im Flur vor mir und erklärte mir in bedrohlichem Ton, dass ich ihm den Wagenschlüssel für den BMW geben solle. Dann werde Markovic seine Anschuldigung zurückziehen." Sie vergewisserte sich mit einem Seitenblick, dass ich verstand, was sie meinte. „Also die Anschuldigung, dass Gerd ihn angestiftet habe."

Ich zog überrascht und vernehmlich die Luft ein. Das war allerdings eine brisante Wendung. Wenn *das* stimmte, dann stand fest, dass Volaczek und sein Freund im Knast auf irgendeine Weise miteinander Kontakt hielten! Und was das hieß, konnte ich mir ausmalen. Markovic hatte aus dem Gefängnis heraus noch immer die Zügel in der Hand.

Langsam! Es kann genauso gut sein, dass Volaczek nur auf den Wagen scharf war. Vielleicht hat Markovicz vor seinen Kumpels von dem BMW vor dem Haus geschwärmt.

Ich überlegte, was plausibler war, kam jedoch zu keiner eindeutigen Lösung.

„Was hätte ich denn tun sollen?", fragte Diana Möbius aufgebracht. Sie schien mein Schweigen fehlzudeuten.

„Hat der Mann noch etwas zu Ihnen gesagt?" Ich war nach wie vor in Gedanken und voller Anspannung.

„Nein. Ich wollte doch nur meinen Mann entlasten." Diana Möbius schien den Tränen nahe zu sein.

Ich konnte mir lebhaft denken, dass die Situation mit einem Kumpanen des Mörders in ihrem Haus ihr gehörig Angst eingejagt haben musste.

„Schon gut", beschwichtigte ich sie. „Man kann Ihnen nicht verdenken, dass sie den Wagen herausgerückt haben."

Ich stieg wieder aus und wandte mich dem Ausgang zu.

Sie folgte mir mit unsteter Körpersprache. Ein Häufchen kläglicher Unsicherheit. „Hat der Mörder die Anschuldigung gegen meinen Mann denn zurückgezogen?"

„Nein, bisher nicht." Ich nickte ihr zu, lächelte schmallippig. „Danke, Sie haben mir sehr geholfen.

Dann verließ ich das Autohaus.

Bevor ich in Gedanken versunken die Jägerstraße überquerte, verstellte mir ein Mann den Weg. Ich schrak zurück. Einen Moment lang war ich alarmiert. Dann erkannte ich ihn und entspannte mich.

„Frau Massen, was für ein schöner Zufall."

„Herr Thar. Ist es denn ein Zufall? Seit wann arbeitet die Celler mit Zufälligkeiten?"

Rainer Thar lächelte säuerlich. „Ich wollte sie eigentlich im Präsidium aufsuchen. Nun aber frage ich mich, was die Polizei im Autohaus gegenüber treibt."

„Mag sein, dass die Familie Massen sich mal wieder ein neues Auto gönnen will." Der aufgesetzt muntere Tonfall sollte signalisieren, dass ihn das nichts anging.

„Den Weg ins Präsidium können Sie sich sparen. Zum einen haben ich Dienstschluss, zum anderen werde ich Ihnen nichts zu laufenden Ermittlungen sagen." Ich machte Anstalten, ihn stehen zu lassen, drehte mich aber noch einmal um. „Wann begreift Ihr Presseleute eigentlich, dass Ihr Ermittlungen und manchmal sogar Zeugen gefährdet, wenn Ihr Infos aus der Polizeiarbeit veröffentlicht?"

„Was, wenn nun aber die *böse* Presse der Polizei mit

Infos", er äffte meinen ungehaltenen Tonfall nach, „helfen kann?"

Augenblicklich war ich neugierig. Ich legte den Kopf schief und sah ihn auffordernd an. „Dann schießen sie mal los!"

Er schüttelte den Kopf und hob belehrend den Finger. „So haben wir nicht gewettet." Thar lächelte kühl.

„Bislang haben wir gar nicht gewettet", erwiderte ich im selben kalten Tonfall. Ich spielte die Gelassene, war aber doch gespannt, was der Reporter zu bieten hatte.

„Wollen wir das hier draußen besprechen?"

„Warum nicht?" Ich wollte mich nicht auf langes Plaudern einlassen. „Also, was haben Sie, was wir nicht ebenfalls schon haben?"

„Wie soll ich wissen, was Sie haben, wenn ich keine Informationen von Ihnen bekomme?" Er winkte ab, als er meine steinerne Miene bemerkte. „Wenn Sie der Spur des Geldes folgen, stoßen Sie auf eine Firma in Hannover", gab er nach und erklärte sich gleichzeitig vage genug, um mein Interesse zu wecken.

„Die YourOptions?", hakte ich neugierig nach. Im selben Moment biss ich mir auf die Zunge, denn ich hatte nun doch eine Information zum Ermittlungsstand preisgegeben.

„Die YourOptions." Thar nickte. Sein zufriedenes Lächeln offenbarte, dass er sich über die Bestätigung seiner Recherche freute.

Ich fragte mich, woher er von der Firma in Hannover wusste. Ohne Josts Hinweise wären wir gar nicht auf die YourOptions gestoßen.

„Von wem haben Sie die Informationen?"

„Sie wissen, dass Journalisten ihre Quellen nicht preisgeben. Eben sowenig werde ich wohl von Ihnen erfahren, wie Sie auf die YourOptions gestoßen sind, oder?"

Ich lupfte die linke Augenbraue und verzog zur Antwort abschätzig den Mundwinkel. „Dann sind wir, schätze ich, an der Stelle, wo es nicht weitergeht."

„Das will ich nicht sagen." Rainer Thar deutete eine Verbeugung an. „Sie haben mir schon sehr geholfen." Damit wandte er sich um und ließ mich ratlos und verärgert stehen.

Ich ging über die Straße ins Präsidium, und suchte Wills Büro auf. Unzufrieden berichtete ich ihm von Diana Möbius' Aussage und wie ich dem Reporter der Celler aufgesessen bin.

„Nicht dein Tag", kommentierte er mit säuerlicher Miene. Mir war klar, dass er nicht begeistert war. „Immerhin haben wir eine einigermaßen plausible Erklärung dafür, dass Volaczek nun mit Möbius' Karre unterwegs ist. Von dem Wagen fehlt bislang jede Spur. Aber das war so schnell nicht anders zu erwarten."

„Der hat sich mit Sicherheit schnellstmöglich aus dem Staub gemacht. Würde mich nicht wundern, wenn ihm das Pflaster in Celle zu heiß geworden ist und er den Wagen aus der Stadt bringt und ihn zu Geld macht." Es war eher Wunschdenken und gewiss nichts, was ich mir als Ermittlerin wünschen sollte. Denn in dem Fall würde die Fahndung schwieriger werden.

Will sah mich skeptisch an und legte sogleich den Finger in die Wunde. „Es sei denn, er hat auf irgendeine Weise Kontakt mit Markovic und die beiden haben einen Plan."

Das würde zu Markovics lässig zur Schau getragenen Selbstgewissheit passen.

Ich biss mir auf die Lippen.

„Die Hamburger Anwälte?"

„Möglich. Das klappt aber nach wie vor auch mit klassischen Kassibern." Will wiegte nachdenklich den Kopf. „Muss also nicht zwangsläufig über die Anwälte laufen."

Ich nickte. Geheime Nachrichten aus dem Knast zu schmuggeln, war schon immer ohne Anwälte möglich gewesen. Daran hatte sich nichts geändert.

„Soll ich dich nach Hause fahren?" Will sah mich eindringlich und besorgt an.

Ich schüttelte den Kopf.

„Dann fahr zumindest eine andere Strecke nach Klein Hehlen als sonst! Solange der Tscheche da draußen unterwegs ist, ist mir die Sache nicht geheuer."

Ich fuhr den Fuhserandweg entlang bis zum Ende der Neustadt. Dort auf der idyllischen grünen Ader durch die Stadt, die mäandernd dem Lauf des Flüsschens folgte, war ich vorerst abseits jeder Straße. Auf dem Weg vorbei am TUS-Platz und auf dem Radweg neben der Tangente schalt ich mich eine Närrin, dass ich immer mal wieder den Kopf wandte und nach einem blauen BMW Ausschau hielt.

Du leidest unter Verfolgungswahn. Wie viel plausibler ist es, dass der Tscheche sich aus dem Staub gemacht haben wird!

Und doch kam mir immer wieder der Blick Volaczeks auf der Stechbahn ins Gedächtnis. War das nur Überraschung in seinen Augen gewesen? Ich war mir nicht mehr sicher.

Verfolgungswahn hin oder her, mir ging nicht aus dem Kopf, dass der Tscheche als Werkzeug Markovic' funktionieren könnte. Mir war noch immer präsent, wie er mich nach dem Verhör angesehen hatte.

Unversehrt und erleichtert erreichte ich unser Haus und freute mich, Peter im Garten anzutreffen. Er nahm mich in den Arm und es fühlte sich wunderbar an, mich geborgen zu fühlen.

Dann fasste er meine Schultern und sah mich fragend an. „Und? Gibt es irgendetwas Neues?"

Ich erzählte ihm davon, was ich von Möbius' Frau erfahren hatte, dass die Begegnung auf der Stechbahn wohl eher zufällig war, dass aber intensiv nach Volaczek und dem Wagen gefahndet werde.

Peter nickte. Es sah etwas beruhigter aus. „Dein Chef hat mich übrigens vor ein paar Minuten angerufen. Er hat an beiden Enden der Breitscheidstraße je eine Zivilstreife positioniert. Ganz so beruhigt wie du ist er beileibe nicht."

Ich schüttelte den Kopf. „So viel Aufwand. "Ich gehe erstmal ins Bad. Dann lass uns einen Happen essen!" Ich wandte mich noch einmal um. „Übrigens, du hast schon wieder deine Jagdflinte nicht weggeschlossen."

Peter rollte mit den Augen und wandte sich der Terrassentür zu. Offenbar wollte er das Versäumte nachholen.

In dem Moment fiel ein Schuss und Peter fasste sich mit schmerzverzerrtem Gesicht an die Schulter. Ich sah das Blut, das zwischen seinen Fingern hervorquoll, sah, wie er sich krümmte und ungläubigen Blickes umsah. Ohne zu überlegen, rannte ich zu ihm.

Er richtete sich wieder auf und schrie gellend laut und mit aufgerissenen Augen: „Nein. Rein ins Haus!"

Aber ich war schon bei ihm und riss ihn zu Boden. Er fiel mit seinem Gewicht halb auf mich.

Weitere Schüsse fielen. Peters blutige Hände pressten mich auf die Steinfliesen unserer Terrasse. „Bleib liegen!" Dann raffte er sich auf und rannte geduckt zur Terrassentür. Ein weiterer Schuss fiel und traf ihn in den Rücken. Ich sah, wie mein Mann taumelte, sah ihn ins Wohnzimmer straucheln, sah ihn stürzen und sah, wie er liegenblieb.

Panik flutete meinen Körper und drohte, mich kopflos zu machen.

Ich schloss die Augen und kämpfte gegen den Schmerz und die Verzweiflung, die mich zu übermannen drohten. Der Drang, aufzuspringen, zu Peter zu rennen, ihn in Sicherheit zu zerren, und ihn zu versorgen, war schier übermächtig.

Mit aller Kraft unterdrückte ich den Reflex und duckte mich hinter den umgestürzten Gartentisch. Er bot nicht wirklichen Schutz mit seiner Tischplatte aus Holz, aber er nahm dem Angreifer die Sicht auf mich. Jetzt ging es darum, mich darauf zu konzentrieren, Peter und mich zu beschützen. Ich griff nach dem Gürtel und fand dort meine SFP9. Zum Glück hatte ich sie noch nicht wie sonst im Flur abgelegt. Schnell war sie entsichert. Ich lugte vorsichtig am Tisch vorbei und legte an. Mit zusammengekniffenen Augen checkte ich die Bäume und Büsche am Zaun in Richtung Waldsee. Nichts bewegte sich. Es schien alles reglos und verlassen zu sein.

Wo sind die Spaziergänger, die Leute mit ihren Hunden? Haben die sich alle schnell aus dem Staub gemacht, als der Schuss fiel?

Weitere Schüsse peitschten durch den Garten. Ich spürte es mehr, als dass ich es sah, dass die Einschläge die Stelle auf der Terrasse trafen, wo ich noch eben gelegen hatte. Im Wegducken hinter den Tisch bemerkte ich den Schatten, der an der linken Grundstücksgrenze über den Zaun sprang und hinter einem Baum verschwand. Ich zwang mich, flach zu atmen, und wartete, bis ich den Lauf eines Gewehres hinter dem Stamm auftauchen sah. Ohne Zögern feuerte ich, als ich meinte, den Arm des Schützen zu sehen. Ich zielte hastig und gab schnell ein paar Schüsse ab. Blitzschnell verschwand der Lauf. Nur eine Sekunde darauf kam das Feuer von der anderen Seite des Baumstammes. Der Tisch erbebte und verschob sich unter den Einschüssen. Er drohte, über mich hinweg zu kippen. Ich sah wieder kurz um die Tischkante herum und gab ein paar weitere Schüsse in die Richtung, wo ich den Schützen vermutete. Im selben Moment sprang ich auf und suchte schnell wieder Deckung hinter der Birke, die unsere Terrasse zur anderen Seite des Gartens hin begrenzte. Wieder fielen Schüsse und ich kauerte mich keuchend hinter den Stamm. Ich lauschte. Als ich meinte, schnell huschende Schritte zu hören, ruckte ich vor und gab weitere Schüsse quer über die Terrasse ab. Aber es war niemand zu sehen. Ich musste davon ausgehen, dass keiner meiner Schüsse ihr Ziel gefunden hatte, und prüfte kurz die Ladung des Magazins. Von den fünfzehn Patronen war eine einzige übrig geblieben.

Nur noch eine im Lauf!

Ich schloss in aufkommender Verzweiflung die Augen, presste die Lippen zusammen, bis alles Blut aus dem Gesicht wich. Krampfhaft lauschte ich in den Garten hinein. Wenn ich ein Ziel fand, musste dieser letzte Schuss sitzen.

Ich versuchte mit allen Sinnen, die Situation im Garten einzuschätzen. Wo war der Angreifer?

Ein kurzer Blick zum Wohnzimmer ließ mein Herz höher schlagen. Peter war nicht mehr zu sehen. Dort wo er vorhin zu Boden gestürzt war, zeugte nurmehr eine Blutspur davon, dass er getroffen worden war. Er hatte es offensichtlich geschafft, sich aus dem Schussfeld zu schleppen. Ich konnte nur vermuten, dass er schwer verletzt war. Schon deshalb musste ich es schaffen, die Bedrohung zu beenden und einen Arzt für ihn zu rufen.

Auch mein Gegner befand sich in Zugzwang, denn mit Sicherheit hatten die Nachbarn aufgrund der Schüsse längst die Polizei gerufen. Dass er bei denselben Gedanken angelangt war, zeigte sich, als ich erneut Schritte hörte, Stiefel, die auf Steinplatten knirschten.

Ich lugte um den Baum herum und sah Volaczek. Ich hatte erwartet, dass er der Angreifer war. Und ich erkannte ihn sofort. Im Laufen zielte er mit dem Gewehr auf mich. Ich schoss und sah ihn taumeln. Dann fing er sich wieder und rannte weiter auf mich zu.

Entsetzt erkannte ich an der Wölbung seiner Jacke, dass er eine schusssichere Weste trug.

Schon hatte er mich erreicht und richtete den Lauf des Gewehres auf meinen Kopf. Nah genug, mich nicht zu verfehlen, selbst wenn ich versuchen sollte, wegzurennen. Weit genug, dass ich nicht nach ihm treten, oder mich sonst wie hätte wehren können.

Ich sah unerbittliche Wut in seinen Augen und ich war wehrlos.

Für einen Moment herrschte Stille. Nur unsere heftigen Atemzüge waren zu hören. Panik ließ mich zittern und lähmte mich gleichzeitig. Mein Blick hetzte hin und her. Doch ich sah keinen Ausweg. Hilflos scharrten meine Fersen über die Steinplatten und ich versuchte, mich mit den Unterarmen und Ellbogen nach hinten von meinem Peiniger fortzubewegen. Doch es war alles sinnlos.

Volaczeks Atem beruhigte sich schnell. Er fixierte meinen Blick und weidete sich an der Angst in meinen Augen. Nach endlos scheinenden Sekunden krümmte sich der Zeigefinger am Trigger. „Das ist für Ernst", presste er hasserfüllt zwischen den Zähnen hervor.

Ich schloss die Augen.

Dann fiel ein Schuss und es riss meinen Gegner von den Beinen. Ungläubig sah ich ihn über die Kante des umgestürzten Tisches auf die Terrasse fallen. Das Gewehr flog ihm aus der Hand.

Mein Kopf ruckte herum. Ich erkannte Peter mit seinem Jagdgewehr in den Händen. Er taumelte kraftlos, versuchte, sich mit dem Gewehrkolben abzustützen. Dann fiel er erneut schwer zu Boden.

Übergangslos überschlugen sich die Ereignisse. Während ich draußen das Bremsen von Fahrzeugen und das Zuschlagen von Autotüren hörte, gellten schon die Rufe „Polizei" durch den Garten. Dann endlich sah ich die Uniformen von Kollegen und Kolleginnen.

Noch halb gelähmt rappelte ich mich auf und torkelte die wenigen Schritte zu Peter. Er war ohnmächtig und reagierte nicht, als ich seinen Namen rief. Eine Blutlache breitete sich unter der Schulter aus. Ich ertastete seinen Puls. Er lebte.

Schnell wählte ich die 112 und rief den Notarzt. Während ich der Rettungsstelle die wichtigsten Daten mitteilte, fühlte ich eine Hand auf meiner Schulter. Ich sah hoch und erkannte Chris Hafernagel. „Er lebt, aber er muss dringend ins Krankenhaus", stammelte ich ihm zu.

Chris nickte, kniete sich hin und machte Anstalten, sich um die Verletzungen zu kümmern. Ein Kollege reichte ihm einen Verbandskasten. Gemeinsam bemühten sie sich, die Blutungen zu stillen.

Mit Erleichterung hörte ich das nahende und durchdringende Jaulen des Martinshorns. Nur Augenblicke darauf hetzten Sanitäter und der Notarzt durch unser Haus, verbanden die Wunden und schlossen eine Infusion an, um den Blutverlust auszugleichen.

Der Notarzt untersuchte Peter und sah fragend in die Runde. Chris nickte in meine Richtung und der Notarzt wandte sich an mich: „Der eine Schuss in die Schulter ist nicht so bedrohlich, aber der weitere Schuss in den Rücken ... Ich kann nicht erkennen, ob Organe verletzt sind."

Ich stand nach wie vor unter Schock und brachte nur ein kaum merkliches Nicken zustande.

„Setzen Sie sich erst einmal hin! Ich kümmere mich gleich um Sie."

Als sie Peter auf die Trage betteten, sah Chris mich prüfend und einfühlsam an. „Kannst du mir sagen, was hier passiert ist?"

Ich blickte irritiert auf und wies hinaus in den Garten. „Volaczek", brachte ich nur heraus. „Er wollte sich offenbar an Hurdlic rächen. Mein Mann hat ihn mit dem Jagdgewehr erwischt."

Hafernagel ging die paar Schritte bis zum umgestürzten Gartentisch, sah sich nach den Kollegen um, die sich im Garten verteilt hatten, das Terrain sicherten und schon damit begannen, das schmale Stück Wildnis zum Waldsee hin abzusichern. Die ersten Uniformierten steckten bereits wieder ihre Waffen weg.

„„Da ist niemand." Chris ließ sich vor mir in die Hocke sinken und legte seine Hände behutsam auf meine Arme. Er sah mich fragend an.

Ich wandte mich irritiert zum Garten hin um.

Pavel Volaczek war verschwunden.

Schon auf der Fahrt zum Krankenhaus gab mir der Notarzt mit beruhigenden Blicken zu verstehen, dass Peter nicht mehr in Gefahr war. „Die Schussverletzungen sind, denke ich, nicht lebensbedrohlich. Die Blutungen sind überschaubar. Seine Lunge scheint unverletzt zu sein und nach inneren Blutungen sieht es ebenfalls nicht aus. Wir haben ihn stabil. Den Rest kriegen die Chirurgen hin." Er zog die Augenbrauen ein wenig nach oben und sah mich aufmunternd an. „Man kann sagen, dass er verdammtes Glück gehabt hat."

Ich lehnte mich erleichtert und zugleich unendlich erschöpft zurück.

Die Stunden des Wartens auf dem Krankenhausflur waren unerträglich. Ich ertrug die qualvoll langsam vergehende Zeit nur dadurch, dass ich die Kinder verständigte und sie mit denselben Worten, mit denen der Notarzt mich beruhigt hatte, von schierer Panik abhielt.

Meine Tochter Kara machte mir zu allem Übel Vorwürfe. Sie wusste, dass ihr Vater mich oftmals gedrängt hatte, mich als Psychologin niederzulassen. Allem Anschein nach sah sie die Schuld an dem Vorfall bei mir, weil ich bei der Polizei geblieben war. Und ich fragte mich bang, ob sie damit nicht sogar recht hatte. Ich hatte Verständnis für ihre aufgebrachte Reaktion, obwohl ich den Zeitpunkt für Vorwürfe mehr als unpassend fand.

Ben und Kara versicherten mir beide, dass sie sich sofort auf den Weg machten. Und ich war dankbar dafür, sie beide bald als seelischen Beistand zu haben. Denn den konnte ich gebrauchen.

Ich sah mein Spiegelbild im Fenster zum unbeleuchteten Schwesternzimmer. Ein durchscheinendes Wesen im Glas der dunklen Scheibe, eine Frau mit durchdringendem Blick, verloren in einer unwirklich scheinenden Welt.

Das Bild traf mich in seiner ganzen Melancholie. Zerbrechlich. Verwundbar. Ich war am tiefsten Punkt angelangt, an den ich mich zu erinnern vermochte. Ich wandte mich von dem Bild ab. Verzweiflung wühlte in mir, trotzdem ich hoffen durfte, dass Peter nicht allzu schwer verletzt war, dass er wieder genesen würde. Und doch fühlte ich mich verantwortlich dafür, dass ich durch meine Arbeit diesen Angriff auf uns gelenkt hatte.

Tief im Innern wusste ich, dass ich ungerecht zu mir selbst war, dass mit diesem Argument letztlich niemand mehr als Polizist gegen Unrecht und Verbrechen kämpfen dürfte.

Trotzdem gab es diesen Zusammenhang mit meiner Arbeit. Ohne Ursache keine Wirkung. ‚Kausalität‘,wie es im Juristendeutsch hieß, dachte ich bitter.

War jetzt der Zeitpunkt gekommen, mein Wissen nur noch für das Seelenheil anderer Menschen und nicht mehr für die Jagd nach der Gerechtigkeit anzuwenden, all das, was ich einmal studiert hatte?

Die Einsamkeit, die Angst und die aseptische Kühle des Krankenhausflures erdrückten mich schier.

Ich spürte, dass dieser Tag mich an einen Scheideweg brachte.

Am Ende des Flures, dessen einzige bunte Tupfer billige Repros hinter Glas an den Wänden waren, öffnete sich eine Tür und Will kam auf mich zu.

Mein Herz ging für einen kurzen Moment schneller, obwohl mir sogleich auffiel, wie ernst, ja versteinert sein Blick war. Er bemerkte, wie erwartungsvoll ich ihn ansah, versuchte dennoch nicht einmal ein Lächeln und nahm mich nur stumm in die Arme. Dann fasste er meine Schultern und hielt mich auf Distanz.

Noch immer dieser steinerne Blick.

„Wie geht es deinem Mann?“

„Er wird operiert. Soweit der Notarzt das bei der Ankunft beurteilen konnte, wird er durchkommen.“

Kein erleichtertes Lächeln.

Ich war alarmiert.

„Swantje ist ebenfalls angeschossen worden. Sie liegt

hier gleich nebenan auf der Intensivstation."

„Was?", entfuhr es mir. Ich riss bestürzt die Augen auf.

„Wie es aussieht, war es ebenfalls Volaczek. Er hat sie vor ihrer Wohnung, hier gleich um die Ecke am Siemersplatz, abgepasst und aus dem Wagen heraus auf sie geschossen."

Will war erkennbar aufgewühlt. „Sie hatte Glück, dass er gleich weitergefahren ist. Da waren eine Menge Passanten. Keine Zeit, sich zu vergewissern, ob er Swantje tödlich erwischt hat."

„Gut, dass das AKH nur ein paar Meter entfernt ist."

Meine Gedanken überschlugen sich. War denn jetzt die ganze Welt verrückt geworden? Ich unterdrückte ein Zittern, das mich zu erfassen begann. Mit Mühe riss ich mich zusammen und dachte kurz nach.

Wieso die Kollegin?

Rache schoss es mir durch den Kopf. *Na klar, wir beide haben seinen Kumpel auf dem Gewissen.*

„War der Schuss auf Swantje nach meinem Zusammentreffen mit Volaczek auf der Stechbahn?"

Will nickte.

„Dann hatten wir beide Glück, dass er unter Zeitdruck gehandelt hat. Er wird mitbekommen haben, dass ich ihn erkannt hatte und er musste davon ausgehen, dass er ab dem Zeitpunkt gejagt wurde."

Will nickte wieder. „Und dass wir spätestens nach den Schüssen auf Swantje Sicherungsmaßnahmen in die Wege leiten würden."

Das ist für Ernst.

Ich berichtete Wöhler von den Worten Volaczeks, als er die Waffe auf mich gerichtet hatte.

„Liegt mehr als nahe, dass er euch bluten lassen wollte, oder?"

Ich kniff skeptisch die Lippen zusammen. „Vergessen wir dabei nicht, dass Markovic ein manischer Narzisst ist. Der wird seine Demütigung durch mich nicht vergessen haben."

„Und Swantje? Wie passt der Anschlag auf sie zu deiner Vermutung?"

Ich nickte und winkte ab. „Hast ja recht. Ich überlege nur eben, ob Hurdlic und sein Kumpel nicht doch aus dem Knast ferngesteuert wurden."

„Und im Fall Volaczeks noch immer wird?" Will wiegte abwägend den Kopf. Er schien nicht überzeugt. „So oder so seid Ihr beide weiterhin in Gefahr, solange wir Volaczek nicht finden. Ich habe auf der Intensivstation vor Swantjes Zimmer Kollegen postiert. Wo bleibst du die Nacht und die nächsten Tage?"

„Habe ich noch nicht überlegt. Ich denke, ich werde hier bei Peter bleiben."

„Das wird auf Dauer unbequem." Will sah mich mit schmalem Mund skeptisch an. „Euer Haus ist jetzt ein Tatort. Da kannst du vorerst nicht hin."

Ich winkte ab. „Lass gut sein! Ich bleibe hier."

Ich hielt kurz inne.

Und Almasur?

„Was ist mit Almasur? Ist der in Sicherheit?"

„Der Security-Mann ist bei Freunden in Hannover untergekommen. Dort bleibt er die nächsten Tage. Celle ist klein genug, dass er dem Tschechen irgendwann einmal über den Weg laufen könnte."

Ich dachte an mein Zusammentreffen mit Volaczek auf der Stechbahn und nickte.

Die Tür am Ende des Flures öffnete sich erneut und ein junger Mann im weißen Kittel kam mit ernstem Gesicht auf uns zu. Es fiel auf, dass der Arzt sich mühte, unseren fragenden Blicken auszuweichen. Als Will ihn starr fixierte, schüttelte der Mediziner kaum merklich den Kopf. Dann war er nah genug heran, mit uns zu sprechen.

„Frau Feinweber hat es nicht geschafft."

Die Stille des Moments war erdrückend. Mein Kollege senkte den Blick.

Der Arzt stand regungslos da. Ich sah ihn entsetzt an,

wandte mich ab und schloss die Augen.

Sie war so nah daran, nichts mehr mit der Schlechtigkeit der Welt und den dunklen Seiten der Menschen zu schaffen zu haben.

Die Pensionierung! Wie sehnlich hatte sie sich auf den Ruhestand gefreut.

Mein eigenes Abbild im dunklen Fenster des Schwesternzimmers kam mir wieder in den Sinn. Was hatte ich überhaupt mit all diesen Verbrechern zu schaffen? Mit Menschen, die das Leben nicht schätzten und andere ins Verderben rissen?

Ich schloss die Augen und spürte Tränen, die mir über die Wangen rannen, an den Nasenflügeln kitzelten und über den Mund und den Hals liefen.

Erneut flog die Tür am Gang auf und Kara stürzte mit wehendem Sommermantel auf mich zu. Von Weitem rief sie, dass ihr Vater über den Berg sei. „Es tut mir leid, Mutter. Ich hätte dir keine Vorwürfe machen sollen." Meine Tochter erreichte mich und verhielt erstaunt, als sie mich gerade in die Arme reißen wollte. Sie bemerkte meine Erstarrung und sah mich fragend an.

Das Entsetzen über Swantjes Tod und die Erleichterung nur Sekunden darauf, dass Peter es schaffen würde, rissen alle Contenance nieder. Es war der Moment, in dem sich endgültig alles in Tränen auflöste. Schluchzen ließ mich erbeben. Ich sank ohne Kraft in die Hocke, ließ mich auf die kalten Fliesen nieder, krallte die Hände um die Knöchel und barg mein Gesicht an den Knien.

Kara sah den Arzt an, dann meinen Kollegen, der unverändert mit gesenktem Kopf dastand. Am Ende kniete sie vor mir nieder und schloss mich unbeholfen in die Arme.

Ich sah, wie Will sich zu uns umwandte. Er sah mich traurig an, kniff die Lippen aufeinander, nickte kurz und ging.

Ich fing mich schnell wieder, rappelte mich erschrocken auf und brachte ebenfalls ein kaum merkliches Nicken zuwege.

Er sah es nicht mehr und es galt ohnehin eher mir selbst als Ermunterung.

Dann sah ich meine Tochter zögerlich an, strich die Kleidung glatt und hakte mich bei ihr unter.

Der Arzt wartete geduldig ab, bis ich mich wieder gefangen hatte, und führte uns zu Peters Krankenzimmer.

Der Teil der Geschichte um Peter herum ist zum Glück gut ausgegangen, dachte ich erleichtert.

Gleichzeitig war es mir peinlich, dass ich nur Momente zuvor meine Erschütterung derart unkontrolliert hatte offenbar werden lassen. Ich straffte mich und reckte die Schultern.

Gut ausgegangen? Gut? Für Peter, ja.

War Volaczek nach wie vor auf freiem Fuß? Kochte Markovic sein Süppchen aus dem Gefängnis heraus?

Er wäre nicht der Erste, der von seiner Zelle aus kriminelle Fäden in der Hand behielt.

‚Gut' war beileibe nicht das richtige Wort.

Anklage

Kara und ich verbrachten die langen Stunden der Nacht an Peters Bett. Irgendwann nach Mitternacht sprang die Tür zum Krankenzimmer auf und mein Sohn Ben setzte sich zu uns an das Krankenlager. Er hatte von Frankfurt her anreisen müssen und sein Auto genommen. So schnell wie er da war, musste er die Strecke gerast sein.

Peter kam immer mal für wenige Augenblicke zu sich, lächelte, als er uns drei sah und dämmerte wieder weg.

Es gab mir Kraft, meine Kinder um mich zu haben. Ich nahm an, dass es für Peter nicht anders war.

Leise erzählte ich beiden von dem aktuellen Mordfall, dem Kampf auf der Treppe hinter dem Bordell und dem Feuergefecht in unserem Garten. Ich sah das Entsetzen in den Gesichtern der Kinder und spürte, dass sie wieder über meinen Job sprechen wollten, und vor allem darüber, dass die Arbeit deutlich zu gefährlich sei. Ich bedeutete ihnen aber mit Blicken hin zu ihrem Vater, dass dies nicht der rechte Moment sei.

Ohnehin kreisten meine Gedanken ständig um Peters Andeutungen, dass ich mich doch als Psychologin niederlassen sollte.

Als der Morgen über der Oberaller dämmerte, sah ich, dass die Stadt erwachte. Erste erleuchtete Fenster zauberten helle Tupfer in die Silhouette der Dächer und erloschen wieder, als die Sonne erste Strahlen über den Horizont schickte. Das Bild der Stadt mit dem alles überragenden Kirchturm und dem breiten Bogen des Flusses vor den mittelalterlichen Häusern wirkte friedlich, ja unschuldig.

Mit der höher steigenden Sonne fiel immer mehr Licht auf die roten Dächer.

Die Aussicht durch die Fenster des Krankenhauses, das am Hang über dem Nordufer der Aller lag, zeigte die ganze Idylle der Stadt. All die Menschen dort unten standen auf, wankten müde ins Bad, frühstückten, allein oder mit der Familie, und fuhren zur Arbeit. Die allermeisten von ihnen hatten dabei mit Verbrechern nichts am Hut.

Oder merken es nur nicht.

Dass dieser Frieden trog, hatte ich leidvoll erfahren.

Ich fühlte mich unendlich zerschlagen. Die Knochen waren voller Müdigkeit und schwer wie nasser Sand. Der Kopf war angefüllt mit dumpf-schmerzender Leere.

Das alles verblasste augenblicklich, als ich vom Bett her ein mattes Stöhnen vernahm.

Peter erwachte. Es war nicht mehr dieses halb weggetretene Oszillieren zwischen der Narkose und dem kurzen Gewahren, nicht allein zu sein.

Er wachte auf, sah uns an und lächelte.

Sein Blick klärte sich dabei mehr und mehr. Kurz sah er an mir vorbei zum Fenster hinaus.

„Sonniges Wetter. Besser als vorausgesagt."

„Das weißt du so genau? Nach allem, was vorgefallen ist?"

„Klar. Wenn ich zum Hochsitz fahre, muss ich doch wissen, ob ich nicht vielleicht die ganze Zeit im Regen sitze."

Ich lächelte schmal und stieg auf das Geplänkel ein.

„Ja, die Meteorologen. Was für ein Job! Du kannst den Leuten erzählen, was du willst, egal, ob es eintritt oder nicht. Du kriegst trotzdem deine Kohle."

„Und niemand schießt auf dich ..." Peter griff sich stöhnend an die verletzte Schulter. „Sorry, das ist etwas ungewohnt für mich. Als Jäger ist man meistens auf der anderen Seite des Gewehrlaufs."

Kara drückte ihn sanft, aber mit vorwurfsvoller Miene zurück auf das Bett.

Ich schüttelte eine Spur schmallippiger den Kopf, ging die wenigen Schritte zur Bettkante und umfasste seine große Hand. „Schlechter Scherz, mein Schatz."

„Hab' ich den Kerl denn wenigstens erwischt? Ich habe nur mitgekriegt, dass er nach hinten flog. Ab dem

Zeitpunkt weiß ich nichts mehr."

„*Er*wischt? Ja. Danach aber ist er leider *ent*wischt."

Peter zog die Stirn besorgt in Falten. „Das heißt?"

„Der Kerl hatte eine schusssichere Weste an, hat sich wieder berappelt und ist geflohen", antwortete ich.

„Blattschuss und dann so etwas." Mein Mann verzog den Mund und ich wusste nicht, ob er weiterhin Scherze machen sollte.

„Hättest besser auf den Kopf gezielt." Ben hob die Hand, als wolle er ihm auf die Schulter klopfen, hielt aber im letzten Moment inne. Er hatte die leichte Art seines Vaters geerbt. Auch ich gab mich meistens kess, zeigte mich eher selten bierernst oder gar verzagt. So herrschte in der Familie von jeher ein lockerer Ton.

Kara dagegen ging der Spaß zu weit. Sie sprang auf. „Habt Ihr sie noch alle? Ihr seid echt das Letzte!" Sie war ehrlich aufgebracht. „Da läuft ein Irrer dort draußen herum, der euch beide fast abgeknallt hätte." Sie reckte den Arm zum Fenster. „Mir ist nicht zum Sprüchemachen zumute, wenn mein Vater mit Schusswunden im Krankenhaus liegt und meine Mutter auf der Abschussliste von Gewaltverbrechern steht."

Peters und Bens Gesichter gefroren augenblicklich. Sie schwiegen betroffen.

Ich war das Scherzen ebenfalls leid. Mochte der lose Ton auch Tradition in der Familie sein, selbst wenn die Dinge mal nicht so gut liefen. Aber jetzt war die Tünche von Leichtigkeit zu durchsichtig, so ganz und gar nicht nicht mehr passend. Schon der Gedanke an Swantje löschte jede Leichtigkeit.

Ich umfasste noch einmal Peters Hand und sah ihn eindringlich an. „Du hast mir das Leben gerettet. Danke!"

Peter deutete ein Lächeln an, ließ den Kopf auf das Kissen sinken und sah erschöpft an die Decke. „Wir haben beide überlebt."

Bevor sich weiter betretenes Schweigen ausbreiten konnte, klopfte es an der Tür und eine Schwester erschien mit einem Wagen voller medizinischer Instrumente und Unterlagen. Sie lächelte zaghaft, als sie unsere angespannten Gesichter sah, näherte sich trotzdem zügig und trat an das Bett. „Zeit zum Blutdruckmessen und Verbandswechsel. Wenn Sie bitte kurz draußen warten." Sie sah auch mich dabei an.

„Ich bin die Ehefrau. Und wenn mein Mann nichts dagegen hat, würde ich gern bei ihm bleiben."

Als Peter nickte, gab die Schwester ihr Einverständnis. Ben und Kara zogen sich auf den Flur zurück.

Ich sah der Schwester stumm zu, wie sie routiniert den Verband wechselte, die Wunde neu desinfizierte, die Drainage für die Wundflüssigkeit prüfte und Peter wusch. Am Ende maß sie die Temperatur, den Puls und Blutdruck, trug alles stumm in ihren Ordner ein und platzierte seine Medikamente so auf dem Nachttisch, dass er sie mit dem unversehrten Arm leicht erreichen konnte.

„Alle Werte sind okay, Herr Massen. Sie haben, scheint's, die Natur eines Bären." Sie versuchte ein Lächeln und nickte uns freundlich zu. „Gleich gibt es Frühstück und bald darauf ist Visite."

Ich nickte ihr dankbar zu. Dann setzte ich mich auf die Bettkante und hielt Peters Hand. Wir lächelten uns an. „Du bist hier allem Anschein nach in den besten Händen."

„Und die Schwester ist auch noch hübsch." Peter ließ sein unschuldigstes Grinsen sehen.

„Chauvi", frotzelte ich. „Dann kann ich ja gehen."

Ben und Kara kamen herein und lächelten ebenfalls, als sie uns so vertraut sitzen sahen.

„Es ist schön, dass ihr da seid." Peter sah uns der Reihe nach warmherzig an. „Jetzt aber ein paar ernste Dinge. Und bitte unterbrecht mich nicht! Das Sprechen fällt mir mit der Wunde ohnehin schwer, auch wenn die Lunge zum Glück nicht getroffen wurde." Er hielt kurz inne und fixierte uns nacheinander mit konzentrierter Miene. „Ich konnte dich nicht beschützen."

„Doch, das hast du", unterbrach ich ihn bestürzt.

„Nicht!" Er schloss die Augen. „Jedenfalls kann ich es im Moment nicht mehr."

Er sah unsere Kinder an. „Ihr nehmt Euch für die Zeit, in der ihr in Celle seid, ein Hotelzimmer! Das Haus ist derzeit kein sicherer Ort. Außerdem ist es ohnehin als Tatort bestimmt noch nicht freigegeben worden."

Ben und Kara sahen ihn nachdenklich an. Was ihr Vater sagte, war vernünftig. Sie nickten.

„Und du", er sah mir eindringlich in die Augen, „machst die Kerle dingfest!"

Bestürzt und überrumpelt riss ich die Augen auf. Mein Blick durchdrang den seinen, eindringlich, fragend. Mein Kopf schwang langsam hin und her, unschlüssig, wie ernst er es meinte. „Du wolltest immer, das ich den Dienst quittiere."

„Was ja auch nur zu vernünftig wäre", warf Kara hitzig ein.

Peters Kopf ruckte zu ihr herum, Er sah sie tadelnd an.

„Ich muss Kara recht geben", pflichtete Ben ihr bei. Er hob aufgebracht die Hände. „Wir wollen noch etwas von euch haben!" Es klang wie eine flapsige Bemerkung. Seine Augen verrieten jedoch, dass er es grundernst meinte.

„Und deswegen müssen diese Kerle hinter Gitter!", hielt Peter in energischem Ton dagegen.

„Aber das werden doch Mutters Kollegen genauso gut erledigen." Kara wollte nicht wahrhaben, dass ihr Vater es ernst meinte.

„Und sterben dabei", sagte ich tonlos und mit ausdruckslosen Augen. Ich sprach eigentlich zu mir selbst. Aber Ben und Kara, die um Swantjes Tod wussten, verstanden, was ich meinte.

Kara machte Anstalten, noch einmal aufzubegehren, hielt dann aber inne und schwieg.

Ich hatte für mich selbst längst die Entscheidung gefällt, mich aus der Polizeiarbeit zu verabschieden.

Peters unerwarteter Appell jedoch brachte diesen im Stillen gefassten Entschluss wieder ins Wanken. Ich sah über sein Bett hinweg. Der Blick ging ins Leere. Die Monitoren mit Peters Vitalwerten nahm ich nur am Rande wahr. Und doch triggerten sie Gedanken in mir, düstere Assoziationen an den Tod, obwohl sie anzeigten, dass Peters Werte stabil waren. Swantjes Monitoren hingegen hatten wenige Stunden zuvor nur noch flache Linien angezeigt und alle Hoffnungen begraben. Ich war nicht bei ihr am Bett gewesen und wusste dennoch, dass es so war.

Ich sah Peter zweifelnd an.

Er nickte. „Du weißt, dass ich immer Angst um dich habe. Aber du bist die Richtige für diese Jagd."

Ich hob die linke Augenbraue, skeptisch.

Er zwinkerte mir zu. „Außerdem weiß ich, dass du ewig mit deinem Entschluss hadern würdest. Und wer erträgt schon eine unzufriedene Frau zu Hause?"

Er sah mit einem Schmunzeln an mir vorbei. Ich folgte seinem Blick und bemerkte, wie Kara mit den Augen rollte.

Es klopfte. Peter rief „herein" und Will Wöhler sowie Chris Hafernagel erschienen in der Tür.

Will warf Peter und meinen Kindern einen scheuen Blick zu. „Ich habe schon gehört, dass es Ihnen besser geht", wandte er sich an Peter.

Dann räusperte er sich und sah mich an. „Die Spurensicherung ist in einer Stunde am Haus fertig. Du könntest dich frisch machen und ein paar Sachen aus dem Haus holen. Ich habe zwei Kollegen zur Sicherung abgestellt. Es wäre aber vernünftig, die nächsten Wochen, woanders zu wohnen." Er räusperte sich erneut und ich wunderte mich, wie offenkundig verlegen er wirkte. „Ich habe übrigens mit Stenzel gesprochen. Er hätte Verständnis dafür, wenn du für dich und deine Familie", er nickte den dreien zu; „eine Auszeit nimmst. Swantje und du werden uns fehlen. Die Moko ist aber ausreichend bestückt und wir schaffen das."

„Siehst du!" Kara streckte die offene Handfläche vor, als wenn sie ihren Kronzeugen präsentieren wollte.

„Danke, Will", überging ich meine Tochter. Ich lächelte milde. „Wir hatten das Thema soeben durchgekaut. Sieht so aus, als wenn ich wieder zur Arbeit soll." Ich lächelte schmal.

„Es hat jeder von uns Verständnis, wenn du dir Zeit nimmst, erst einmal zur Besinnung zu kommen. Lass dir Zeit, auch für die Familie." Er nickte jedem von uns grüßend zu. Und wandte sich zum Gehen.

Chris Hafernagel nickte ebenfalls in die Runde. Bei Kara verweilte sein Blick indes einen Sekundenbruchteil länger. Ich sah, dass seine Wangen sich rot färbten.

„Oh, nein", dachte ich. „Das bitte nicht auch noch!"

Nachdem Peter mir versichert hatte, dass er mit Frühstücken, Visite und Telefonaten die nächsten Stunden eh ausreichend beschäftigt sein würde, fuhr ich mit Ben und Kara zu unserem Haus nach Klein Hehlen, duschte und wechselte meine Kleidung. Wir brühten ein paar Tassen Kaffee auf und frühstückten hastig. Ebenso eilig packte ich ein paar Sachen für mich und Peter zusammen. Mehr als die Küche und das Bad mochte ich nicht aufsuchen. Ich mied das Wohnzimmer und den Blick hinaus zur Terrasse. Selbst die Kinder scheuten sich, den Garten und die Zerstörungen durch den Schusswechsel näher zu untersuchen oder gar Ordnung zu schaffen.

Wir verließen das Haus beinahe fluchtartig. Ich bedankte mich bei den Kollegen, die das Haus weiter sicherten. Dann fuhren wir los, um ein Hotelzimmer zu buchen. Wir entschieden uns für ein Hotel in der Innenstadt.

Sofern die Bedrohung durch den Tschechen länger andauern sollte, würde ich mich um eine neue Bleibe für Peter und mich kümmern müssen.

Vorerst aber ließ ich mich am Präsidium absetzen.

Schon am Empfang merkte ich, dass alle in der Polizeiinspektion über den Anschlag in Kenntnis waren. Die Kollegin, die am Eingangsbereich Dienst tat, nickte mir aufmunternd zu.

Ich eilte durch die Flure und fand in meinem Büro die Nachricht vor, dass die Mordkommission zurzeit tagte. Ich machte mich auf den Weg zum MoKo-Raum und trat mit Herzklopfen ein, denn ich ahnte, dass die Kollegen und Kolleginnen nicht unbefangen auf mein Erscheinen reagieren würden.

Dafür sprach schon die Anwesenheit des Staatsanwaltes, den ich als Erstes nahe der Tür bemerkte. Ein Raunen ging durch den langgestreckten Raum, das mich sogleich zaudern ließ, gelassen weiter einzutreten. Die meisten waren offensichtlich verwundert, mich gleich am Tag nach dem Anschlag zu sehen. Ich gab mir dennoch einen Ruck, reckte das Kinn und suchte den Platz auf, den ich beim letzten Treffen innehatte.

„Schön, dass du da bist." Will lächelte warmherzig. Er war erkennbar berührt und offenkundig erleichtert.

Staatsanwalt Schaller erhob sich gravitätisch. „Frau Massen, ich grüße Sie." Ein bemühtes Lächeln huschte über sein Gesicht. „Ich weiß zu schätzen, dass Sie uns weiterhin zu unterstützen gedenken, und das nach allem, was Sie durchgemacht haben." Er nickte mehrmals bedeutungsvoll.

Zustimmendes Raunen wehte durch den Raum.

„Aber wir sind quasi in der Zielgeraden. Jeder hier hätte Verständnis, wenn Sie sich für ein paar Tage eine Auszeit nähmen." Der Staatsanwalt bemerkte meine schmaler werdenden Augen und das Lauern im Blick. Er lächelte begütigend. „Herr Wöhler ist, denke ich, ebenfalls meiner Auffassung." Er wandte sich dem Chef der Mordkommission zu. „Wir haben einen geständigen Mörder. Nicht zuletzt Ihr Verdienst." Er sah mich dabei mit anerkennendem Blick an. „Ich bin aktuell damit beschäftigt, die Anklage gegen den Tschechen vorzubereiten und die Anklageschrift zu fertigen."

Will nickte schmallippig. „Markovic in den Knast zu bringen, ist kein Problem mehr. Der Aspekt ist ausermittelt."

Ausermittelt ...

„Aber die Mordmerkmale", wandte ich hitzig ein. Ich mochte einfach nicht glauben, dass Schaller jetzt schon den Sack zuzumachen vorhatte. „Ist denn überhaupt nicht mehr *von Belang*", den ironischen Seitenhieb konnte ich mir nicht verkneifen und registrierte amüsiert, wie hier und da zischend eingeatmet und die Luft erschrocken angehalten wurde, „dass neben Heimtücke und Grausamkeit der Tatbegehung das Mordmerkmal der Habgier mit der Anklage zusätzlich anzuführen wäre? Wir kennen doch nach wie vor nicht den Anstifter."

Schaller lächelte nachsichtig. „Frau Massen, ich weiß Ihre hohen Ansprüche zu schätzen. Glauben Sie mir! Aber wer *wie* angeklagt wird, das entscheidet die Staatsanwaltschaft. Die Ermittlungsansätze der MoKo waren ja vielversprechend. Aber es gibt zur ‚Spur des Geldes', wie Herr Wöhler die oft entscheidende Frage pekuniärer Interessen zu nennen pflegt, keine ausreichenden belastbaren Erkenntnisse, welche Herrn Möbius' Anstiftung infrage stellen." Er reckte den Arm einladend in Wills Richtung. „Herr Wöhler, mögen Sie Frau Massen aufs Laufende bringen?"

Der gestelzte Habitus des Staatsanwaltes ödete erkennbar nicht nur mich an.

Will sammelte sich. Sein Bemühen um Sachlichkeit war so überdeutlich wie sein Unbehagen, das er dabei empfand.

„Wir haben gestern und schon heute früh eine Reihe von weiteren Zeugenbefragungen durchführen können. Zudem sind Konten der Beteiligten, bis hin zur YourOptions in Hannover inzwischen gecheckt worden. Danach ergaben sich keine Hinweise darauf, dass Gelder geflossen oder irgendwo geparkt worden wären, um

Beträge in größerer Höhe für Markovic' Bezahlung bereit zu halten." Er hob bedauernd die Arme. „Was die Motive der Entscheidungsträger in der Better-Slogan oder der YourOptions angeht, sind wir zwar auf verärgerte, teils auch enttäuschte Manager gestoßen, die Probleme wegen der geplatzten Übernahme durchblicken ließen, Probleme jedoch, die nach Überzeugung der Beteiligten nicht unlösbar bleiben. In dieser Richtung hatte sich ja auch schon van Leuten geäußert. Schließlich gibt es Erben, die aller Wahrscheinlichkeit nach wenig Interesse haben, die Übernahme platzen zu lassen. Entsprechend gelassen wirkten die meisten Beteiligten. Der Hinweis Jost van Leutens war Wert, der Sache nachzugehen. Das alles reicht dennoch für ein Mordmotiv nicht aus." Will kniff die Lippen zusammen und hob entsagungsvoll die Augenbrauen. „Wir sind an der Stelle, wo andere Anstifter in Betracht kommen, kein Stück weitergekommen. Es bleibt nur die Belastung Möbius'."

So schnell?

Mein Gesicht schien ein einziges Fragezeichen gewesen zu sein, denn Schaller griff den Faden mit weiterhin nachsichtiger Miene auf. „An der Stelle erweist sich die personelle Ausstattung der MoKo als Segen. Alle Beteiligten", er deutete eine Beifallsbekundung in die Runde an, „haben in kürzester Zeit glänzende Arbeit geleistet. Meinen Respekt dafür. Nicht nur Herr Stenzel ist enorm stolz auf Ihrer aller Arbeit. Nicht zuletzt deshalb sind wir in der Lage, der Öffentlichkeit in kürzester Zeit einen abgeschlossenen Fall zu präsentieren." Er nickte abermals anerkennend in die Runde. „Jetzt ist es an mir", er schauspielerte eine Leidensmiene, „die Anklagen zu schreiben. Ich bin zuversichtlich, dass wir noch diesen Sommer die Urteile haben werden."

Ein abgeschlossener Fall in Rekordzeit. Das dient doch nur dem Ego des Herrn Staatsanwalt. Allein das ist von Belang.

Ich war verbittert. Denn das hatte mit Polizeiarbeit nicht mehr viel zu tun.

Schaller missdeutete meinen Gesichtsausdruck.

„Aber liebe Frau Massen", ich sah ihn misstrauisch an, „die Causa Volaczek ist damit doch nicht vom Tisch. An *der* Sache sind wir weiter dran. Wir kriegen den Kerl, keine Sorge! Sobald wir ihn haben, gibt es eine neue Anklage. Wir *alle*", er sah sich mit dramatischem Schwenk seines rechten Armes in der Runde um, „werden dafür sorgen, dass der Mord an Frau Feinweber und der Anschlag auf Sie und die Verletzung Ihres Gatten gesühnt werden. Das ist uns *allen* ein Anliegen, einschließlich der gesamten Staatsanwaltschaft."

Bei der Erwähnung Swantjes durchfuhr kalter Schmerz meinen Brustkorb bis hin zum Herzen und ließ die Kehle eng werden. Ich schluckte und kämpfte mit feucht werdenden Augen.

Die ganze gestelzte Art Schallers war mir derart zuwider, all das Pathos. Sein gesamtes Auftreten troff vor unverhohlener Selbstgenügsamkeit. Es war ein *Auftritt*. Das zur Schau getragene Bemühen eines in Routinen erstarrten Mannes kurz vor der Rente, der sich zu beweisen mühte, dass er nichts von seiner Souveränität verloren hat. Alles deutlich mehr Pose als vorzeigbares Ergebnis.

Einzig von Substanz war offenbar, was die erweiterte MoKo an fallrelevanten Daten zusammengetragen hatte. Und das war offenkundig eine erstaunliche Menge. An der Stelle lag der Staatsanwalt nicht verkehrt.

Schaller schien zu ahnen, was hinter meiner Stirn vorging. „Ich vermute, dass Ihnen das alles zu schnell geht. Und das war es ja auch: *schnell*." Er fixierte meinen Blick. „Angesichts der Gefahrenlage durch Volaczek konnte ich richterliche Anordnungen vorläufig ersetzen, die später nachgeholt werden. Wir waren durch die Bank hoch motiviert und ziemlich umtriebig, nachdem gestern die Schüsse fielen. So konnten schon heute früh restliche Bank- und Providerdaten eingesehen werden. Und wie ich schon sagte: Wir waren personell so glänzend aufgestellt, dass wir alle Daten zu sichten vermochten. Danach ergibt sich indes nichts, was auf Motive der Beteiligten im privaten wie im geschäftlichen Umfeld des Opfers und möglicher Täter zu verwerten wäre. Insoweit verbleibt nichts von Belang. Was *bleibt,* ist die Rivalität Möbius' mit dem Ermordeten."

Er hielt bedeutsam inne und sah mich mit der gespielten Güte des Lehrers an, der auf ein Zeichen der Einsicht seiner verbohrten Schülerin wartet.

Als dieses Zeichen von meiner Seite nicht kam, gab er sich einen Ruck und wurde ernst. „Soweit das Puzzle für Sie weiterhin nicht stimmig ist, Frau Massen, bleibt etwas Zeit bis die Anklagen gegen Markovic als Täter und Möbius als Anstifter gefertigt sind. Solange mögen Sie die Berichte studieren. Dann aber sollten Sie sich von dem Fall zurückziehen! Nachdem Sie angegriffen wurden, ist nicht damit zu rechnen, dass Sie unbefangen und mit dem nötigen inneren Abstand an die Sache herangehen. Die Kollegen Wöhler und Hafernagel werden weiter ermitteln, soweit vermeintliche Unklarheiten bestehen. Die erweiterte MoKo wird es dafür nicht mehr brauchen. Ich werde Herrn Stenzel daher nahelegen, die MoKo auf den ursprünglichen Stamm zu reduzieren und aufzulösen, sofern sich nicht weitere überraschende Erkenntnisse zeigen sollten."

Swantje hast du dabei geflissentlich übersehen.

Ich biss mir auf die Lippen und verkniff mir einen Kommentar.

„Keine weiteren Fragen? Letzte Anregungen? Nein?" Schaller stand auf und raffte seine Unterlagen zusammen. „Meine Damen, meine Herren." Er sah erneut in die Runde. „Gute Arbeit!"

Damit wandte er sich endgültig zum Gehen.

Die Versammlung löste sich recht schnell auf, nachdem Schaller den MoKo-Raum verlassen hatte. Einige der Kollegen und Kolleginnen kamen scheu und mit erkennbar linkischer Körpersprache zu mir. Ich erntete bedauernde und mitfühlende Bemerkungen zu all dem, was ich durchgemacht hatte. Ich ließ das alles mit bemühter Freundlichkeit über mich ergehen. Das war es schließlich nicht, weshalb ich darauf verzichtet hatte, eine Auszeit zu nehmen.

Will hingegen wusste, worum es mir ging.

„War ‚ne ziemliche Zumutung, nicht wahr?" Er zog mich beiseite als der MoKo-Raum sich schon fast geleert hatte. „Die Fahndung nach Volaczek läuft auf Hochtouren. Ab heute wird zudem öffentlich gefahndet. Thar von der Celler Zeitung wird's freuen." Bei dem Hinweis auf den Reporter sah er säuerlich drein. „Jeder abkömmliche Kollege ist da draußen unterwegs und hält die Augen offen, zapft Quellen an und setzt Informanten auf den Tschechen an. Du weißt, wie das läuft, wenn Cops angegriffen und getötet wurden. Das gilt genauso für die Kollegen in Hamburg. Wenn der Kerl hier im Landkreis unterwegs ist, in seiner Wohnung, oder irgendwo auf dem Kiez auftaucht, kriegen wir ihn!"

Ich nickte schmallippig. „Wenn", erwiderte ich vielsagend.

Als Antwort sah der Chef der MoKo zum Fenster hinaus und legte tröstend den Arm um mich.

Ich zog die Schultern ein wenig unwillig zusammen.

Will bemerkte mein Widerstreben und nahm den Arm wieder beiseite. „Schaller hatte keine Geduld mehr."

„Ja, mag sein. Pavel Volaczek finden wir aber mit deutlich größerer Wahrscheinlichkeit, wenn wir den tatsächlichen Anstifter ermitteln." Ich glaubte nach wie vor nicht, dass Möbius Markovic zum Mord angestiftet hatte.

Will nickte nachdenklich. „Ich sehe das ja genauso. Aber Schaller hat recht damit, dass wir keine Hinweise auf andere Anstifter haben. Man kann ihm nicht verdenken, dass er darauf zurückgreift, das Markovic

Möbius belastet. Zumal Möbius mit Eifersucht *den* Klassiker eines Mordmotivs liefert. Mit Chance kommt bei den Fahndungsmaßnahmen noch etwas Verwertbares heraus. Bisher jedenfalls haben wir keine Hinweise auf andere Anstifter. Das gilt auch für van Leuten."

„Bisher!" Ich hielt Will meinen Zeigefinger wie einen Degen vor die Nase. „Aber haben wir nicht doch etwas übersehen?"

„Was denn, Petra? Was haben wir übersehen?" Will sah mich mit zusammengekniffenen Brauen an.

„Mir geistert immer noch durch den Kopf, dass van Leuten Möbius auf der einen Seite über den grünen Klee gelobt hat, ihn andererseits als gewieften Kerl dastehen lassen hat. So als wenn er ganz froh war, dass Möbius der Hauptverdächtige ist."

„Das wird mit großer Wahrscheinlichkeit so sein, dass er froh ist, wenn wir nicht weiter in seinen Geschäften herumstöbern. Aber mehr als das ist es womöglich nicht. Das allein macht ihn nicht weiter verdächtig." Wöhler sah mich eindringlich an.

Chris gesellte sich zu uns. „Was hat denn nun unser Amtshilfeersuchen in Hamburg ergeben?", fragte er fast beiläufig. Ich war dem jungen Kollegen dankbar, dass er auf meiner Seite zu stehen schien. „Dazu hat der Herr Staatsanwalt gar nichts mehr gesagt."

„Genau!" Ich nickte ihm zu. „Was gibt es aus Hamburg? Soll ich Michi noch einmal anrufen?"

„Nicht nötig." Will deutete zur Wand hin, wo eine Reihe Fotos neben mit schwarzem Edding gekritzelten Bemerkungen auf das Wallboard geklebt waren. Einige davon sahen wie Bilder aus einer Wohnung aus. Ich setzte meine Brille auf, trat näher heran und entzifferte den Schriftzug ‚Wohnung Markovic'. Darunter fanden sich Fotos seiner Wohnungseinrichtung in Hamburg.

Auf das erste Hinsehen war ich enttäuscht. Nach seinem nicht unsouveränen Gebaren bei dem Verhör und seiner Kleidung hatte ich nicht solch eine schlichte Bleibe erwartet. Über einfachsten Möbeln fanden sich billig gerahmte Poster von Lamborghinis, Maseratis und Ford Mustangs. Einen Lotus erkannte ich noch. Die restlichen Modelle kamen mir nicht bekannt vor.

„Teenagerträume von Autos", kommentierte Will, der hinter mich getreten war.

„Wieso?" Hafernagels Stimme klang aufgekratzt.

„Sind doch geile Karren." Er grinste aufreizend, bereit, abermals Häme auf sich zu laden.

„Du bist ja selbst so ein Teenager", kam es prompt im abfälligen Ton von Wöhler.

Chris grinste eine Spur breiter.

„Ihr Kerle seid allesamt Teenager, man könnte meinen lebenslänglich. Wenn man euch so hört," schnitt ich das Geplänkel ab.

Ich wandte mich wieder der Wallboard zu und ließ meinen Blick über die übrigen Bilder schweifen.

„Markovic ist ein Schläger vom Hamburger Kiez. Insoweit passt die Wohnung zum Klischee. Aber hier in Celle gab er sich wie ein cleverer Mittvierziger aus dem Mittelstand, was Kleidung und Wortwahl angeht – wenn man mal von seinem narzisstisch-überheblichen Gehabe absieht." Ich trommelte unentschlossen mit meinen Fingern gegen die Lippen.

„Sind vielleicht wirklich alles nur Klischees", wandte Wöhler ein. „Seine Kumpels waren ebenfalls nicht so gekleidet, als wenn sie gerade vom Hamburger Berg gecastet worden wären."

Ich nickte versonnen, den Blick weiterhin auf die Fotos gerichtet.

„Kann allerdings sein", spann Chris den Faden weiter, „dass sie sich hier anders zurechtmachen wollten, um nicht aufzufallen, wenn sie mit ihren Auftraggebern zusammenkommen."

Ich nickte. „Alles denkbar. Aber die Fotos sagen mir ‚Kiezklischee'."

„Und wenn schon?", brachte Chris die im Raum stehenden Gedanken ungeduldig auf den Punkt. „Bringt uns das weiter?"

„Ich denke da an Möbius BMW", sinnierte ich in Gedanken versunken, ohne etwas Greifbares zu erkennen. Wie das sprichwörtliche Stochern im Nebel. „Warum hat Volaczek den Wagen von Diana Möbius erpresst?"

„Dafür gibt es, meine ich, eine plausible Erklärung", sprang Will dem jungen Kollegen bei. „Das ‚Unternehmen Celle' ist gründlich in die Hose gegangen. Der Chef des Trios hat sich kaschen lassen. Hurdlic ist draufgegangen. Am Ende versucht der letzte Musketier, aus der Sache herauszuholen, was eben geht, und verdünnisiert sich. Nichts, was Schaller anderen Sinnes werden lässt."

Ich zuckte unentschlossen mit den Schultern und sah mich zu meinen Kollegen um. „Mag sein, dass Ihr recht habt. Aber irgendetwas irritiert mich bei der Sache noch immer."

Ich versuchte zaghaft ein aufmunterndes Lächeln. „Drei Musketiere, die sind jetzt auch von der MoKo übrig geblieben."

„Und jetzt?" Will sah mich mit großen Augen erwartungsvoll an.

„Der BMW", antwortete ich lakonisch. „Er ist neben der reinen Personenfahndung ein Schlüssel zu einer erfolgreichen Fahndung. Aber vielleicht nicht nur das. Ich frage mich, wie Volaczek auf den Wagen verfallen ist."

„Aber auch das ist doch ganz naheliegend", ging Chris noch einmal widerstrebend auf meinen Argwohn ein. „Wenn Markovic ein Autonarr ist, dann hat er seinen Kumpels von dem schicken BMW vor Möbius Gartenzaun erzählt. Schon sind wir bei Wills Überlegung, dass Volaczek vor dem Untertauchen noch etwas aus der Sache herauszuholen versucht."

Ich erinnerte mich, dass Möbius laut einem der Vernehmungsprotokolle aufgefallen war, dass Markovic' Blick länger auf dem BMW geruht hatte, als sie sich in Wolthausen voneinander verabschiedet hatten. Das passt ganz sicher zu einem Autonarr.

Ich zuckte mit den Schultern. „Ich gehe noch mal rüber zu Frau Möbius ins Autohaus und lasse mir genauer erzählen, wie das war, als Volaczek den BMW erpresst hat.

Als Diana Möbius wieder aus ihrem Büro in das Foyer des Autohauses gerufen wurde, sah ich den Unwillen in ihrem Gesicht, schon als sie im Flur hinter dem Tresen auftauchte.

„Frau Massen, gibt es denn noch immer Fragen?" Ihre Stimme klang gepresst. Man spürte, dass sie genervt war.

Ich tat erstaunt. „Könnte doch sein, dass unsere Fragen Ihrem Mann helfen", hielt ich ihr entgegen. "Möglicherweise ergibt sich ja Neues, das Ihren Mann entlastet. Das sollte schließlich auch in Ihrem Interesse sein."

Sie gab sich einen Ruck und nickte ernst. „Natürlich! Das Ganze ist mir leider allmählich ein wenig zu viel. Das Getuschel von Nachbarn und Kollegen, das Geschreibsel in der Zeitung. Gestern wurde sogar im Regionalfernsehen davon berichtet. Und dann die Befragungen hier auf der Arbeit."

„Sie haben recht. Nur weil es so bequem ist, mal eben über die Straße zu gehen. Die Alternative wäre allerdings, sie ins Präsidium zu bitten."

Sie machte eine wegwerfende Geste.

Da im Moment kein Kunde im Foyer war, lehnte sie sich an den Tresen und lud mich mit einer Geste ein, es ihr gleichzutun.

Ich sah Frau Möbius an, registrierte ihre Unsicherheit und entschloss mich, ohne Umschweife zur Sache zu kommen: „Ich frage mich, wie Pavel Volaczek auf den BMW Ihres Mannes gekommen ist. Der Wagen stand den Vernehmungsprotokollen zufolge an der Straße. Er hätte demnach Nachbarn oder Besuchern gehören können. Woher also wusste der Tscheche, dass der

Wagen Ihnen beziehungsweise Ihrem Mann gehörte?"

„Keine Ahnung. Kann sein, dass mein Mann auf den BMW gedeutet hat, als er ihm anbot, ihn nach Hause zu fahren." Frau Möbius sah mich mit großen Augen an.

Ich nickte. Durchaus denkbar, dass es so simpel war.

„Ist schon komisch, dass die Kerle so schlicht gestrickt sind", fügte sie plötzlich mit launigem Ton hinzu. „Wenn es um Autos geht, sind sie schnell zu begeistern." Sie hielt mit versonnenem Lächeln inne. „Ich bin zwar nicht im Verkauf tätig, aber ich kriege oft genug mit, und sei es nur aus Gesprächen bei Tisch, wie aufgekratzt interessiert unsere männlichen Kunden in den Verkaufsgesprächen immer wieder sind. Autos sind und bleiben doch das liebste Spielzeug der großen Jungs." Sie lächelte mich Beifall heischend an.

Ich erwiderte das Lächeln. „Stellen wir Frauen unser Licht nicht unter den Scheffel! An erster Stelle stehen doch wohl trotzdem wir."

Diana Möbius Lächeln gefror unvermittelt. Ihr Blick wurde eisig. „Aber wir werden nicht mit Autos bezahlt. Mit solchen Karren lassen sich nur Kerle bezahlen."

Ich zog die Brauen hoch und war nicht nur von ihrer heftigen Reaktion überrascht. „Sie meinen, Volaczek hat den BMW als Bezahlung genommen? Quasi an Markovics Stelle?"

Oder für Markovic

Nun ja, der ist im Knast, antwortete ich mir selbst in Gedanken.

„Könnte doch sein, oder." Mein Gegenüber wurde wieder zögerlicher im Ton.

„Denkbar", erwiderte ich nachdenklich. „Aber das bringt uns nicht weiter. Ich wollte an sich nur wissen, wie Volaczek auf den BMW gekommen ist. Aber das ist ja nun halbwegs plausibel erklärlich geworden.

Diana Möbius sah mich prüfend an und nickte am Ende versonnen.

Ich verabschiedete mich und ging nachdenklich zurück, hinüber zum Präsidium und sofort wieder zu

Will in dessen Büro.

Was, wenn der Wagen von vornherein als Bezahlung für den Mord gedacht war?

„Keine verdächtigen Geldströme. Möbius hätte nur seiner Frau zu erklären, wo der schöne neue Wagen geblieben ist. Die leichteste Variante wäre, den BMW als gestohlen zu melden. Dann wäre er seiner Frau gegenüber fein raus. Die Idee hat was." Will rieb sich das Kinn. Er grübelte nur kurz. „Auch das Zusammentreffen im Grünen ohne Zeugen, ohne Providerdaten. Das alles ergibt Sinn." Er sah mich eindringlich an. „Ich schätze, da hast du dem Herrn Staatsanwalt etwas von Belang zu liefern. Schaller wird sich freuen. Ein weiteres ein Puzzlesteinchen, das in sein Bild passt, das er für seine Anklage verwerten kann."

„Mich wundert nur, dass Diana Möbius ihren Mann belastet. Als ich mit Swantje bei ihr in Wolthausen war, hat sie sich ganz schön für ihn ins Zeug gelegt", gab ich zu bedenken.

Der Gedanke an Swantje machte mir zu schaffen. Ich musste mich zwingen, mich wieder auf das Gespräch mit Wöhler zu konzentrieren.

Der Gedanke, dass wir die Bausteine von Markovics Geständnis, dessen Belastung Möbius' als Anstifter, Möbius' Motiv bis hin zu einer, jedenfalls für den Staatsanwalt, plausiblen Erklärung für die fehlenden Kommunikationsdaten und der bisher ungeklärten Frage der Bezahlung des Killers zusammen hatten, war schon bestechend. Meine Zweifel an Gerd Möbius als Anstifter gerieten immer mehr ins Wanken.

„Hm", grummelte Will. „Mag sein, dass ihr die Kombi ‚Autos und Frauen' das erste Mal in den Sinn gekommen ist. Ihre plötzliche Wut würde dazu passen, dass es ihr herausgerutscht ist. Was wissen wir den, was in ihr abgeht?"

„Jetzt, da sich der Verdacht verdichtet, dass ihr Mann Anstifter des Mörders ist, kann ich mir inzwischen jegliche Verunsicherung vorstellen und jede denkbare Art von Gefühlsausbruch. Ob die Verteidigung sie zur Entlastung ihres Mannes als Zeugin anführen sollte, ist mehr als fraglich."

„Jetzt denkst du schon wie der Staatsanwalt", amüsierte sich mein Kollege.

„Na ja, davon hängt am Ende ab, wie wir mit dem Einstampfen der MoKo beim bisherigen Ermittlungsstand klarkommen." Ich sah ihn prüfend an. „Ist das bei dir anders?"

„Je eher die Ermittlungen abgeschlossen werden, desto eher bist du wieder beim LKA in Hannover."

„Na, du scheinst es ja gar nicht abwarten zu können." Ich grinste ihn an, koketter als ich es hätte sollen.

Ich sah seinen ernsten Blick, erkannte den Schmerz tief in seinen Augen und wandte mich ab.

Verdammt! Kannst du es nicht einmal lassen, alle Welt anzuflirten? Nicht mal, wenn dein Mann im Krankenhaus liegt?

Will räusperte sich verlegen. „Wenn die StA die Ermittlungen abschließt, bleibt wieder Zeit für all die anderen Fälle, die für die MoKo hintenan gestellt wurden. Außerdem hast du endlich Zeit, dich um deinen Mann zu kümmern." Der letzte Satz klang ein weinig heiser. Will räusperte sich erneut.

Ich sah ihn wieder an. Wehmütig, ernst. „Will, du weißt ..., ich meine ..., ich bin ..."

„Lass gut sein!", unterbrach er mich sanft.

Ich fing mich schnell. „Du hast recht. Alles geht dann wieder in normalen, geordneten Bahnen. Ich schreibe den Bericht über Diana Möbius' letzte Vernehmung, du reichst ihn weiter. Wir sehen dann, was Schaller und Stenzel daraus machen."

Ich sah Will prüfend an.

Er erwiderte stumm meinen Blick. Nach einem endlos scheinenden Augenblick nickte er, wie es seine Art war, und ich wandte mich zur Tür.

Als ich das Türblatt in der Hand hielt, blickte ich mich ein letztes Mal um. Will sah konzentriert auf seine

Unterlagen.

Leise zog ich die Tür hinter mir zu.

Als ich fertig war, fuhr ich mit dem Bus in die Innenstadt und holte Ben und Kara aus dem Hotel ab. Gemeinsam fuhren wir mit Bens Wagen zum Krankenhaus, wo Peter schon sehnlichst auf uns wartete. Die Kinder begrüßten ihn voller Überschwang und fragten, wie es ihm gehe. Peter ließ den Blick mit strahlendem Lächeln von einem zum anderen gleiten. „Für einen Steckschuss von beiden Seiten in die Brust habe ich, scheint es, ziemliches Glück gehabt. Ein wenig mehr abseits von der Schulter, wäre die Lunge getroffen worden. Die Knochen sind auch heil geblieben. Selbst das Schulterblatt wurde nicht getroffen. So ist nichts außer Muskeln und Speck verletzt worden. Muss halt heilen!"

Ich lächelte erleichtert. „Vor allen Dingen Speck", frotzelte ich.

Er strahlte mich ebenfalls an. „Und du? Was gibt es bei dir Neues? Habt ihr den Drecksack?"

Ich wurde wieder ernst und zog einen schmalen Mund. Will hatte mir den letzten Zwischenstand mit auf den Weg gegeben, als ich ihm den Bericht hereingereicht hatte. Danach war von Volaczek bislang keine Spur zu finden. Aber das war realistischerweise so schnell nicht zu erwarten.

„Der *Drecksack* hat sich offenbar in die Büsche geschlagen. Bisher gibt es weder von ihm noch von dem BMW eine Spur." Ich sah ihn aufmunternd an. „Dein Blattschuss wird ihm eine hübsch-bunte Prellung auf die Brust gezaubert haben. Wenn es wie zu erwarten läuft, leckt er sich in irgendeinem Versteck die Wunden und versucht krampfhaft, von uns nicht gefunden zu werden. Wenn es besser läuft, ist die Fahndung bald erfolgreich. Dann können wir uns alle entspannen."

Peter starrte dumpf vor sich hin. „So wie es aussieht,

werde ich dich die nächsten Wochen nicht beschützen können."

„Dann wird es gut sein, dass ich ab jetzt mehr Zeit für dich haben werde." Ich lächelte ihn. „Die Ermittlungen sind aus Sicht der Staatsanwaltschaft abgeschlossen. Die MoKo wird aufgelöst. Zeit, dass ich mal wieder frei nehme und wir die nächsten Wochen irgendwohin abtauchen, wo ich dich pflegen kann. Überstunden habe ich genug und Urlaubstage sind auch noch einige übrig. Im Präsidium wundern sich ohnehin alle, dass ich wieder zum Dienst erschienen bin."

„Gute Idee!", lobte Ben.

Kara nickte. „Ins Haus könnt ihr die nächsten Tage eh nicht", pflichtete sie ihm bei. „Und auch dann wird es nicht schlau sein, im Hause darauf zu warten, dass der Tscheche wieder auftaucht."

„Was er nicht tun wird, schon weil er dort Polizei erwarten wird.", fügte Ben nickend hinzu.„Fahrt erst einmal in Urlaub!"

„Ich kläre das morgen", schloss ich das Thema ab und war schon gespannt darauf, wie Will und Stenzel dazu standen.

Am kommenden Morgen fuhr ich mit gemischten Gefühlen ins Präsidium.

Ich musste nicht lange warten und Will erschien zusammen mit dem Behördenleiter Stenzel. Ich bot beiden Platz gegenüber von meinem Schreibtisch an.

Der Chef des Präsidiums machte keine langen Umschweife: „Frau Massen, ich soll Ihnen schöne Grüße von Staatsanwalt Schaller ausrichten."

Ich verzog säuerlich den Mund.

Stenzel schmunzelte. Er ahnte offensichtlich, was ich vom Staatsanwalt hielt. „Herr Schaller war überaus erfreut über Ihren letzten Bericht. Die Bezahlung des Killers mit einem wertvollen Wagen statt mit Geld ist zwar nicht zu beweisen. Es schließt aber eine Lücke in der Indizienkette, schon weil Volaczek den BMW an sich genommen hat." Er machte eine bedeutsame Pause, als wenn er für seine Eröffnung einen Anlauf brauchte, suchte Wills Blick und nickte dann. „Kurzum: Die Staatsanwaltschaft schließt die Ermittlungen ab und erhebt Anklage gegen Markovic und gegen Herrn Möbius. Die Moko Beinlein wird aufgelöst."

Ich sah ihn lange an und nickte langsam. „War ja absehbar."

Stenzel zuckte mit den Schultern. „Frau Massen, Sie haben hervorragende Arbeit geleistet. Der Fall ist erfolgreich abgeschlossen worden, und das in beachtlich kurzer Zeit. Die Pressestelle arbeitet soeben eine abschließende Pressemitteilung aus. Die Ermittlung reiht sich in die überdurchschnittlich erfolgreiche Arbeit des Präsidiums ein. Auch Ihr Chef beim LKA ist angetan von der mit Ihrer Mithilfe geleisteten Ermittlungsarbeit."

„Vor allem wird er sich freuen, wenn ich die in Hannover liegengebliebenen Akten wieder in Angriff nehme." Ich konnte trotz des überschwänglichen Lobs meinen Missmut nicht verhehlen.

Stenzel hob mit zögerlicher Geste den Finger. „Das glaube ich nicht, auch wenn Sie mir erst vor ein paar Tagen zu verstehen gegeben haben, dass Kollegen ab einem gewissen Dienstgrad allesamt Sklaventreiber sind." Er schmunzelte. „Ihr Chef ist über alles hier im Bilde. Er weiß inzwischen natürlich von dem Überfall auf Sie und Ihren Mann. Und er hat von sich aus gesagt, was wir Ihnen hier ebenfalls schon nahegelegt haben: Sie sollen sich ein paar Tage frei nehmen und um Ihren Mann kümmern. Genau wie wir hält er es für das Beste, wenn Sie sich, sobald Ihr Mann wieder mobil ist, beide so weit wie möglich aus der Schusslinie bringen, auf jeden Fall solange bis wir Volaczek haben."

Er sah mich wieder ernst an. „Frau Massen, machen Sie Urlaub!"

Ich sah Will fragend an.

Mein Kollege sah unschlüssig drein. Sein Gesichtsausdruck schien zu sagen: „Was fragst du mich?" Er machte einen schmalen Mund und nickte mir dann aufmunternd zu. „Sieh zu, dass du die nächsten Wochen abtauchst! Wenn sich etwas Neues ergibt, gebe ich dir Nachricht. Auf Swantjes Beerdigung werde ich dich entschuldigen."

Ich musterte ihn traurig und nickte dann ebenfalls.

Flucht

Es brauchte drei Tage, bis die Ärzte Peter unter Protest aus dem Krankenhaus entließen. Er selbst drängte auf eine schnelle Entlassung, schon weil er es darauf anlegte, schnellstmöglich mit mir von der Bildfläche zu verschwinden.

Seine Versuche, allein aufzustehen, machten ihm allerdings jedes Mal schnell klar, dass es längere Zeit dauern würde, sich ohne Hilfe anzuziehen, oder gar weite Strecken zu gehen. Ohne Schmerzmittel würde in den kommenden Tagen dergleichen kaum zu bewerkstelligen sein.

Ich nutzte die Zeit bis dahin, mit Klaus Sangermann, meinem Chef in Hannover, die Auszeit zu planen und das Gros der Zeit durch Überstunden und Resturlaub zu überbrücken. Er bestätigte mir am Telefon all das, was Stenzel mir schon zugesichert hatte.

Mein Chef war ein grobschlächtig wirkender Mann. Er war fordernd, dabei aber stets gradlinig und für mich all die Jahre bei der OFA berechenbar gewesen. Schon deshalb kam ich mir dabei unehrlich vor, so zu tun, als wenn ich nach den Wochen des Abtauchens wieder wie zuvor in den Alltag zurückkehren wollte. Es brauchte nicht wenig Überwindung, ihm anzuvertrauen, dass ich mit dem Gedanken spielte, mich in absehbarer Zeit als Psychologin niederzulassen. Sangermann war stets klar im Denken und Planen, zumal wenn es etwas zu besprechen oder mitzuteilen gab. Diesmal aber bemerkte ich, dass es intensiv in ihm arbeitete. Ein Stück weit schien er überrumpelt zu sein. Dann aber machte er deutlich, dass selbst ihm bewusst war, dass die Geschehnisse in Celle kaum spurlos an mir vorbei gegangen sein konnten. „Schon klar, Frau Massen. Das braucht seine Zeit." Dann war es wieder still in der Leitung. Ihm war es sichtlich unangenehm, über Persönliches zu sprechen. Am Ende aber machte er mir das

Angebot, die Auszeit durch ein Sabbatical zu verlängern. „Wir wollen Sie hier nicht verlieren." Ich wusste, dass ihm solche Sätze nicht leicht über die Lippen kamen.

„Sie haben recht, Chef. Ich muss mir über einiges erst noch klar werden."

Wir beließen es vorerst dabei abzuwarten, ob Volaczek nicht doch in absehbarer Zeit gefasst würde.

Doch von Volaczek fehlte weiterhin jede Spur. Weder wurde der BMW trotz der Spuren, welche die in solchen PKW verbaute moderne Technik hinterließ, gefunden, noch hatte die Personenfahndung Erfolg. Der Flüchtige wusste offenbar um das sogenannte ‚Internet der Dinge' und darum, welche Geräte in modernen Autos mit der Umgebung kommunizierten. Ich hatte davor gewarnt, die Tschechen zu unterschätzen. Schon Markovic hatte deutlich werden lassen, dass es sich bei den Männern nicht um primitive Schläger handelte.

Wir zogen trotz der Fahndung in Betracht, dass Volaczek uns beschattete und auf eine Chance wartete, Hurdlic doch noch zu rächen. Das war immerhin der Grund, weshalb Peter und ich abzutauchen planten.

Ben und Kara übernahmen es daher an meiner Stelle - beide getrennt -, die Reise für uns zu buchen. Ben besorgte uns Flugtickets nach Prag. Meine Tochter buchte einen Kuraufenthalt in Karlsbad, damit Peter dort weiterhin genesen konnte. Nach der Zeit im Sanatorium würden wir weiter sehen.

Am vierten Tag nach Peters Entlassung aus dem Krankenhaus war es endlich soweit. Ben und Kara fuhren Peter und mich zum Flughafen Hannover und verabschiedeten uns.

Will Wöhler hatte mir ein abhörsicheres Handy besorgt, mit dem er mit uns Kontakt halten würde.

Volaczek blieb auf der Flucht und niemand wusste, welche Schritte er plante.

Auch unser Untertauchen kam mir wie eine Flucht vor.

Sie dauerte länger, als ich es mir erhofft hatte.

Prag war seit Jahren ein Ziel, dass mein Mann und ich uns schon immer einmal ansehen wollten. Doch Peter war gar nicht in der Lage, Sightseeing durch die Stadt zu unternehmen. Wir waren demnach nicht enttäuscht, als die Stadt uns mit Regen empfing. Am Flughafen Vaclav Havel stiegen wir in einen Bus, der uns direkt nach Karlsbad brachte. All das war für Peter nicht nur beschwerlich, sondern mehr als kritisch. Noch im Krankenhaus waren wir darauf hingewiesen worden, dass Peter sich schonen müsse, weil andernfalls die Wunden aufzubrechen drohten, die eben erst zu heilen begannen. Auf den von den Kurhotels in Karlsbad angebotenen Transfer per Shuttlebus aus Deutschland hatten wir verzichtet, weil dieser eine Verfolgung ermöglicht hätte. Ich war mir nicht sicher, ob ich paranoid reagierte, der Umweg über Prag indes schien uns allen sicherer.

Peter hielt sich mit den Schmerzmitteln dennoch tapfer und bewerkstelligte die Umsteigeaktionen, ohne sich anmerken zu lassen, dass er Schmerzen litt. Wir hatten beide unterschätzt, wie tiefgreifend solche Verletzungen selbst einen Hünen wie meinen Mann zu schwächen vermochten. Entsprechend erschöpft und dankbar waren wir, als wir das Kurhotel erreichten und uns endlich ausruhen durften.

Das Hotel mitten in der Stadt bot nicht nur Kuren und medizinische Versorgung an, sondern garantierte auch Nachsorge nach Operationen.

Wir orderten daher an der Rezeption gleich bei der Ankunft eine Untersuchung der Wunde, die kaum eine halbe Stunde später auf dem Zimmer begutachtet, desinfiziert und neu verbunden wurde.

„Jetzt etwas Deftiges zu essen und ein kühles Pils", schwärmte Peter, als er, den rechten Arm mit der verletzten Schulter in der Schlinge, auf den Balkon hinaustrat und den Blick selig über die Eder und die hinter den malerischen Häusern aufragenden bewaldeten Hügel gleiten ließ. Ich trat neben ihn und lehnte mich zufrieden lächelnd an seine gesunde Schulter. Was für eine Idylle nach den überstandenen Schrecken.

„Solange du mit Schmerzmitteln vollgedröhnt bist, kann ich dir Alkohol erst einmal nicht empfehlen. Sonst gehst du ab, als wenn du auf Speed wärst. Aber gut essen, das wird uns guttun. Ich bringe dich bald wieder auf Vordermann."

Peter verzog das Gesicht, als wenn er in eine Zitrone gebissen hätte. Es sah geschauspielert aus. „Klingt wie eine Drohung. Alkoholverbot. Aber deftiges Essen wird es hier sicher an jeder Ecke geben."

Ich sah ihn von der Seite an. „Wenn du die nächsten Tage ohne Schmerzmittel auskommst, gibt's auch Bier."

Er grunzte missmutig und setzte sich etwas unbeholfen auf einen der Balkonstühle. Ich merkte ihm an, dass er sich schwach fühlte und Ruhe nötig hatte.

„Genieße die Abendsonne. Ich packe derweil aus. Und dann geht es ab in eines der böhmischen Lokale. Wird sich schon etwas Uriges finden!"

Peter sah mich ernst an. „Hand aufs Herz, Schatz! Wir sind nicht hier, weil du *ermitteln* willst, oder?"

Bestürzt wurde mir klar, dass er erneut Angst um mich hatte. Gerührt suchte ich seinen Blick. „Ich verstehe." Neckisch schürzte ich die Lippen. „Tschechische Täter, tschechische Polizei, Umfeld der Täter und so, nicht wahr?"

Er nickte.

„Keine bange! Ich habe mich für Karlsbad entschieden, weil man hier in zahllosen Hotels medizinisch versorgt wird. Vor allem aber spekuliere ich darauf, dass Volaczek nicht damit rechnet, dass wir ausgerechnet in Tschechien untertauchen. Die nächsten Wochen will ich nur mit dir verbringen und mich um dich kümmern. All das, wenn es geht, angstfrei."

„Ausgezeichnete Wahl!" Er ließ erneut den Blick über das Tal mit dem Fluss und über die malerische Stadt schweifen. „Sieht nach Rentnerparadies aus. Da kommt der nicht drauf."

Trotz der im Spätsommer noch immer heißen Tage verbrachten wir eine recht unbeschwerte Zeit und Peters Wunde heilte schnell. Er nahm an einem Reha-Programm teil und durfte schon nach wenigen Tagen das ersehnte Bier genießen. Mein Mann fand bald zu alter Kraft zurück. Es dauerte nicht lange und wir konnten schon wieder weite Spaziergänge durch die umliegenden Wälder unternehmen. Wenn man Peter glaubte, wirkte das böhmische Essen Wunder, nicht zu vergessen vor allem aber das ,Elixier aus Pilsen', wie er es nannte.

Immer mal wieder checkte ich das Handy, das Will mir mitgegeben hatte. Ich musste einfach wissen, ob man den Attentäter nicht doch endlich erwischt hat. Aber es blieb stumm und ohne Nachricht.

Oder ist es nicht doch Will, von dem du hören willst? Ich wischte den Gedanken beiseite. *Unsinn!*

Kaum zwei Wochen nach unserer Ankunft meldete sich Will Wöhler und teilte mit, dass die Anklage gegen Markovic bei Gericht sei und die Große Strafkammer in Lüneburg kurzfristig terminiert habe. Zeit für mich, demnächst vor der Kammer als Zeuge auszusagen. Als Termin dafür war der Tag genau nach Ablauf der drei Wochen vorgesehen, die wir das Hotel gebucht hatten.

„Das Gericht hat wegen der Bedrohung durch Volaczek so schnell terminiert, wie es irgend ging."

Da sich Will all die Tage nicht gemeldet hatte, war ich darauf vorbereitet, dass der Tscheche nach wie vor auf freiem Fuß war. Insgeheim hatte ich dennoch gehofft, dass er früher geschnappt würde.

„Ist der Kerl noch immer nicht gefasst worden?", fragte Peter entgeistert.

„Nein, sonst hätten wir längst Nachricht erhalten", erwiderte ich.

„Dann sag deinem Kollegen, dass er dir den Gefallen tun soll, im Haus eine Alarmanlage zu installieren." Peter wirkte entschlossen. „Wir bezahlen das natürlich, wenn wir wieder vor Ort sind.

„Aber wir haben nach meiner Aussage bei Gericht doch Zeit genug, weiterhin unterwegs zu sein. Wir müssen so schnell nicht wieder in unser Haus."

Der Gedanke, aus der gefühlten Sicherheit zurück nach Celle zu kehren, behagte mir nicht.

„Die Idee ist trotzdem vernünftig", hörte ich Will aus dem Hörer. Er hatte mitbekommen, was wir gesprochen hatten. „Ihr habt zwar ohnehin Polizeischutz, solange der Tscheche nicht gefasst ist. Aber eine Alarmanlage am Haus und ein paar Kameras im Garten würden mich ebenfalls beruhigen."

„Was ist das?", begehrt ich auf. „So'n Macho-Ding?" Ich schüttelte genervt den Kopf. „Ist doch vorerst nicht nötig, dass wir wieder vor Ort sind, wenn ich als Zeuge ausgesagt habe. Wir könnten weiter herumreisen, bis die Fahndung erfolgreich ist. Wofür habe ich denn das ,Go' für die Auszeit."

Peter wiegte unschlüssig den Kopf und nickte. „Die Alarmanlage kann trotzdem nicht schaden."

Will bestätigte am Hörer, dass er sich kümmern werde.

Wenige Tage später packten wir die Koffer und verabschiedeten uns von der Idylle des alten Kurortes.

Der Sommer mühte sich, alle Hitzerekorde zu brechen und so war es zum nahenden Altweibersommer in Lüneburg noch immer schweißtreibend heiß, als ich mit den Kollegen der MoKo das Gerichtsgebäude erreichte.

Mir war mulmig zumute. Die Treppen hoch zum Gericht schienen steiler, als ich sie von früheren Terminen in Erinnerung hatte. Ich fühlte mich mit dem großen Platz im Rücken wie auf dem Präsentierteller und fragte mich, ob ich nicht allmählich in Verfolgungswahn abdriftete.

Stoisch wartete ich auf dem Gerichtsflur bis man mich als Zeugin aufrief. Dann betrat ich den Schwurgerichtssaal.

Augenblicklich wurde ich auf fast zwingende Weise vom Anblick des Angeklagten gebannt. Er fixierte mich und seine Augen wurden bedrohlich schmal. Es hatte dennoch nicht den Effekt, den er offenkundig erwartet hatte. In seiner narzisstischen Selbstüberhöhung ging er offenbar unwillkürlich davon aus, dass mich seine bedrohlichen Blicke einschüchtern und warnen würden. Doch diese Macht hatte er nicht. Er hatte sie nie gehabt, weil ich ihn schon bei der ersten Vernehmung durchschaut hatte. Genau daher rührte sein Hass.

Hier im Gerichtssaal ließ mich das indes völlig kalt. Nach dem Anschlag hatte ich viele Stunden mit Angst und Trauer zugebracht und immer in Betracht gezogen, dass Markovic aus dem Gefängnis heraus die Fäden in der Hand hielt.

Heute jedoch wurde über diesen Mann Gericht gehalten. Es war an der Zeit, dass er endlich für seine Verbrechen büßte. Der Gedanke löste Genugtuung in mir aus. Zugleich spürte ich Erleichterung und das in nahezu religiöser Intensität.

Allmählich wurde mir klar, in welcher Anspannung ich die letzten Wochen seit dem Anschlag auf mich und Swantje zugebracht hatte. Hier und jetzt konnte ich meinen Beitrag dazu leisten, dass dieser Mann für den Rest seines Lebens hinter Gitter kam und keine Gefahr mehr war.

"Frau Massen, nehmen Sie Platz!"

Ich setzte mich an den Zeugentisch und ließ die formalen Belehrungen des Vorsitzenden Richters und die Fragen zu meiner Person routiniert über mich ergehen. Auf das Befragen des Gerichts hin trug ich alles vor, was ich über den Fall wusste, was wir in der MoKo ermittelt hatten. Am Ende legte ich meine psychologische Beurteilung des Angeklagten dar, die sich erfreulicherweise mit der des psychiatrischen Gutachtens deckte. Selbst die Fragen des Verteidigers und dessen rhetorischen Bemühungen, mich in Widersprüche zu verstricken, seine Versuche, Ermittlungsergebnisse in Frage zu stellen, brachten mich nicht aus der Ruhe. Ich war einer von etlichen Zeugen aus der MoKo und der Firma des Ermordeten, die Markovic belasteten. Die Spuren- und Beweislage war ohnedies eindeutig.

Der Fall war insoweit klar. Die Verhandlung zog sich trotzdem über den Tag hin.

Das Urteil wurde am späten Nachmittag verkündet. Es lautete, wie nicht anders erwartet, auf lebenslange Freiheitsstrafe mit anschließender Sicherungsverwahrung in der geschlossenen Psychiatrie.

Emil Markovic würde niemals mehr in Freiheit kommen und andere Menschen ermorden, verletzen, drangsalieren oder auch nur bedrohen, außer in der JVA.

So war meine Hoffnung.

Will, Chris und ich fuhren gemeinsam aus Lüneburg zurück nach Celle. Chris schlug vor, den Abschluss des Falles in einem Weinkeller in der Zöllnerstraße mit einem Absacker zu feiern. Will war sofort dabei und sah mich erwartungsvoll an. „Komm! Es gibt doch bestimmt viel zu erzählen."

Aber mir war nicht danach und ich verabschiedete mich.

Das Haus war in den Wochen unseres Abtauchens hergerichtet und gesichert worden. Trotzdem hatte ich eine intensive Scheu, es wieder zu betreten. Ich wusste um die Alarmanlage, die Bewegungsmelder und Kameras im Garten sowie den Wagen mit den Kollegen vor der Tür. Und doch vermochte ich das Unbehagen nicht abzulegen. All das, was über Jahre selbstverständlicher Teil meines Lebens war, schien mir fremd und entweiht.

Jeder Raum, jedes Möbel war mir vertraut, gab mir Halt, war Rückzugsraum und sicherer Ort gewesen.

Der Überfall hatte all das zerstört und die Gewissheit in die Seele gebrannt, dass es diesen sicheren Ort nicht mehr gab, nicht hier. Ich konnte nicht mehr einfach die Tür hinter mir zuwerfen, den Schlüssel auf die Ablage legen, entsagungsvoll stöhnen, mich in den Sessel werfen und alles war gut.

Und doch gaben Peter und ich uns Mühe, so zu tun, als wenn das Leben ab jetzt wieder in die alten Bahnen finden müsse.

Mein Mann war allem Anschein nach nicht nur wieder hergestellt, mobil und kraftvoll wie eh und je. Er hatte sich gar nicht weiter bemüht, sich um eine Reha zu kümmern. Wenn er einmal eine falsche Bewegung machte und Schmerz durch seine Schulter schnitt, tat er dies sogleich ab, so als wenn es nicht der Rede wert sei. Ich war indes überhaupt nicht davon überzeugt. Falsches mannhaftes Getue! Und ich hielt es ihm süffisant vor, all dies leichtfertig abzutun.

Peter jedoch wollte so schnell als irgend möglich wieder in unseren normalen Alltag zurück.

Als ich die Taschen abgestellt hatte und Minuten später aus dem Bad kam, sah ich, wie Peter den Festnetzhörer etwas hastig, wie mir schien, auflegte. „Na, schon wieder Verabredungen?"

Er lächelte unsicher. „Ja, ein Jagdkamerad. Ich hab' Lust, mal wieder auf dem Hochsitz anzusitzen." Er zuckte unschlüssig mit den Schultern und verzog sogleich das Gesicht, als er sich an den rechten Arm griff. „Ich weiß, dass du das nicht gut findest."

„Nicht dein Ernst!", entfuhr es mir. „Du willst schon wieder auf die Jagd?"

Er reckte sich, als wenn der Schmerz abgeklungen wäre. „Klar, es muss doch einmal weitergehen, das normale Leben. Ich muss ja nicht gleich wieder schießen. Immer auf der Flucht, das ist doch nicht zu ertragen!"

Ich lächelte ihn an und trat auf ihn zu. Sanft ließ ich

meine Hände über seine Schultern gleiten. „Du musst mir nichts vormachen!"

Ein unsicheres Lächeln glitt über seine Züge. „Wie? Was vormachen?"

„Es ist völlig okay, wenn nicht gleich alles wieder ‚normal' ist. Außerdem haben wir Zeit. Viel Zeit für uns." Ich nahm seine Hände. „Lass uns gleich morgen wieder aufbrechen. Auf dem Konto sieht es nicht so übel aus, dass wir nicht weiter auf Reisen gehen könnten. Wir wollten doch immer mal nach Rom."

„Bei dieser Hitze?", unternahm er einen schwachen Versuch, der Entscheidung auszuweichen. Im Fernsehen hatten wir gesehen, wie in Rom Wasser rationiert wurde. Der Einwand immerhin sprach für seine Ablehnung.

„Dann eben Stockholm." Ich sah nach wie vor keine Spur von Begeisterung in seinem Gesicht. „Oder London." Bei dem Gedanken, die nächsten Wochen in unserem Haus abzuwarten bis auch Möbius angeklagt wurde, verspürte ich eine Enge im Hals.

Peter bemerkte endlich, dass ich mich nicht damit abfand, schon wieder so zu tun, als wenn der Alltag weitergehen müsse.

„Also gut, London."

Ich seufzte erleichtert. „London! Dann kümmere ich mich mal um die Buchung."

Ich bemerkte sein Unbehagen.

„Ach komm, Liebling, es hat doch keinen Sinn, hier schon wieder Wurzeln zu schlagen. Volaczek ist da draußen und wir beide sind noch nicht soweit. Ich jedenfalls brauche Zeit. Ich ...," Ich zog die Schultern unbehaglich zusammen und sah mich im Wohnzimmer um. „Ich fühle mich einfach nicht wohl."

Peter lächelte sanft. „Ist schon okay." Er griff meine Hände und zog mich vorsichtig in seine Arme. Ich gehe in die Küche und schau, ob ich etwas Verwertbares in der Vorratskammer finde. Den Kühlschrank hat ja niemand aufgefüllt.

Peter bereitete uns eine schnelle Mahlzeit aus Fertig-knödeln, Rotkohl aus der Dose und Rehkeule aus dem Tiefkühler. Eine Flasche Rotwein fand sich ohnehin immer im Keller und so machten wir die Küche zu unserem vorläufigen Stützpunkt auf dem Weg der Rücker-oberung unseres ehemaligen Heims.

In dieser Nacht liebten wir uns das erste Mal seit vielen Wochen.

Glücklich hoffte ich, dass das Leben begann, sich wieder ein Stück so harmonisch anzufühlen, wie es zwischen uns all die vielen Jahre gewesen war.

London war, wie wir es schon viele Male zuvor erlebt hatten, ein kunterbunter Trubel unterschiedlicher Slangs und Typen, der unvergleichliche Mix, lange Geschichte atmender Gebäude, Kultur und noch bunterer Undergroundkultur und Mode. Gegen das britische Klischee fand man, sehr zu Peters Freude, gutes Essen, so dass uns beiden nicht langweilig wurde. Wir hatten eine heimelige und halbwegs erschwingliche Pension nahe dem London-Eye gefunden, so dass fußläufig fast alles erreichbar war, was uns die Zeit nicht lang werden ließ.

Es war der größtmögliche Kontrast zu Karlsbad, den man sich denken konnte.

Die kommenden Tage flogen nur so dahin. Mir kam es fast vor wie zweite Flitterwochen.

Dann erreichte uns der nächste Anruf meines MoKo-Chefs. Will räusperte sich zu Beginn des Gesprächs, als wenn es ihm unangenehm wäre, mich aus dem Traum fern des Alltags zu rufen.

Klar doch, er weiß schließlich genau, wie du gerade drauf bist. Ich rief mich ernüchtert zur Ordnung.

„Petra, du wirst wieder als Zeugin gebraucht. Der Prozess gegen Möbius ist terminiert. Du müsstest kommende Woche wieder in Lüneburg sein."

In Lüneburg. Wie sich das anhörte. Ich fühlte mich dieser Tage wie aus der Zeit gefallen. Und doch rief das

Leben in Celle, Hannover und eben hin und wieder mal in Lüneburg nach mir.

Als ich Peter von dem Gespräch berichtete, schien er gar nicht enttäuscht zu sein. „Na ja, irgendwann ist es ja mal Zeit, den Schritt in den Alltag wieder zu probieren."

„Rückschritt willst du wohl sagen", hielt ich ihm ernüchtert entgegen. „Ich könnte mich an die unbeschwerte Zeit mit dir gewöhnen."

Er lächelte mich an. „Ja, das wäre wunderbar."

Die Zeugenaussage vor dem Schwurgericht in Lüneburg fühlte sich wie ein Déja Vu an. Es war derselbe Mord, derselbe Fall, nur dass es um die Frage der Anstiftung zu dem Mord ging.

Auf der Anklagebank saß an diesem Tag jedoch jemand anderes.

Ich hielt Möbius noch immer für unschuldig. Er saß auf der Anklagebank wie ein Häufchen Elend. Ich fragte mich, wie ausgeliefert man sich in solch einer Situation fühlte. Zumal wenn man mutmaßlich unschuldig war.

In den Wochen der Auszeit mit Peter hatte ich dennoch nicht mehr darüber nachgedacht, wer denn stattdessen der wirkliche Anstifter war, wenn nicht Gerd Möbius. Ich gehörte nicht zu den Kollegen, die sich mit offenen Fragen nicht mehr beschäftigten, wenn die Staatsanwaltschaft die Ermittlungen für abgeschlossen erklärte. Aber die letzten Wochen hindurch standen andere Dinge für mich im Vordergrund.

Heute würde das Gericht entscheiden, ob der Fall abgeschlossen war. Im Falle des Freispruchs wäre die Staatsanwaltschaft erneut in der Pflicht, den Anstifter zu ermitteln.

Auf der Fahrt nach Lüneburg und auf dem Gerichtsflur hatten Will und Chris Hafernagel mir von dem Stand der Fahndung erzählt.

Volaczek war weiterhin nicht gefasst worden. Zweimal war es beinahe dazu gekommen, ihn zu fassen. Einmal hatte man von Pilzsammlern den Tipp erhalten, dass tief im Wald hinter Eschede ein Wagen mitten im Wald in einem provisorischen Unterstand zu finden sei. Als die Polizei vor Ort auftauchte, war der Wagen verschwunden. Die gesicherten Reifenspuren indes passten zu dem gesuchten BMW. Wochen zuvor gab es einen Tipp zu einer bar im voraus bezahlten Garagenmiete in einem abgelegenen Garagenhof in Hambühren. Der Wagen war bei der Nachsuche jedoch ebenfalls nicht mehr da. Die Personenbeschreibung des Vermieters passte indes zum Aussehen des Tschechen. Stenzel und Wöhler gingen daher davon aus, dass Volaczek sich noch immer in der Nähe von Celle aufhielt.

Das waren keine beruhigenden Nachrichten für mich. Ich fragte mich, ob es wirklich vernünftig war, all die Zeit einfach von der Bildfläche zu verschwinden.

Auch dieser Tag in Lüneburg zog sich bis in den Nachmittag hin. Am Ende wurde Gerd Möbius von dem Vorwurf der Anstiftung zum Mord freigesprochen.

Es war fast rührend, zu sehen, wie der Angeklagte vor Erleichterung fast zusammenbrach. Für uns war es die Bestätigung unserer Vorbehalte und für Schaller war es eine Niederlage. Es fiel ihm sichtlich nicht leicht, noch in der Sitzung auf ein Rechtsmittel zu verzichten.

Ich sah den Reporter Thar von der Celler Zeitung, wie er hastig Notizen machte und der Vorsitzenden Richterin bei der Urteilsbegründung aufgeregt an den Lippen hing.

Diana Möbius saß zwei Reihen vor mir. Interessiert versuchte ich, von schräg hinten ihre Reaktion einzuschätzen. Ich erwartete, sie froh und erleichtert zu sehen, ihren Mann endlich in Freiheit und von dem furchtbaren Vorwurf freigesprochen zu wissen. Ihre Gestalt indes wirkte unerwartet regungslos, verloren und in sich zusammengesunken. Ihr Gesicht war aus meinem Blickwinkel nicht zu sehen, aber es war an ihrer Körpersprache überdeutlich zu erkennen, dass sie nicht froh und erleichtert war. Hielt sie ihren Mann nach wie vor für schuldig?

Gerd Möbius' Reaktion dagegen war offensichtlich. Er nahm das Urteil zunächst mit Unglauben und dann erkennbar erleichtert zur Kenntnis. Sofort wandte er sich zu seiner Frau um und erwartete offenbar, sie ebenfalls erleichtert aufspringen zu sehen. Die Enttäuschung über ihre wenig euphorische Reaktion war unverkennbar in seinem Gesicht zu lesen.

Ich war mir dessen gewiss, dass die beiden einiges aufzuarbeiten hatten.

Ich ließ mich von Will und Chris nach Hause fahren. In Klein Hehlen angekommen warteten beide ab, bis ich die Haustür aufgeschlossen hatte und ihnen mit einem Handzeichen grünes Licht gab, loszufahren.

Peter kam an die Tür und schloss mich in die Arme. „Na, alles erwartungsgemäß abgelaufen?"

„Wenn du erwartest hast, dass Möbius freigesprochen wird, alles wie erwartet."

„Echt? Hattet Ihr also mit euren Vorbehalten recht gehabt." Er grinste. „Dann müsst Ihr jetzt weiter ermitteln?"

„Die MoKo ganz sicher. Aber ob ich in dem Team weiterhin gebraucht werde, weiß ich nicht. Ich gehe davon aus, dass ich morgen noch einmal in das Präsidium fahre und dann entschieden wird, wie die MoKo besetzt wird. Stenzel wird erstmal die schlechte Laune vom Staatsanwalt abkriegen und uns dann verständigen. Ich weiß aber noch nicht, ob die Kollegen durch die Fahndung Neues erfahren haben. Auf der Rückfahrt vom Gericht nach Celle wussten Will und Chris jedenfalls nicht viel zu erzählen."

Ich spürte die Müdigkeit, die sich nach den Stunden der Verhandlung und der langen Fahrt in mir ausbreitete.

„Ach ja", Wills Bericht zu den beiden verpatzten Zugriffen fiel mir ein. „Volaczek treibt sich offensichtlich noch immer im Celler Umland herum. Zweimal war die Polizei nahe Eschede und in Hambühren kurz davor, ihn zu fassen."

„Aber er ist noch immer da draußen?" Er wedelte mit dem Arm unschlüssig in Richtung Fenster.

Ich nickte und wurde abgelenkt, als das Telefon fiepte. „Lass nur", hörte ich Peter, der näher an der Basisstation des Telefons stand. Er nahm das Gespräch an, lauschte kurz und legte wieder auf. „Verwählt."

War das der flüchtige Tscheche gewesen?

In dieser Nacht schlief ich unruhig.

Als ich mich am nächsten Morgen zur Arbeit aufmachen wollte, bot Peter mir an, mich mit seinem Pick-Up zum Präsidium zu fahren. Er kam offenbar ebenfalls nicht umhin, sich wieder zu sorgen.

Wir nickten den verschlafen aussehenden Kollegen im Wagen neben unserer Einfahrt lächelnd zu und fuhren los.

Peter setzte mich direkt vor dem Eingang des Präsidiums ab. „Wenn du früher Feierabend machen kannst, ruf mich an! Ich hole dich dann ab."

Ich lächelte ihm dankbar zu und lief die Stufen zum Eingangsportal hinauf.

Mein erster Weg führte mich in das Büro von Will. Er freute sich, mich zu sehen. Nichts aber deutete mehr darauf hin, dass es mehr war. Das war mir am Tag zuvor bei Gericht und auf der Fahrt schon bewusst geworden.

„Du siehst erholt aus."

„Kann ich nur empfehlen, so eine Auszeit." Ich strahlte ihn an. Auch ich freute mich, ihn wieder zu sehen. „Gibt es etwas Neues an der Front?"

Mein laxer Ton verfing nicht. „Nein, weder hat sich Stenzel gemeldet, noch hat die Fahndung etwas ergeben. War aber seit gestern andererseits nicht zu erwarten."

Ich nickte mit schmalem Mund. „Na dann", ich wandte mich zur Tür und wollte schauen, ob mein Büro noch frei war. „Ich rufe mal in Hannover an."

„Die wissen schon Bescheid und warten ab, ob Stenzel und die StA sich was für uns überlegen. Hafermilch scharrt schon mit den Füßen." Er grinste übertrieben breit.

Ich schüttelte den Kopf, konnte ein Lächeln aber nicht unterdrücken. „Du kannst es einfach nicht sein lassen."

Ich bemerkte eine Bewegung hinter mir an der offenen Tür und erkannte Chris, der gerade eintrat.

„Haferschleim hat alles mitbekommen." Chris tat kurz so, als wenn er böse war, grinste dann aber genauso breit. „Er kann es in zehn Jahren noch nicht lassen. Muss wohl etwas mit seinem Ego zu tun haben. Ansonsten hätte er das nicht nötig." Er zog eine abschätzige Schnute. „Können auch erste Alters-erscheinungen sein."

„Hallo", setzte ich zu einer gespielt geharnischten Antwort an. „Ganz dünnes Eis, Herr Kollege. Ich bin zwei Jahre älter als Karl Wilhelm." Ein Lächeln konnte ich dabei nicht unterdrücken.

„Ach, hör auf", reagierte Chris schlagfertig. „Du bist doch noch in den Dreißigern."

„Schleimer", hörte ich Will feixen.

Wie hatte ich diese unbeschwerten Geplänkel vermisst, so froh ich auch war, für Wochen aus dem Alltag heraus gewesen zu sein.

Wir wurden durch ein Räuspern an der Tür überrascht. Der Leiter der Polizeiinspektion machte sich bemerkbar. „Schön zu sehen, dass die Kolleg ...", er nickte mir überbetont zu, „ ...innen so ausgelassener Laune sind."

Ich zog ob des übertrieben betonten Genderns die Augenbrauen hoch.

„Frau Massen", er strahlte mich an. „wie ich sehe, haben Ihnen die letzten Wochen gut getan."

Übergangslos wurde er ernst. „Sie werden schon erfahren haben, dass wir Volaczek noch immer nicht haben. Offengestanden ist mir nicht wohl bei dem Gedanken, dass Sie wieder in Celle unterwegs sind. Wenn Sie partout Dienst schieben wollen, dann besser in Hannover. Noch wohler wäre mir, wenn Sie sich dort gleich eine Wohnung oder übergangsweise ein Zimmer nahe dem LKA besorgen."

Ich schwieg betroffen. Schätzte Stenzel die Lage nach wie vor als so bedrohlich ein?

„Die MoKo tritt wieder zusammen. Wir werden den Fall im Zusammenhang mit der Anstiftung komplett neu aufrollen. Schaller ist ziemlich schlechter Laune. Wenn wir keinen anderen Verdächtigen finden, wird er uns das spüren lassen." Stenzel zog die Augenbrauen bedeutsam hoch und sah uns nacheinander an. Sein Gesicht wirkte angespannt.

Dabei war es Schaller, der die Ermittlungen gestoppt hat.

„Sie aber, Frau Massen, sind derzeit außen vor. Sangermann erwartet Sie vorerst nicht in Hannover. Machen Sie erstmal frei heute und überlegen zusammen mit Ihrem Mann, wie sie die nächste Zeit sicher über die Bühne bringen. Soweit wir können, werden wir Sie dabei unterstützen."

Er nickte Chris zu. „Herr Hafernagel, Sie haben doch eben mal Zeit, Frau Massen nach Hause zu fahren?" Es klang nicht wie eine Frage und er wartete die Antwort nicht ab. „Die MoKo tritt erst heute Mittag zusammen. Wenn Sie wieder da sind, stöbern Sie die Fallakten genauestens durch!"

„Damit habe ich schon angefangen", antwortete er missmutig. Dann wandte er sich mir mit freundlicherer Miene zu:„Na dann." Der junge Kollege machte eine einladende Geste zur Tür. „Dein Chauffeur steht bereit."

Ich schloss, die Tür auf und rief nach Peter. Er antwortete nicht. Als ich ins Wohnzimmer trat, sah ich ihn im Garten. Er kniete an den Rabatten und jätete. Als ich schon zu ihm hinauseilen wollte, summte sein Handy. „Telefon", rief ich laut. Peter hörte es nicht. Ich brachte ihm das Smartphone daher hinaus in den Garten, ohne auf das Display zu sehen.

„Oh, wie schön. Hast du schon wieder Feierabend?" Peter sah zu mir auf.

Ich nickte lächelnd. „Dein Telefon", wiederholte ich.

Er hob vielsagend die von Muttererde schwarzen Hände. „Drück' es einfach weg. Ich ruf nachher zurück."

„Ich kann doch rangehen. Vielleicht ist es wichtig."

In dem Moment endete das Summen.

„Zu spät." Peter zuckte gespielt fatalistisch mit den Schultern und lächelte.

Als ich das Handy wieder mit ins Haus nahm, summte es erneut. Die Nummer auf dem kleinen Bildschirm kam mir bekannt vor. Aber ich wusste die wenigsten Nummern auswendig, schon weil die allermeisten ohnehin mit Namen abgespeichert waren, die auf dem Bildschirm erschienen. Ich zögerte kurz, nahm dann aber das Gespräch an. „Massen." Ich lauschte, hörte aber nur einen kurzen Atemzug. Dann wurde aufgelegt.

Ich schüttelte irritiert den Kopf. Verwählt? Oder prüfte jemand, ob wir daheim sind? Mir war nicht wohl bei dem Gedanken.

Ich ging erneut hinaus in den Garten und hielt Peter das Smartphone hin. „Hier! Ruf da gleich mal zurück. Das Handy hat sich eben wieder gemeldet, als ich ins Haus gegangen bin."

„Bist du rangegangen?" Peter klang erschrocken.

„Ja, du hast ja schmutzige Finger." Ich verspürte Unwillen wegen Peters Reaktion. „Könnte doch wichtig sein. Es hat aber niemand geantwortet. Vielleicht hat sich ja jemand verwählt." Ich sah Peter prüfend an. „Kann aber genauso sein, dass jemand prüfen wollte, ob wir zu Hause sind."

„Wer denn?"

Ich konnte nicht glauben, dass er so naiv war. „Volaczek?"

Meine ganze Körpersprache schien aggressiv zu sein, denn er machte beschwichtigende Bewegungen mit den Händen und stand auf.

„Du hast noch immer Angst?"

„Du nicht?", fragte ich ungehalten zurück. „Der Typ ist nach wie vor hier in der Gegend unterwegs. Was sonst sollte er hier wollen, als uns wieder zu attackieren?"

Peter wurde ernst. „Willst du erneut vor ihm fliehen? Ich glaube nicht, dass der Mann sich ein weiteres Mal hierher traut. Das Haus wird überwacht."

„Dann ruf einfach zurück! Wenn sich jemand anderes meldet, ist es ja okay." Ich hielt ihm genervt das Handy hin.

In dem Moment vernahm ich den Klingelton, mit dem ich das Smartphone der Polizei eingestellt hatte. Mein Gesicht schien schieren Unglauben auszudrücken, denn selbst Peter zeigte einen Anflug von Panik, als er mir hektisch zurief: „Geh ran!"

Ich legte Peters Handy auf den Gartentisch und griff in meine Tasche. Will war am Apparat. „Petra? Bist du schon zu Hause?"

„Ja. Was gibt es?", fragte ich hektisch. Angespannt erwartete ich seine Antwort.

„Markovic ist geflohen."

„Was?", schrie ich ins Telefon. Mein Mann sah mich alarmiert und fragend an. Ich winkte ab.

„Komm bitte ins Präsidium!", hörte ich wieder Wills Stimme. „Volaczek hat ihn bei einem Transport aus der Psychiatrie zurück ins Gefängnis befreit. Er hat an der Landstraße kurz vor Celle mit Möbius' BMW einen Unfall vorgetäuscht, wie wir vermuten. Jedenfalls legt die vorläufige Spurenlage das nahe. Wir gehen davon aus, dass Volaczek eine Verletzung vorgetäuscht hat. An den Händen eines der Schließer wurden Farbspuren gefunden, die, wie wir annehmen, nach Blut aussehen sollten. Der Kollege ist tot."

Er hielt kurz inne. Dann fuhr er hastig fort: „Es wurden drei Leichen gefunden. Einer lag erschossen an der Stelle, wo der BMW den Spuren nach am Straßenrand gestanden hatte. Die Kollegen vom Gefangenentransport hielten an und wollten offensichtlich helfen. Volaczek hat den Kollegen, der an das Fahrzeug trat, erschossen und den anderen gezwungen, Markovic frei zu lassen. Der zweite Schließer scheint sich gewehrt zu haben, denn sowohl ihn als auch Volaczek fanden wir erschossen an der Rückfront des Gefangenentransporters.“

„Und Markovic?“

„Ist mit dem Möbius' Wagen geflohen. Jedenfalls stimmen die Reifenspuren mit denen des BMW von Gerd Möbius überein.“

Die Gedanken überschlugen sich. Die Panik schien mir ins Gesicht geschrieben zu sein.

„Was ist?“, fragte Peter mit überschnappender Stimme.

Ich schloss die Augen und sammelte mich. „Markovic ist geflohen.“

Die Farbe wich aus seinem Gesicht.

„Wir sollen ins Präsidium kommen.“

„Klar“, hörte ich ihn. „Dann schnell!“ Er wischte seine Hände an der Hose ab. „Deine Kollegen vor dem Haus werden uns fahren.“

Erneut ging das Telefon. Es war wieder das von meinem Mann.

„Kommt Ihr?“, hörte ich Will am Handy.

„Wir kommen“, bestätigte ich hastig.

Ich warf Peter mit der freien Hand sein Smartphone zu. „Geh' endlich ran! Ich will wissen, wer da dran ist.“

Peter fing es auf und drückte die rote Auflegetaste.

„Was soll *das* denn?“ Meine Augen wurden schmal. Ich war jetzt nicht in der Verfassung, Spiele zu ertragen, und entriss ihm das Gerät. Ehe er reagieren konnte, drückte ich die Wahlwiederholung und wehrte Peter mit herrischer Geste ab, als er das Handy an sich zu nehmen versuchte.

„Barbara", hörte ich die Meldung am anderen Ende der Leitung und erkannte die Stimme meiner Freundin.

„Petra", antwortete ich, „Bärbel? Was ist? Wolltest du Peter sprechen?" Ich wartete auf eine Antwort. Stattdessen hörte ich einen erschrockenen Atemzug. Dann wurde aufgelegt.

Ich hielt inne und überlegte kurz, was das alles zu bedeuten hatte. Jetzt erst fiel mir auf, dass Peter die Nummer nicht mit Namen abgespeichert hatte. Ich sah ihn an, sah sein Erschrecken, seine schuldbewusste Haltung, sein bedauerndes Gesicht. Das Flehen in den Augen.

Und eine Welt brach in mir zusammen.

„Ist es das, was ich jetzt denke?" Auch ich sah ihn flehend an.

„Ich liebe dich", hörte ich ihn stammeln. „Was immer du jetzt denkst, ich liebe dich."

Bärbel, ausgerechnet Bärbel?

„Du betrügst mich?" Ich konnte es nicht fassen. „Mit meiner besten Freundin? Deshalb wolltest du so früh wieder nach Hause?"

In meinem Kopf rasten die Gedanken. Ich hatte ein so erfülltes Leben mit ihm, nicht nur eine Familie mit wunderbaren Kindern. Wir liebten uns. Er hatte mich unter Einsatz seines Lebens beschützt, war verwundet worden. Ich hatte Ängste durchgestanden, ihn zu verlieren, hatte ihn gesund gepflegt. Die Wochen mit ihm in Karlsbad und London waren so harmonisch, so unbeschwert. Wie nur brachte er es über sich, mich so zu verraten, mit zwei Frauen unbeschwerte Zweisamkeit zu genießen? Zwei Frauen? Nein, *Bärbel*! Ausgerechnet Bärbel! Warum musste es meine beste Freundin sein?

Die Fragen zu stellen, brachte nichts. Nicht jetzt.

Sie werden sich sympathisch gewesen und näher gekommen sein. Solche Dinge passieren.

Ich konnte kaum glauben, wie sehr die Erkenntnis

schmerzte.

Einen Moment zuvor hatten sich meine Gedanken wegen Wills Nachricht zu Markovics Flucht überschlagen. Das alles überflutende Gefühl war Panik gewesen. Jetzt mischte es sich Schmerz mit Wut und Enttäuschung.

Niemand vermag dich so zu verletzen, wie die Person, die du liebst.

Die Wut begann, alles zu überlagern, fühlte sich immer heißer an - und wandelte sich explosiv in Hass.

„Du hattest keine Zeit mehr für mich, warst nie da." Es klang hilflos - und reichlich dünn.

„Und deshalb wolltest du wieder zu ihr, als wir endlich Zeit füreinander hatten?" Meine Augen sprühten Feuer.

Peter senkte den Blick, wich meinem wutglühenden Gesicht aus. Dann sah er wieder auf. „Ich habe die Zeit mit dir so genossen."

„Hör auf!"

Wieso wollte er dann wieder zu Bärbel? „Hör auf mit Deinen Lügen!" Ich ballte die Faust, schnappte vor Empörung fast nach Luft.

Dann wurde alles kalt in mir,

„Weißt du? Ich könnte dich umbringen." Ich flüsterte den Satz zwischen zusammengepressten Zähnen hervor. „Hättest du mir nicht das Leben gerettet ..."

Er wand sich unter meinen Blicken.

Im selben Moment biss ich mir auf die Lippen. Ich wusste, dass ich ungerecht war.

Als ich den Schmerz in seinem Gesicht sah, tat er mir leid, tat mir leid, was ich gesagt hatte.

Das war nicht ich.

Ich könnte dich umbringen.

Für einen Moment hatte ich es so gemeint.

War das die Empfindung, wie Diana Möbius sie erlebt hatte?

Ich wandte mich von meinem Mann ab.

„Wir müssen los!", drängte Peter. „Lass uns ins Präsidium fahren." Er versuchte, seine Stimme sanft klingen zu lassen, „Niemand weiß, ob dieser Killer nicht gleich hier auftaucht."

Ich nickte. Wir ließen alles stehen und liegen, liefen durch das Haus zum Volvo der Kollegen an der Straße.

Meine Reaktion beschäftigte mich noch immer auf schmerzhafte Weise, trotz der Hektik der überstürzten Flucht aus unserem Haus.

Vor Erreichen des Wagens hielt ich inne. *Ich könnte dich umbringen,* hallte es in mir nach.

„Komm endlich!", hörte ich Peter rufen.

Mir wurde bewusst, dass ich noch immer das Polizeihandy in der Linken hielt. Will war nach wie vor in der Leitung. Niemand von uns beiden hatte aufgelegt.

Ich nahm das Gerät ans Ohr. „Will, ganz gleich, was du gehört hast. Mir fehlt gerade eine zentrale Information: Seit wann genau weiß Diana Möbius davon, dass ihr Mann seiner Kollegin nachstellte? Haben wir da etwas übersehen? Ich hatte immer ganz selbstverständlich angenommen, dass sie erst durch unsere Vernehmungen von der angeblichen Affäre ihres Mannes erfahren hatte."

Was, wenn sie schon vorher davon gewusst hatte, dass da eine andere Frau war. Dann mochte zwar Eifersucht das Motiv für den Mordauftrag gewesen sein. Aber nicht die Eifersucht Gerd Möbius' auf den Ermordeten. Sollte stattdessen Möbius getötet werden? Stimmte seine Geschichte am Ende doch, dass er den Killer gerettet hatte und der ihm mit einem Mord danken wollte? Es schien die ganze Zeit über so absurd zu sein.

Einen Mord frei?

Dann war Markovic nicht dort am Wehr gewesen, um den Mord an Beinlen zu besprechen, sondern ...?

„Wir waren solche Idioten." Ich schlug mir die flache Hand vor die Stirn.

Ich hörte, dass Will herumdruckste. Offenbar hatte er erst einmal damit zu tun, das unfreiwillig Gehörte über Peters Affäre mit meiner Freundin zu verarbeiten.

„Du musst da weg!", drängte er.

„Will, bitte", beharrte ich. „Wenn das stimmt, was ich vermute, muss ich hier nicht unbedingt weg."

Ich hörte auf der anderen Seite der Leitung Papier rascheln und die Tastatur seines PC klappern. Will ging offensichtlich die Akten durch. Dann herrschte kurz Ruhe am Ende der Leitung. Wöhler schien die entscheidende Information gefunden zu haben.

„Frau Möbius erfuhr nicht erst durch die Vernehmungen von der Liaison ihres Mannes mit der Kollegin. Chris hat schon angefangen, die aktuelleren Erkenntnisse für die neuen Ermittlungen für die Weiterarbeit zu ordnen. Die letzten Befragungen in der Better-Slogan, die noch vor der Anklage angeleiert worden waren, haben ergeben, dass van Leuten Diana Möbius bereits Wochen zuvor angerufen und von einer angeblichen Affäre verständigt haben soll."

Will verstummte erneut. Ich hörte weiteres Rascheln. Ich ahnte, wie es in Will Wöhler arbeitete. Meine Ungeduld wuchs.

„Jemand aus dem Team war auf die Idee gekommen, van Leutens Ehefrau zu dem von dir geschilderten merkwürdigen Verhalten zu befragen. Möbius war dem Holländer offenbar ein Dorn im Auge gewesen. Kann auch sein, dass der Ermordete Möbius als Nebenbuhler mit Hilfe van Leutens aus dem Weg haben wollte. Auf jeden Fall dürfen wir jetzt davon ausgehen, dass Möbius' Frau bereits seit längerem auf Eva Kampmann eifersüchtig war. Na, da haben wir doch Futter für weitere Ermittlungen."

Ich erinnerte mich sofort wieder daran, dass van Leuten Gerd Möbius auf recht geschickte Art nicht allzu gut dastehen gelassen hatte.

Genauso wie Diana Möbius ihren Mann zwar lobte, aber eben nicht entlastete", hörte ich meine innere Stimme.

„Das alles ist mit Auflösung der MoKo unter den Tisch gefallen", fuhr Wöhler fort. "Wir hatten nicht mehr die

Gelegenheit, Ergebnisse der Befragungen penibel zusammenzutragen und auszuwerten." Er hielt inne. „Ich glaube, ich ahne, was dich umtreibt."

„Ja, Diana Möbius hat uns ordentlich an der Nase herumgeführt. Sie tat so, als wenn sie erst durch uns von den Abwegen ihres Mannes erfahren hatte. Damit war sie automatisch aus dem Fokus. Ziemlich professionell geschauspielerte Bestürzung, wenn du mich fragst." Ich ärgerte mich, dass sie es geschafft hatte, mich zu täuschen. „Stattdessen wusste sie schon lange vorher Bescheid. Wir hatten es die ganze Zeit zum Greifen vor uns."

Wahrlügen!

Sie hat sehr genau gewusst, wie sie uns täuscht, Wahres mit Unwahrheiten so verknüpft, dass auch die Lügen plausibel erschienen.

Du warst auf der falschen Seite des Möbiusbandes unterwegs und bist immer wieder bei Gerd Möbius gelandet, obwohl alle gespürt haben, dass der nicht der Anstifter war.

„Von wegen Pinkelpause", spann Will den Faden weiter. „Der Tscheche hatte den Auftrag, Gerd Möbius erledigen? Der arme Kerl war nicht Täter. Er sollte das Opfer sein."

„Und der BMW war die Bezahlung". Mir fiel wieder der Kontrollverlust Diana Möbius' bei der letzten Vernehmung am Autohaus ein. „Wie praktisch: Sobald Möbius tot ist, wird der Wagen nicht mehr gebraucht."

Wer in einem Autohaus arbeitet, der denkt schonmal daran, einen nicht mehr benötigten Wagen in Zahlung zu geben.

„Was alles durcheinanderbrachte, war, dass ausgerechnet das Opfer seinen Killer rettete. Ein Einzelkämpfer, der nicht schwimmen kann. Zur Belohnung hatte Möbius einen Mord frei. Wenn das nicht verrückt ist!"

„Da muss man erst einmal drauf kommen. An sich hätte Markovic doch trotzdem seinen Retter umbringen und damit den Auftrag erledigen können."

„Berufsethos?, mutmaßte Will.

„Nicht auszuschließen", überlegte ich laut. "Mag sein, dass all die heroischen Erwartungen, die er an seinen ersten Auftragsmord knüpfte, nicht dazu passten, dass ausgerechnet sein Opfer ihm das Leben rettete. Denkbar, dass er sich krude Vorstellungen von einem Killerethos zurechtgelegt hat, damit er angesichts des verpatzten Auftrags vor sich selbst bestehen konnte. Verrückt genug ist er, definitiv", bekräftigte ich. „Dann aber wird er seinen Auftrag nur aufgeschoben haben."

"Schräg", kommentierte Will einsilbig. Er ließ sich offenbar all die neuen Schlussfolgerungen durch den Kopf gehen. „Vielleicht hat er aber bei dem Fall ins Wasser schlicht sein Messer verloren."

Die nicht nur für Will brisanteste Erwägung war damit aber, dass Markovic vorhaben mochte, seinen Auftrag nun endlich auszuführen. Die Bezahlung in Form des BMW hatte er ja inzwischen. Ob Volaczek den Wagen erpresst hat, oder die Übergabe mit Diana Möbius wegen der Anstiftung einvernehmlich vorgenommen wurde, war gegebenenfalls später zu klären.

Jetzt blieb keine Zeit für lange Überlegungen!

Ich wandte mich Peter zu.

„Fahr du ins Präsidium! Ich habe etwas zu erledigen. Liegt der Schlüssel vom Pick-Up im Flur?"

„Ja, liegt er." Mein Mann war erkennbar verwirrt von den Bruchstücken des Gesprächs, die er von mir vernommen hatte. Er gab sich einen Ruck. „Aber jetzt komm! Den Pick-Up brauchen wir nicht. Wer weiß, wie viel Zeit bleibt. Komm endlich!" Er wollte meinen Arm greifen.

Ich wehrte ihn ab und nahm noch einmal Will ans Ohr." Schick ein paar Streifenwagen zum Haus der Möbius in Wolthausen!"

Dann legte ich auf und wandte mich den Kollegen zu: „Sagen Sie im Präsidium Bescheid, dass ich nach Wolthausen fahre! Markovic wird dorthin unterwegs sein."

Ich hatte bewusst darauf verzichtet, Will meinen schnell gefassten Plan zu erläutern. Er hätte zu viel Zeit damit verschwendet, ihn mir auszureden.

Als Peter Anstalten machte, mich zu überreden, mit ins Präsidium zu kommen, hob ich nur Einhalt gebietend den Arm und ließ ihn mit Wut im Blick stehen.

Fahr zur Hölle, aber fahr endlich!

Peter lenkte ein und bedrängte mich nicht mehr.

Wenn meine Überlegungen falsch waren und Markovic stattdessen hierher unterwegs sein sollte, war mir wohler, ihn im Präsidium zu wissen. Trotz allem, was mich wütend auf ihn machte.

Ich rannte wieder ins Haus, holte meine Waffe und den Autoschlüssel. Dann startete ich den Pick-Up und lenkte den Wagen hin zu dem Ort, an dem alles begann.

Peter stand in der Einfahrt und sah mir fassungslos nach. Ich ahnte nicht einmal, was in ihm vorging.

Er schien nicht zu wissen, auf was ich mich einließ. Andernfalls hätte er mich nicht fahren lassen. Wie sollte er auch ahnen, dass ich vorhatte, Gerd Möbius zu warnen, Diana Möbius vorläufig festzunehmen? Vor allem aber wollte ich ihr abverlangen, den Mordauftrag noch rechtzeitig zurückzunehmen.

Ich ahnte, dass für all das kaum mehr Zeit blieb.

Der Pick-Up ließ sich ungewohnt schwergängig fahren. Ich hatte ihn bisher nur wenige Male benutzt. Die Witzlebenstraße entlang lenkte ich ihn nach Boye, durch das Dorf hindurch in Richtung Winsen und dann an der Örtze nach Wolthausen.

Immer wieder versuchte ich, Diana und Gerd Möbius am Telefon zu erreichen.

Sein Handy schien abgeschaltet zu sein. Ich ahnte, dass er es bewusst noch nicht wieder aktiviert hatte, um nach dem Freispruch nicht von aller Welt behelligt zu werden. Nicht von wohlmeinenden Freunden, nicht von der Presse und schon gar nicht von der Polizei.

Auch über das Festnetz und das Smartphone von Diana Möbius erreichte ich niemanden.

Selten kam mir die Fahrt durch das Waldstück zwischen Boye und der Örtze so endlos vor. Der Wagen war für all die Unruhe in mir viel zu langsam.

Meine Gedanken überschlugen sich indessen.

Was, wenn der Tscheche in Wolthausen bereits seinen Wahn ausgelebt hatte? Ich zweifelte nicht mehr daran, dass er Möbius töten wollte. Und ich? Lief ich nicht Gefahr, in einen Hinterhalt des Killers zu geraten, wenn ich dort auftauchte?

Ich ging nach wie vor davon aus, dass er mich abgrundtief hasste und ich das nächste Ziel war, nachdem seine Kumpanen dabei versagt hatten, mich zu töten.

Musste Pavel Volaczek deshalb sterben, weil er als Werkzeug des Mörders versagt hatte? Ich traute Markovic alles zu. Narzissten verhielten sich selbstherrlich. Andere Menschen waren nur von Wert, wenn sie funktionierten. Gut möglich, dass er seinen ehemaligen Freund hingerichtet hatte, weil er erfahren hatte, dass ich noch lebte.

Der Tscheche war selbst für mich unkalkulierbar.

Ich fragte mich, ob Markovic schlicht versagt hatte, als er sich von Almasur überwältigen ließ, oder ob auch die Gefangennahme und spätere Flucht Teil eines verrückten Planes war. Dafür, dass dies alles geplant war, sprach, dass er sich als Narzisst für überlegen hielt, dass er sich bei der Tat filmen ließ und seine Freunde nicht einschritten, als er überwältigt wurde. Dagegen sprach, dass eine spätere Flucht viel zu unkalkulierbar war.

Tatsache war, dass dieses Monster nun frei war und weiterhin Menschen töten würde.

Als ich das Haus der Möbius' erreichte, sah ich den blauen BMW davor stehen.

Mein Herz schlug plötzlich spürbar schneller. Dabei

hatte ich nach Wills Informationen erwarten müssen, dass Markovic bereits vor Ort war. Ich hatte trotzdem gehofft, Diana Möbius sprechen zu können, bevor der Tscheche dort eintraf.

Ich unterdrückte den Impuls, auszusteigen, die Waffe zu ziehen und zum Haus zu eilen. Ohne Verstärkung war die Gefahr viel zu groß, in einen Hinterhalt zu geraten.

Aus dem Pick-Up heraus versuchte ich, etwas hinter den Fenstern zu erkennen. Durch die Gardinen hindurch waren keine Bewegungen auszumachen. Auch der Blick am Haus vorbei zum Garten ließ nichts erahnen. Ich beobachtete die Nachbarhäuser. Falls vor meiner Ankunft Schüsse gefallen sein sollten, wären dort ganz sicher aufgeregte Menschen zu finden. Doch alles um das Haus herum wirkte friedlich.

Wo war der Killer? Wo war das Ehepaar Möbius? Ich konnte mir auf die Ruhe keinen Reim machen?

Sollte ich doch zum Haus schleichen und die Lage vor Ort klären?

Nicht ohne Verstärkung.

Die Gefahr, in eine Falle zu geraten, war einfach zu groß.

Das Gefühl, zu spät zu kommen, wurde übermächtig und machte mich immer unruhiger.

Einer Eingebung folgend sah ich die Straße hinunter. Bei dem ersten Mordversuch hatte Markovic Gerd Möbius am Wehr auflauern wollen.

Ich startete den Wagen und fuhr die Straße hinab in Richtung des damaligen Tatortes.

Als ich nach wenigen hundert Metern die Häuser hinter mir ließ, erblickte ich das Wehr mit der Brücke.

Und ich sah Diana Möbius.

Sie rannte auf den Steg zu, der sich neben der Brücke direkt am Wehr fand. Dann plötzlich war sie nicht mehr zu sehen. Aus der Ferne sah es so aus, als wenn sie kopfüber ins Wasser gesprungen war.

Ich gab Gas, stoppte den Wagen dann aber nach

wenigen Metern am Wegesrand, weil ich mich dem Wehr möglichst unbemerkt nähern wollte.

Ich lief in Richtung der Brücke, zog die Waffe, entsicherte sie und näherte mich schnell nicht einsehbaren Bereich hinter dem Wehr.

Vor der Brücke wurde ich langsamer. Ich versuchte, die Lage einzuschätzen. Außer einem Busch direkt am Ufer gab es keine Deckung. Ich näherte mich dem Ufer hinter dem Wehr über die Brücke hinweg, vorsichtig und mit angeschlagener Waffe, bis ich die Böschung und die Wasserfläche dahinter einsehen konnte.

Ich erkannte sofort, dass ich zu spät kam.

Am Wehr

Zuhause angekommen wichen Diana und ich weiter einer Aussprache aus. Die zarten Bande der Annäherung waren wieder zerrissen. Ich hatte nicht einmal die Chance erhalten zu erforschen, ob sie mir noch immer nachtrug, dass ich mich in Eva Kampmann verguckt hatte. Oder war sie verbittert, dass ich nicht mit ihr über das unselige Zusammentreffen mit Markovic gesprochen hatte, und all das, was der irre Tscheche scheinbar in meinem Auftrag angerichtet hatte.

Diana würde sicher irgendwann alles verstehen, wenn ich ihr erläuterte, warum ich mich ihr vor der Verhaftung nicht anvertraut hatte. Sie musste begreifen, dass ich sie nicht betrogen hatte und niemals die Absicht hatte, sie zu belügen.

Ich hoffte so sehr darauf.

Trotzdem blieb es dabei, dass wir die erste gemeinsame Nacht, die ich wieder in Freiheit genießen durfte, getrennt verbrachten. Diana schlief im Gästezimmer.

Das Frühstück deckte ich am nächsten Tag für uns beide auf der Terrasse. Zu meinem Erstaunen setzte sie sich zu mir an den Tisch. Die zaghaften Anläufe, mit ihr ins Gespräch zu kommen, ließ sie dennoch ins Leere laufen. Sie blieb einsilbig, erschien mir gedankenverloren, so, als wenn etwas sie über die Maßen beschäftigte. Auf meine Fragen, was denn sei, sah sie mich nur blicklos an. Auf verstörende Weise kam sie mir vor, als wenn sie Angst hätte.

In mir wuchs die Furcht, sie nach allem endgültig zu verlieren. Ich suchte unbeholfen nach einem Weg, ihr verständlich zu machen, dass es eine Chance geben müsse, wieder unbelastet zueinander zu finden.

Trotz all meiner Erklärungen blieb sie verschlossen, ganz gleich was ich sagte.

Ich verstand es nicht, nachdem wir uns den Abend zuvor doch eigentlich einander schon wieder ein Stück weit genähert hatten.

Ich ahnte nicht einmal, was sie beschäftigte.

Am Ende gab ich es auf, Verständnis oder gar Zuwendung bei ihr zu finden. Sie zu bedrängen, ergab offensichtlich vorerst keinen Sinn.

Nach dem enttäuschenden Verlauf meiner Bemühungen brauchte ich erst einmal ein paar Momente für mich. Diana bedrängte mich zum Glück nicht. Auch sie benötigte nach diesen schwarzen Tagen offensichtlich Zeit, zu sich zu finden.

Wie so oft in solchen Momenten, wenn ich mit meinen Gedanken allein sein wollte, machte ich mich auf zu einem Spaziergang.

Auf dem Feldweg angekommen zog es mich magisch zum alten Wehr. Meine Schritte lenkten mich hinunter zum Fluss, zum ersten Mal seit vielen Wochen. Kein unbewusster Impuls hielt mich mehr davon ab. Im Gegenteil freute ich mich auf den Weg zu dem Ort, den ich lange Zeit gemieden hatte, auf die Gerüche dort und die Geräusche, das freie Atmen. Ich spürte Sehnsucht nach der inneren Ruhe, die mich dort immer einfing, und die Natur, die mich tröstete.

Ich hatte zu diesem Zeitpunkt keine Ahnung davon, was Diana nach meiner Verhaftung erlebt hatte, ahnte nicht, dass längst nicht alles vorbei war.

Ich hatte trotz ihres verbitterten Ausbruchs am Vorabend keinen Gedanken mehr an Volaczek.

Wie hätte ich ahnen können, dass er Markovic zur Flucht verhalf? Nichts und niemand warnte mich davor, dass nun mein alter Widersacher den BMW hatte. Niemand zog auch nur in Betracht, was es für Markovic bedeutete, diesen Wagen zu besitzen, dass er einmal als Bezahlung für einen Mordauftrag gedacht war und der Erhalt des Wagens ihm als Bestätigung diente, dass dieser Auftrag noch immer bestand.

Am allerwenigsten zog ich in Betracht, dass auch Diana Gedanken an den Killer und dessen Helfer beschäftigten, dass sie deshalb so verschlossen war..

Von all dem hatte ich nicht auch nur die Spur einer Ahnung, als ich auf dem Steg am Wehr stand und den Blick über den Kanal und die Weiden genoss.

Nach den Wochen im Untersuchungsgefängnis kam mir die Idylle doppelt so betörend vor. Die Mittagssonne schien auf das satte Grün und selbst das sonst so braune Wasser der Örtze schimmerte ein wenig bläulich.

Ich setzte mich auf das brüchige Holz des Steges und ließ meine Füße über dem wild strömenden Wasser baumeln, nahm das Rauschen in mir auf, das Zwitschern der Vögel und die Wärme der Sonne auf meiner Haut.

Ich war endlich wieder frei.

So etwas wie eine erste Ahnung von Heilung machte sich in mir breit. Ein erstes Gespür dafür, dass all das, was mein Leben aus der Spur geworfen und Wunden gerissen hatte, irgendwann einmal nicht mehr schmerzen würde.

Ruhe breitete sich in mir aus und machte mein Fühlen träge. Auch die Sinne wurden schläfrig. Allein der unsichere Halt auf dem Balken, der als Steg über das Wehr diente, hielt mich davon ab, einzuschlafen.

Als ich die Schritte auf dem Steg hörte, nahm ich zunächst an, Diana wäre mir gefolgt. Mein Herz vollführte einen freudigen Hüpfer.

Ich sah blinzelnd auf und erkannte eine Männergestalt gegen das Licht des strahlend blauen Himmels. Es brauchte Sekunden, bis ich begriff, wer da auftauchte.

Eisiger Schrecken durchfuhr mich, als ich Markovic erkannte.

Augenblicklich war alle Schläfrigkeit zerstoben. Ich sprang auf die Füße und kämpfte einen Moment mit dem Gleichgewicht.

„Wie in aller Welt ...?", stammelte ich ungläubig und verwirrt. Ich unterdrückte den übermächtigen Reflex, einfach wegzulaufen. Wenn Markovic bewaffnet war, hatte ich ohnehin keine Chance zu entkommen.

„Wir hatten eine Vereinbarung", fing er lauernd an zu sprechen. „Aber du hast die Sache als Scherz dargestellt. Und jetzt stehe ich als Verrückter da."

„Aber, Sie sind doch ...", wollte ich schon bestätigen. „Sie sind doch nicht sauer auf mich", korrigierte ich mich schnell.

„Sauer?" Markovic lachte schrill auf. „In meinem Job kann ich mir solchen Luxus wie Gefühle nicht leisten. Ich habe einen Auftrag zu erledigen."

Es klang für mein Empfinden allzu theatralisch.

„Zwischenzeitlich warst du mein Auftraggeber. Das hat dich vorerst gerettet. Aber jetzt bist du nur ein ...", er machte eine wegwerfende Geste und sah mich abschätzig an. „ ... Beweismittel, und noch immer ein Ziel." Seine Augen wurden schmal. „Und das beseitigt man."

Wenn es irgendeines Beleges dafür bedurft hätte, dass Markovic geisteskrank war, dann war er spätestens jetzt erbracht. Hatte er gar nicht realisiert, dass sein Prozess schon gelaufen war?

Wie zur Hölle war er entkommen? Ich ahnte, dass es auch bei der Flucht nicht ohne Opfer zugegangen war.

Bei jedem Wort kam der Killer einen Schritt näher. Langsam, möglichst unmerklich, wich ich zurück, weg vom Wehr.

Als ich das Ufer mit der Böschung erreicht hatte, stürmte Markovic plötzlich auf mich zu. Er riss seinen rechten Arm hoch und in der Hand blitzte ein Messer auf.

Ich hatte kaum eine Chance zu reagieren und stolperte rückwärts in Richtung des nahen Ufers. Mir blieb nur der Reflex, meine Arme schützend hochzureißen.

Schon war er über mir und das Messer sauste auf mich herab.

Der erwartete Schmerz blieb jedoch aus.

Hatte Markovics Messer mich verfehlt?

Ich bemerkte nur einen Schatten, der vom Steg her

über mich hinweg huschte. Der springende Schemen entpuppte sich als meine Frau. Sie hatte Markovics Messer im letzten Moment abgelenkt.

Blitzschnell rappelte ich mich wieder auf und sah Markovic und Diana in die Örtze fallen. Es klatschte laut, als das Wasser über ihnen zusammenschlug.

Eben noch war ich selbst schon so gut wie tot und nur einen Augenblick darauf musste ich zusehen, wie meine Frau um ihr Leben kämpfte.

Diana, von der ich erst seit dem Prozess wieder hoffen durfte, dass sie mich nach wie vor liebte.

Markovic hielt nach wie vor das Messer mit der Hand umklammert und schlug wild damit um sich. Es handelte sich jedoch nicht mehr um gezielte Hiebe. Den Tschechen hatte erkennbar die Panik im Griff. Es waren die unkontrollierten Schläge des Ertrinkenden, der verzweifelt versuchte, sich über Wasser zu halten.

Ohne zu überlegen, sprang ich hinterher.

Es brauchte nur ein paar Schwimmstöße, dann erreichte ich die Kämpfenden. Die Strudel und der wild um sich schlagende Killer machten es für einen Moment schwer, Diana zu greifen. Dann aber umklammerte ich sie und riss sie von dem Mörder weg, bevor die Hand mit dem Messer sie durch einen zufälligen Treffer verletzte. Es grenzte ohnehin an ein Wunder, dass meine Frau bis dahin keinen Stich abbekommen hatte.

Markovics Bewegungen wurden schwächer und ließen nicht mehr erkennen, ob er noch immer versuchte, einen von uns mit dem Messer zu verletzen. Er hielt den Knauf krampfhaft fest wie der sprichwörtliche Ertrinkende den Strohhalm.

„Schnell, schwimm!" Ich schubste sie von mir weg.

Dann traf mich ein Hieb und der Schmerz des zerreißenden Fleisches trieb mir die Luft aus den Lungen.

Markovics Messer hatte mich an der Schulter getroffen. Ich spürte entsetzt, wie die Klinge mit jeder seiner panischen Bewegungen tiefer ins Fleisch schnitt. Er zog mich, mit dem eigenen Ertrinken kämpfend, unter Wasser.

Der Schmerz war gnadenlos. Halb ohnmächtig versuchte ich, mich zu befreien. Aber der Gegner hatte sich mit dem Messer zu mir herangezogen. Er klammerte sich an mir fest und war halb über mir. Dabei drückte und zog er mich immer wieder unter Wasser. Das Messer in seinem eisernen Griff war unerreichbar für meine Hände. Jede Bewegung in diese Richtung hätte mir die Klinge nur noch tiefer ins Fleisch getrieben. Schon das hektische Treten unter Wasser und das Rudern des freien Arms Markovics entfachten den Schmerz in der Wunde immer wieder neu, gnadenlos.

Ich hatte nicht die geringste Chance. Feurige Ringe tanzten vor den Augen und meine Kräfte verließen mich.

Mit trüber werdenden Sinnen gewahrte ich, dass die Bewegungen über mir erneut hektischer wurden.

Diana war wieder da. Sie schlug wie eine Wahnsinnige auf Markovic ein. Der Killer war offenbar inzwischen entkräftet und hatte ihrer Wut kaum mehr etwas entgegenzusetzen.

Ich war schon im Begriff, die Besinnung zu verlieren und nicht mehr fähig einzugreifen.

Diana war dafür umso rasender in ihrer Wut. Markovic versuchte, frei zu kommen. Es blieb ihm nichts mehr übrig, als das Messer endlich loslassen. Völlig kopflos stieß er sich von uns ab.

Am Ende waren wir frei.

Wir tauchten aus dem Wasser und schnappten nach Luft. Mit dem letzten Rest an Kraft presste ich die rechte Hand auf die Wunde. Sie blutete trotzdem heftig.

Ein paar kleinere Strudel machten das Schwimmen weiterhin schwer, aber wir kämpften uns zurück zum Ufer. Das heißt, Diana zog mich mehr, als dass ich schwamm. Sie half mir auf die Böschung, wo wir uns ermattet fallen ließen.

Wir sahen Markovic hinterher, der wenige letzte

Augenblicke lang kraftlose Bewegungen erkennen ließ und dann gurgelnd in den Fluten der Örtze versank. Offenbar brauchten wir beide die Bestätigung, dass der Killer am Ende wirklich ausgeschaltet und endgültig aus unserem Leben verschwunden war.

Erst dann ließen wir uns zurücksinken.

„Ich wusste gar nicht, dass du so gut schwimmen kannst", presste ich schmerzerfüllt hervor.

„Wer sagt denn, dass ich keine gute Schwimmerin bin. Ich gehe nur nicht gern ins Wasser." Sie lächelte mich dabei an und bemühte sich um ein zuversichtliches Gesicht. Dann sah sie zu meiner heftig blutenden Wunde hin. Übergangslos wurde sie ernst.

„Du hast mich betrogen", sagte sie tonlos und ihr Gesicht ähnelte wieder der ausdruckslosen Maske, die sie im Gerichtssaal zur Schau getragen hatte.

„Ich war in Versuchung, ja. Aber ich habe dich nicht betrogen." Eine Spur Panik stahl sich in meine Stimme, als ich erkannte, wie emotionslos sie plötzlich reagierte.

Sie stand auf und wandte sich von mir ab. Wollte sie mich am Ende hier verbluten lassen? Kam nun ihre verspätete Rache?

„Ist das so?", fragte sie mich lauernd. „Ich dachte die ganze Zeit, du und diese Eva ..." Sie unterbrach sich mit einer wegwerfenden Bewegung. „Später", hörte ich sie murmeln. Dann beugte sie sich über mich. Schnell untersuchte sie meine Wunde. „Komm, wir müssen die Blutung stillen!"

Sie riss ihre Bluse entzwei und verband damit notdürftig meine Schulter. Welch hinreißendes Bild sie dabei bot, bekam ich kaum mehr mit.

Kraftlos, wie ich war, sehnte ich mich nach einer gnädigen Ohnmacht. „Jetzt schulde ich dir wohl was", keuchte ich dennoch, mich krampfhaft wach haltend.

„Eine Erklärung, ja. Die schuldest du mir schon lange. Können wir uns noch vertrauen?" Sie sah mich fragend an. „Nein", gab sie sich selbst tonlos zur Antwort. „Es gab zu Vieles zu verbergen."

Dann winkte sie erneut mit energischer Geste ab.

Sie hielt inne und versuchte sich wieder an einem zaghaften Lächeln. „So richtig ruhmreich war das alles nicht, was wir beide uns geliefert haben, oder?" Sie hielt mit kummervollem Gesicht inne. „Nichts, was ich gern der Polizei erzähle."

Diana holte das Handy von weiter oben an der Böschung, wo sie es vor dem Sprung offenbar hingeworfen hatte und setzte sich neben mich. Sie hielt die Finger über der Tastatur und zögerte, Hilfe zu rufen. Dabei sah sie mich eindringlich an.

„Der Polizei?", fragte ich schwach. Ich suchte ihren Blick und dachte an die Frage meines Anwaltes: ‚Was hatte Markovic eigentlich an dieser einsamen Stelle am Fluss zu suchen?'

„Was hättest du denn zu verbergen?", fragte ich. „Markovic ist tot. Er kann zu unserer Geschichte nichts mehr beitragen."

Eine ganze Zeit lang sahen wir uns wortlos an.

Dianas Blick bekam etwas Wildes. „Du bist so ein Scheißkerl. Was hast du für ein Glück, dass ich dich trotzdem liebe." Es klang erstickt, fast ein wenig hysterisch.

„Was hatte Markovic eigentlich an dieser einsamen Stelle am Fluss zu suchen?", hakte ich tonlos nach.

Diana antwortete nicht. Sie wählte stattdessen endlich die 112.

Ich schloss die Augen.

Ob ich je wieder in mein altes Leben finden würde, wusste ich nicht. Es war so viel Porzellan zerbrochen, Job, Nachbarn, Freunde, die Arbeit, unsere Ehe.

Ich wusste nicht einmal, ob ich die Verletzung überleben würde. Was zählte war, dass meine Frau mich liebte.

Erschöpft presste ich wieder eine Hand auf die Wunde und ließ mich rückwärts ins Gras sinken.

Bevor ich ohnmächtig wurde, hallte erneut die Frage durch meine schwindenden Gedanken: Was hatte Markovic am Wehr zu suchen gehabt?

Ein Ziel? Die Worte Markovics stahlen sich in meine Gedanken.

Wie zur Antwort bemerkte ich die Polizeipsychologin, die mit gezogener Waffe auf dem Wehr stand. Sie schien uns beobachtet zu haben und sah immer wieder zu der Stelle hin, an der Markovic verschwunden war.

Wie lange hatte sie schon dort gestanden?

Ich sah mit schwindenden Sinnen, wie sie die Waffe wegsteckte und Diana Handschellen anlegte.

Ein Ziel.

Ich spürte kalt, wie das Leben aus mir wich. Dann endlich senkte sich gnädige Nacht über mich.

Epilog

Ich stand auf der Pfennigbrücke und sah in Richtung des Allerwehres, das indes von dort außerhalb des Blickfeldes lag.

Der schönere Ausblick war der in die Gegenrichtung zur Oberaller mit der Dammaschwiese Linkerhand und dem Bootsanleger am rechten Ufer, wo die Häuser der Innenstadt an den Fluss grenzten.

Die Richtung zum Allerwehr zeigte an, wo sich der breite Fluss hinter dem geschwungenen Ufer voller Weiden verlor, dort wohin alles floss. Dazu passte es, dass schon nach wenigen hundert Metern nicht mehr zu sehen war, wie der weitere Lauf der Dinge war. Nur, dass all das Gewesene von einem hinweg strömte.

Das galt an diesem Tag insbesondere für die Gedanken, die nicht so harmonisch flossen, wie der stille Strom des Flusses. Der Blick in den dunklen Spiegel der Wasseroberfläche tat dem ruhelosen Geist umso mehr wohl.

Mir kamen die Verse eines Celler Lyrikers in den Sinn. In einem seiner naturromantischen Gedichte verglich er das Leben mit einem Fluss und beschrieb es von der Quelle bis zum Flussdelta. In der ruhigen Mitte des gemächlich fließenden Stromes des Lebens, nahm dieser Fluss unerwartete Wendungen. In dem Gedicht fanden sich Verse über den Abgrund eines sich plötzlich auftuenden Wasserfalles:

Das Wasser es schießt
mit Tosen und Hall
in endlosen Grund,
zerstiebt in Kaskaden,
zerschlägt jeden Bund
und den Schicksalsfaden.

Wie an dem Wehr der Örtze dachte ich.

Dieser Mordfall kannte nicht nur *ein* Opfer. Es gab Tote, Geschundene und seelisch Versehrte.

Der Gedanke an Swantje gab mir einen Stich.

Ich dachte an die drei Tschechen. Sie alle waren gestorben.

Recht so!

Bei dem Gedanken an Markovic verspürte ich eine unangenehme Genugtuung. Ich hatte seinen Narzissmus angekratzt, eine Kränkung, die kalten Rachedurst in ihm geweckt hatte.

Er hatte mich dennoch nicht zu fassen gekriegt. Stattdessen war er gestorben, ausgerechnet durch die Hand seiner Auftraggeberin.

Die Kollegen hatten die Leiche des Tschechen kaum einen Steinwurf weit hinter dem Wehr gefunden, wo er unter den ins Wasser ragenden Zweigen einer Weide hängengeblieben war.

Ich hatte ihn dort im Fluss erblickt, als ich das Wehr erreichte und die Eheleute Möbius sich auf das Ufer schleppten.

Hätte ich ihn vor dem Ertrinken retten können? Ganz sicher nicht. Ich hatte es erst gar nicht versucht. Und auch nicht gewollt, wie ich mir eingestehen musste.

Der Kampf des Ehepaares mit dem Killer im Wasser der Örtze war schon vorüber, als ich dort eintraf. Zum Einschreiten war es zu spät gewesen. Ich hätte ohnehin kein freies Schussfeld gehabt.

Mir blieb nur, Markovic in den Fluten versinken zu sehen.

Antworten auf die Fragen, die es zuhauf an ihn gab, hatte er mit ins Grab genommen.

Es war ein unrühmliches Ende für jemanden, der sich als Richter über Leben und Tod sah. Gescheitert daran, dass er nicht schwimmen konnte. Welch eine grausame Ironie.

Das war dennoch nicht der Grund für meine Genugtuung. Es war schlicht die Tatsache, dass er es nicht geschafft hatte, mich zum Opfer zu machen.

Trotzdem, Genugtuung fühlte sich nicht passend an, selbst wenn es sich um einen Menschen handelte, der nichts erkennbar Gutes mehr in sich trug.

Zum Opfer hatten mich allein Peter und Bärbel gemacht. Aber deren Betrug hatte nichts mit dem Fall zu tun.

Jetzt war die Zeit des Neubeginns, die Zeit, wo *aus Gischt, die bald flieht, die Strömung neu zieht,* wie es im Gedicht hieß.

Ob es für Gerd und Diana Möbius ebenfalls einen Neuanfang gab, würde sich zeigen.

Ich hatte die beiden eine Zeitlang beobachtet, bevor sie mich bemerkten und ich Frau Möbius verhaftete. Dass sie mit ihm um sein Überleben kämpfte, sich um die Verletzung kümmerte und Hilfe rief, sprach dafür, dass sie seinen Tod nicht mehr gewollt hat.

Gerd Möbius hatte die Verletzung überlebt. Ob er den Kampf um die Liebe seiner Frau gewann, oder ob er sie nach der Enttäuschung über ihren Mordauftrag aufgab, war etwas, das ich kaum in Erfahrung bringen würde.

Auf Diana Möbius wartete die Anklage wegen Anstiftung zum versuchten Mord. Für sie sprach allein, dass sie am Ende ihren Mann vor dem Mörder gerettet hatte. ‚Tätige Reue' nannten Juristen das. Es würde sich spürbar strafmildernd auswirken. Ob es später einmal, nach der Zeit in Haft, eine Zukunft für beide gab, war ungewiss.

Die Frage für mich war, ob ich Peter würde verzeihen können.

Der Sommer war lang gewesen. Nach all den Wendungen und Irrungen, die er gebracht hatte, war ich ernüchtert. Die Leichtigkeit war mir abhandengekommen. Ich war in zwischenmenschlichen Dingen nicht mehr so tändelnd verspielt, nicht mehr so selbstverliebt wie zu Beginn des Sommers, als ich Peters Komplimenten so gern vertraut hatte.

Trotz allem war ich zuversichtlich, dass die Dinge sich neu ordnen würden.

Dazu passte meine Verabredung.

Ich wartete auf Jost, der sich an der Stelle auf der Brücke mit mir treffen wollte, an der wir über seinen Vater geredet hatten. Auch er war ein Opfer, weil unsere Ermittlungen den Finger in die Wunde seiner Familie gelegt hatten. Die Klarheit, die er gewonnen hatte, schien ihm aber zu helfen.

Sein Vater konnte die Fassade der heilen Welt nicht mehr aufrecht erhalten, weil der Ehrgeiz, die fehlende Loyalität als Manager und die Untreue als Ehemann offenbar geworden waren. In den Augen seines Sohnes hatte er als Vater versagt.

Worum es ihm aber ging, war, wie er mir am Telefon erklärte, die Frage, warum ich im neuen Schuljahr keine Gastvorträge mehr hielt.

Wie gern hätte ich in Josts Klasse weiterhin von meiner Arbeit erzählt. Aber das ging nicht mehr.

Das Poltern der Räder eines Skateboards auf den Bohlen der Brücke riss mich aus meinen Gedanken und ich sah mit einem Lächeln auf.

Es war Jost. Er hielt neben mir, trat auf das Ende des Bretts und fasste mit spielerischer Beiläufigkeit die hochschnellende Spitze des Boards. Er lehnte es gegen die Holzstreben des Brückengeländers und stützte seine Arme neben mir auf den Handlauf.

Wir lächelten einander an und sahen – wie still verabredet - beide stumm hinab auf das Wasser.

„Ist es wahr", brach er nach ein paar Momenten ungeduldig das Schweigen, „dass Sie nicht mehr in den Unterricht kommen?"

Ich nickte mit zusammengepressten Lippen. „Es geht nicht mehr. Deine Lehrerin und ich, wir sind nicht mehr miteinander befreundet."

„Stimmt es, was man munkelt, dass ...", er druckste herum. „.... Frau Rosenau, ich meine Ihre Freundin ..."

„... etwas mit meinem Mann hatte?", vollendete ich seine Frage mit gespielt süffisantem Ton.

Celle war ein Dorf. Alles um den Mord herum fand

sich in den Zeitungen. Zwischenmenschliches im Zusammenhang mit dem Fall fand seine Wege daneben fast immer durch Mundpropaganda. Auf Diskretion konnten weder Peter noch ich in diesem Fall bauen.

Wir waren beide in unserem Haus wohnen geblieben, lebten nach wie vor zusammen. Die Gerüchte waren gleichwohl nicht verstummt.

„Die Gründe spielen keine Rolle, Jost. Frau Rosenau und ich sind uns nicht mehr grün. Ich habe keine Lust, ihr mit Vorträgen auszuhelfen."

„*Ihr*?", reagierte er brüsk. „Es geht Ihnen gar nicht um *uns*?" Er sah an mir vorbei und dann wieder hinab auf die dunkle Wasseroberfläche.

Touché, Frau Psychologin!

Jost hatte recht. Ich benötigte einige Momente, um über meinen Schatten zu springen.

Schon einen neuen Modus Vivendi mit Peter auszuhandeln, war nicht leicht gewesen. Ich hatte ihn gebeten, sich ehrlich zu prüfen, ob er nicht lieber mit Bärbel zusammenleben wollte. Vor die Wahl gestellt, hatte er sich für mich entschieden. Er wusste, dass er mich ohne Lügen nicht haben konnte. Ich glaubte ihm ohnehin, dass er mich liebte. Das fühlte ich. Nicht nur, weil er mich unter Einsatz seines Lebens gerettet hatte. Ich nahm ihm ab, dass die Tage ohne mich immer öde waren und Bärbel für ihn wenig mehr als ein Zeitvertreib war, dass ihn die Lügen und die Heimlichtuerei zu schaffen gemacht hatten. Trotzdem hielt sich mein Mitleid in Grenzen und ich hatte ich mich erst nach Tagen entscheiden können, bei ihm zu bleiben.

Ausschlaggebend blieb, dass er mich liebte. Und in irgendeinem Winkel meines Schmerzes liebte auch ich ihn.

Was die Leute über uns dachten, war mir gleichgültig. Egal war mir vor allem, was Bärbel fühlte, nachdem unsere langjährige Freundschaft sie nicht davon abgehalten hatte, mit meinem Mann anzubändeln. So gesehen konnte es mir genauso einerlei bleiben, ob

Bärbel begeistert war, wenn ihre Schüler nach mir verlangten.

Der Gedanke, dass die Schüler meine Vorträge vermissten, schmeichelte mir.

Und für Schmeichelei warst du schon immer empfänglich.

„Ich war scheinbar etwas egoistisch, nicht daran zu denken, dass meine Berichte über die Polizeiarbeit, über Spielregeln und Juristerei euch fehlen könnten." Ich suchte Josts Blick und lächelte mit fragenden Augen.

Er erwiderte das Lächeln, zaghaft und unsicher, ob meine Worte ein ‚Ja' waren.

Dann nickte er. „Wenn es bei Ihnen die letzten Tage so hoch herging, wie zwischen Mutter und meinem Vater, dann kann ich verstehen, dass Sie Anderes auf dem Zettel hatten."

Sein Blick wurde traurig.

„Es tut mir leid, dass der Fall deine Welt so aus den Fugen gebracht hat. Umso toller ist, dass du dich mir anvertraut hast. Deine Hinweise haben der Mordkommission geholfen zu verstehen, wer welche Motive hatte."

Er lachte scheinbar unmotiviert. „Achtet auf die Motive! Wer hat welches Interesse, etwas von euch zu wollen?", zitierte er mich mit verstellter Stimme aus meinem Vortrag vor den Ferien.

Cui bono.

Manchmal brachte meine Arbeit offensichtlich doch etwas.

„Ich werde mich übrigens nach der Schule bei der Polizei bewerben."

Ich zog die Augenbrauen hoch und sah ihn prüfend an. „Überleg' dir das gut. Das ist kein leichter Job."

„Aber wichtige und interessante Arbeit", konterte er.

„Das ist sie", bestätigte ich versonnen lächelnd.

Ich malte mir aus, wie der zuerst so aufmüpfig erschienene Teenager sich als Polizeischüler machen würde.

„Also abgemacht? Sie kommen wieder zu Vorträgen zu uns in die Schule?"

Er reichte mir die Hand.

Ich schlug ein.

„Abgemacht." Ich wies lächelnd mit der Linken auf ihn. „Man sieht sich im Polizeipräsidium."

Als Jost sich verabschiedet hatte, sah ich ihm einen Moment lang nach.

Dann stützte ich meine Hände auf die hölzerne Brüstung, reckte mich und atmete den Geruch des Flusses tief ein.

Genug flussabwärts geschaut!

Ich wandte ich mich der anderen Seite der Brücke zu und genoss den weiten Blick über offene Fläche der Dammaschwiese und die Idylle der Häuserzeile entlang der Bootsstege.

Ich ließ meinen Blick über den Fluss in die Ferne schweifen, dorthin, von wo alles auf mich zuströmte.

Die Zukunft.